大家受啟發的

大家身影

走過，必留下足跡；畢生行旅，彩繪了閱歷，也孕育了思想！人類文明因之受到滋潤，甚至改變，永遠持續！

將其形諸圖文，不只**啟人尋思**，也便**尋根與探究**。

昨日的行誼，即是今日的史料；不只是傳記，更多的是思想的顯影。一生浮萍，終將漂逝，讓他走向永恆的時間和無限的空間；**超越古今**，**跨躍國度**，**「五南」**願意！

思想家、哲學家、藝文家、科學家，只要是能啟發大家的**「大家」**，都不會缺席。至於以「武」、以「謀」、以「體」，叱吒寰宇、攪動世界的風雲人物，則不在此系列出現。

大家受啟發的
大家身影系列 018

羅蘭·巴特自述

Roland Barthes par Roland Barthes

[法] 羅蘭·巴特（Roland Barthes）—— 著
懷宇 —— 譯

序

羅蘭．巴特（一九一五—一九八〇）是已故法蘭西學院講座教授，法國當代著名文學思想家和理論家，結構主義運動主要代表者之一，並被學界公認爲法國文學符號學和法國新批評的創始人。其一生經歷可大致劃分爲三個階段：媒體文化評論期（一九四七—一九六二）、高等研究院教學期（一九六二—一九七六）以及法蘭西學院講座教授期（一九七六—一九八〇）。作者故世後留下了五卷本全集約六千頁和三卷本講演錄近千頁。這七千頁的文稿，表現出了作者在文學、文化研究和人文科學諸領域內的卓越藝術品鑑力和理論想像力，因此可當之無愧爲當代西方影響最大的文學思想家之一。時至今日，在西方人文學內最稱活躍的文學理論及批評領域，巴特的學術影響力仍然是其他文學批評家和理論家難以企及的。

一九八〇年春，當代法國兩位文學理論大師羅蘭．巴特和保羅．沙特於三週之內相繼謝世，標誌了第二次世界大戰後法國乃至西方兩大文學思潮——結構主義和存在主義的終結。四月中旬沙特出殯時，數萬人隨棺送行，場面壯觀；而三月下旬巴特在居住地於爾特（Urt）小墓園下葬時，僅有百十位朋友學生送別（包括格雷馬斯和傅科）。兩人都是福樓拜的熱愛者和研究者，而彼此的文學實踐方式非常不同，最後是沙特得以安息在巴黎著名的 Montparnasse 墓地內福樓拜墓穴附近。沙特是雅俗共賞的社會名流，巴特則僅能享譽學界。

一九七六年，巴特以其欠缺研究生資歷的背景（據說二十世紀五〇年代末李維斯陀還曾否定過巴特參加研究生論文計畫的資格），在傅科推薦下，得以破格進入最高學府法蘭西學院。一九七七年一月，挽臂隨其步入就職講演大廳的是他的母親。八個月後，與其廝守一生的母親故世，巴特頓失精神依恃。在一次傷不致死的車禍後，一九八〇年，時當盛年的巴特，竟「自願」隨母而去，留下了有關其死前眞實心跡和其未了（小說）寫作遺願之謎。去世前兩個月，他剛完成其最後一部講演稿文本〈小說的準備〉，這也是他交付法蘭西學院及留給世人的最後一部作品。而他的第一本書《寫作的零度》，則是他結束六年療養院讀書生活後，對飽受第二次世界大戰屈辱的法國文壇所做的第一次「個人文學立場宣言」。這份文學宣言書是直接針對他所景仰的沙特同時期發表的另一份文學宣言書《什麼是文學？》的。結果，三十年間，沒有進入過作為法國智慧資歷象徵的「高等師範學院」的巴特，卻逐漸在文學學術思想界取代了沙特的影響力，後者不僅曾為「高師」哲學系高材生，並且日後成為法國第二次世界大戰後首屈一指的哲學家。如今，沙特的社會知名度仍然遠遠大於巴特，而後者的學術思想遺產的理論價值則明顯超過了前者。不過應當說，兩人各為二十世紀文學思想留下了一份巨大的精神遺產。

如果說列夫．托爾斯泰是十九世紀「文學思想」的一面鏡子，我們不妨說羅蘭．巴特是二十世紀「文學思想」的一面鏡子（請參閱附論〈羅蘭．巴特：當代西方文學思想的一面鏡子〉）。歐洲兩個世紀以來的社會文化內容和形成條件變遷甚巨，「文學思想」的意涵也各有不同。文學之「思想」不再專指作品的內容（其價值和意義須參照時代文化和社會整體的演變來確定），而需特別指「文學性話語」之「構成機制」（形式結構）。對於二十世紀特別是戰後的環境而言，「文學實踐」的重心或主體已大幅度地轉移到批評和理論方面，「文學思想」從而進一步相關於文學實踐和文學思想的環境、條件和目的等方面。後者遂與文學的「形式」（能指）研究靠近，而與作爲文學實踐「材料」（素材）的內容（「所指」）研究疏遠。而在當代西方一切文學批評和文學理論領域，處於文學科學派和文學哲學派中間，並處於理論探索和作品分析中間的羅蘭·巴特文學符號學，遂具有最能代表當代「文學思想」的資格。巴特的文學結構主義的影響和意義，也就因此既不限於戰後的法國，也不限於文學理論界，而可擴展至以廣義「文學」爲標誌的一般西方思想界了。關心巴特文學思想和理論的讀者，可以參照其他巴特譯著，以擴大對作者思想學術的更全面了解。

張智庭先生（筆名懷宇）是法語專家，爲最早從事巴特研究和翻譯的學者之一，且已有不少相關譯作出版。早在一九八八年初的「京津地區符號學座談會」上，張智庭先生對法國符號學的獨到見解即已引起我的注意，其後他陸續出版了不少巴特譯著。

大約三十年前，當我從一本包含二十篇結構主義文章的選集中挑選了巴特的〈歷史的話語〉這一篇譯出以來，他的思想即成爲我研究結構主義和符號學的主要「引線」之一。在比較熟悉哲學性理論話語之後，一九七七年下半年，我發現了將具體性和抽象性有機結合在一起的結構主義思維方式。而結構主義之中，又以巴特的文學符號學最具有普遍的啟示性意義。這種認知當然也與我那時開始研習電影符號學的經驗有關。我大約是於二十世紀七〇年代末同時將巴特的文學符號學和克里斯汀·梅茲、艾可等人的電影符號學納入我的研究視野的。一九八四年回國後，在進行預定的哲學本業著譯計畫的同時，我竟在學術出版極其困難的條件下，迫不及待地自行編選翻譯了那本國內（包括港、澳、臺）最早出版的巴特文學理論文集，雖然我明知他的思想方式不僅不易爲當時長期與世界思想脫節的國內文學理論界主流所了解，也並不易爲海外主要熟悉英美文學批評的中國學人所了解。結果兩年來在多家出版社連續碰壁，拖延再三之後，才於一九八八年由三聯書店出版。

巴特文學思想與我們的文學經驗之間存在著多層次的距離。爲了向讀者多提供一些背景參考，我特撰寫了「附論」一文載於書後，聊備有興趣的讀者參閱。評論不妥之處，尙期不吝教正。

李幼蒸（國際符號學學會副會長）

二〇〇七年三月於美國舊金山灣區

譯者序

《羅蘭．巴特自述》是作者羅蘭．巴特（Roland Barthes, 1915-1980）寫作和學術生涯第四階段的代表作之一。

關於這本書的成因，巴特在接受採訪時說，那是在瑟伊（Seuil）出版社組織的一次工作午餐會上，大家提議今後讓作家們自己寫書來評判自己的著述，並隨後將其放進「永恆的作家」（Écrivains de toujours）叢書之中。巴特本著這種精神，曾經想把書「寫成插科打諢性的東西，寫成某種我自己的仿製品」。但是，眞正進入寫作之後，「一切都變了，一些書寫的理論和實踐問題顯現出來，使得最初的簡單想法變得極爲滑稽可笑」（《全集》第三卷，三一五頁）。於是，他認爲應該利用提供給他的這次機會，來闡述他與自己的形象，也就是與他的「想像物」之間的關係。而且，作者認爲，這種自己寫自己的做法正是「鏡像階段」中的主體與其自我的想像物即鏡中形象的關係（見〈退步〉一節）。在譯者看來，全書就是作者與其自我想像物之間的一種對話。全書經過了一年零二十七天的寫作，於一九七四年九月三日脫稿，這樣，巴特就成了這套叢書一百多位作家中唯一在活著時就「永恆的作家」。

全書採用了片斷的書寫形式。按照作者的說法，一方面，他一直喜歡採用片斷的書寫方式，而對於長長的文章越來越無法忍受。另一方面，他必須採用一種形式來化解幾乎要形成的「意義」。他認爲，不應該由他來提供意義，「意義總是屬於別人即讀者」。於是，他決定使這本書成爲以「分散的整體」出現的書，就像他所喜愛的具有「散落」葉片的棕櫚樹那樣。顯然，這兩方面代表了巴特關於寫作的主張。首先，綜觀巴特的全部著述，他除了專題著述（《論拉辛》、《服飾系統》、《S/Z》）之外，其餘的書都是文章的彙編，而且即便是那幾本專題著述，其內部結構也是零散的，有的甚至也是片斷式的。巴特說過：「對於片斷的喜愛由來已久，而這，在《羅蘭．巴特自述》中得到了重新利用。在我寫作專著和文章的時候（這一點我以前不曾發現），我注意到，我總是按照一種短的寫作方式來寫——在我生命中的一個階段，我甚至只寫短文，而沒有寫成本的書。這種對短的形式的喜愛，現在正在系統化。」（《全集》第三卷，三一八頁）其實，他的第一篇文章（一九四二）就是以片斷的形式寫成的，「當時，這種選擇被認定是紀德式的方式，『因爲更喜歡結構鬆散，而不喜歡走樣的秩序』。從此，他實際上沒有停止從事短篇的寫作」（見本書〈片斷的圈子〉一節）。其次，巴特堅持反對「多格扎」（doxa），即形成穩定意義的「日常輿論」，這也使他無法寫作長篇大論。他說：「一個多格扎（一般的輿論）出現了，但是無法接受；爲了擺脫它，我假設一種悖論；隨後，這種悖論開始得以確立，它自己也變成了新的成形之物、新的多格扎，而我又需要走向一種新的悖論」（見本書〈多格扎與反多格扎〉一節），「悖論是一種最強烈的令人著迷的東西」（見本書〈作爲享樂的悖論〉一節）。他之所以這樣做，而且不得不這樣做，是因爲「價值的波動」引起的：「一方面，價值在控制、在決定……另一方面，任何對立關係都是可疑的，意義在疲勞……價值（意義便與價值在一起）就這樣波動，沒有休止。」（見本書〈價值的波動〉一節）爲了做到這樣，片斷寫作「可以打碎我定名的成形觀念、論述和話語，因爲這些東西都是人們按照對所說的內容要給予最終意義的想法來建構的——這正是以往世紀中整個修辭學的規則。與所建話語的成形狀態相比，片斷是一種可喜的打亂，即一種斷續，它確立句子、形象和思想的一種粉化狀態，在這種狀態下，它們最終都不能得以『完整確立』」（《全集》第三卷，三一八頁）。

此外，作者在書中主要採用了第三人稱的寫法，有意拉開「敘述者」與「作者」本人的距離，這在自傳體中也是少有的。把片斷寫作與第三人稱的敘述方式相結合，也有利於避免讀者對作者產生「成形的」看法，即他一再反對的「多格扎」，足見作者爲此是煞費了苦心。但是，「由於我過去的著述是一位隨筆作家的著述，所以，我的想像物就是某種一時觀念的想像物。總之，是某種智力的小說」（《全集》第三卷，三三五頁）。這似乎告訴我們，雖然巴特在本書的開頭就提醒人們：「這一切，均應被看成出自一位小說人物之口」，但由於他承認其「小說」是其「某種一時觀念的想像物」，所以，它可以成爲我們對巴特的思想進行某種推測和研究的依據。

那麼，片斷式寫作會產生什麼樣的審美效果呢？對此，巴特早已形成了自己的審美觀。他在《文本的快樂》一書中做過完整的總結：「閱讀的快樂顯然源自斷裂……文化及其破壞都不具色情特點；是它們之間的斷層變成了色情的」，「快樂所需要的，是一種出現損失的場所，是斷層，是中斷，是風蝕」，「人體最具色情意味之處，難道不就是衣飾微開的地方嗎？……間斷具有色情意味：在兩種物件（褲子與毛衣）之間、在兩個邊緣（半開的襯衣、手套和袖子）之間閃耀的皮膚的間斷具有色情意味。正是閃耀本身在誘惑，或進一步說，是一種顯現—消失的表現狀態在誘惑」（《文本的快樂》，十五、十九頁）。這不正是片斷寫作可以帶來的效果嗎？至於片斷寫作在本書中的情況，還有一個特點，那就是片斷的排列。巴特沒有按照自己的生活年代或者寫作階段的順序來排列相關片斷，而是大體上按片斷名稱的第一個字母進行了排列，有時甚至還故意打亂這種排列。他自己這樣說：「他大體上想得起他寫作這些片斷的順序；但是，這種順序出自何處呢？它依據何種分類、何種連接方式呢？這些他就想不起來了。」（見本書〈我想不起來了〉一節）這樣做的結果，使得翻譯成漢字之後的排列更是雜亂無章，閱讀起來使人大有時間錯位、事件凌亂、沒有貫穿的內在邏輯關係的感覺。但是，巴特卻認為「雜亂無章，也是一種享樂空間」。瑟伊出版社一九七五年在出版本書時，封面上採用了巴特用彩色蠟筆繪製的在我們看來是「雜亂無章」的畫《對於瑞昂萊潘鎮的記憶》，也是很有寓意的。我們不妨說，巴特在片斷寫作方面的審美追求是系統化的。

巴特承認其「道德觀」這一寫作階段是受了尼采的影響。用他自己的話來說，就是「我曾經腦子裡裝滿了尼采，因為我在此前剛剛讀過他的著作」（見本書〈何謂影響？〉一節），「他在為『道德觀』（moralité）尋找定義……並且把它與道德（morale）對立起來。」（見本書〈朋友們〉一節）。但作者並沒有告訴我們他到底接受了尼采思想的哪些方面。譯者認為，我們似乎可以從他對尼采的總體了解來推斷一下這種影響。尼采的哲學思想主要表現為透過對價值判斷的解釋來反對傳統的價值，並主張人不是「完全實現的整體」，人具有總是更新的創造力，總是向著「他者」逃逸。而尼采對哲學進行解釋的方式則是透過箴言和詩。所謂箴言即格言性的寫作物，即片斷。似乎可以說，尼采的哲學思想堅定了巴特不固守「多格扎」的主張，而其箴言式的解釋方式無疑也是對「片斷寫作」的提前肯定。

我在駐法國大使館工作期間，曾於一九九五年三月二十六日那天（巴特逝世十五週年紀念日）在巴約納市參加了由當地市政府舉辦的「紀念巴特國際研討會」。我之所以被邀，是因爲此前我翻譯的《羅蘭．巴特隨筆選》剛剛出版，是法國瑟伊出版社向會議主辦單位推薦的。我是頭一天下午趕到巴約納市的，在旅館稍作安頓之後，便出門隨便走走，我特別想領略一下巴特在書中描寫過的巴約納市。巴約納市西臨大海，一條入海的河流穿城而過，城市不大，但建築古老，頗有歷史。我在距旅館不遠的一個海邊廣場上停了下來，環視著四周的樓房、橋梁和海面，街道的入口處差不多都橫掛著「與羅蘭．巴特會晤」的法文條幅，顯然，人們都以巴約納市這個地方出了巴特而自豪。不論是海面上還是街道中，人們都忙碌著。我想起巴特在自述中一幅照片下面寫的字：「巴約納市，巴約納市，完美的城市……四周充滿響亮的生活氣息……童年時的主要想像物：外省就是場景，故事就是氣味，資產階級就是話題。」會議是二十六日上午在市圖書館的報告廳舉行的。說是國際會議，其實來參加的，包括我在內，也只有五個人：除了我之外，一位是西班牙人，一位是葡萄牙人（葡萄牙前教育部長，已定居巴黎），一位是義大利人，還有一位是省會波城（Pau）大學的講師。大學講師是會議主持人，與會者大多談的是在各自國家裡翻譯和介紹巴特著述的情況，聽衆都是當地的社會上層人士，其中有幾位老年人還說當年曾與巴特認識。會上，我成了被提問最多的報告人，人們對於巴特的著述能翻譯成漢語和被中文讀者所閱讀特別感到驚奇，有的甚至說，連他們都讀不懂巴特，大有爲自己未能深入研究家鄉名人而感到愧疚之意。我向巴約納市圖書館贈送了兩冊《羅蘭・巴特隨筆選》，受到了大家的熱烈歡迎。那天下午，在我的請求下，主辦單位安排了一位熟悉巴特家鄉的工作人員陪同我去了巴特在二十世紀六〇年代以後常去居住的於爾特村，在那棟據說已經不再屬於巴特家族的略顯破舊的二層小樓門前留了影。我看到了他描寫過的屋後的阿杜爾河（Adour），並沿著他可能走過的公路驅車走了一段。巴斯克地區的風景是很美的，重巒疊嶂，鬱鬱蔥蔥，令人心悅，令人遐想。無怪乎它從很早就培育了巴特豐富的想像力，這種想像力構成了他後來的超凡的創造力。陪同的人看到我如此痴情於巴特生活過的地方，便問我願意不願意去看一看巴特的墳墓。我自然願意。我們在公墓外停車，緩步而靜穆地走進公墓，就在不遠處的公墓的南端，我們找到了他的墓。在陪同人告訴我「我們到了」時，我簡直驚呆了：那裡沒有大理石的墓體、墓碑，而只有茅草圍繞中的一塊白色水泥蓋板。蓋板上刻有兩部分文字，上面是「Henriette Barthes, Née Binger, 1893-1977」（亨利耶特・巴特，乳姓：班熱，一八九三—一九七七），下面是「Roland Barthes, 1915-1980」（羅蘭・巴特，一九一五—一九八〇）。這是他與母親合用的墓穴。墓前甚至沒有花盆。與四周相比，這個墓近乎於平地，近乎於泥土。我半晌沒有說話，陪同的人可能已經看出了我的內心活動，馬上解釋，說巴特在彌留之際，不讓親友爲他修建永久式墳墓，而希望與母親合用墓穴，上面有塊水泥蓋板就可以了，以便於以後較快地歸化於自然。我拿出了照相機，讓鏡頭爲我留下這處今後也會令我久久不能平靜的珍奇景物。我只有感慨，無盡的感慨。在隨後返回巴黎的高速列車上，我將自己前後的感悟捋了捋，記在了本子上，不想，竟捋出了一首小詩：

不是墓
分明是與路同樣的路
一樣的沙石板塊
一樣的茅草擁簇
斜陽中，鮮亮而明突

不是墓
分明是奇特的書
一生筆耕不輟
安息處也是打開的一篇珍貴的筆錄
冥世間仍在追求「零度」

後來，每當我翻閱巴約納之行拍攝的照片時，我都會回想起於爾特之行的一些細節，回想起面對巴特墳墓時的無限感慨。

這本書最初翻譯於二〇〇一年，並與〈作家索萊爾斯〉和〈偶遇瑣事〉兩稿一起由百花文藝出版社以《羅蘭．巴特自述》爲總書名於二〇〇二年出版，但遺憾的是，原書中所附大量照片和插圖的版權問題當時不好解決，出書時未能收錄。感謝出版社此次收錄了原著中的所有照片和插圖，這對於作爲譯者的我來說，當然是欣喜萬分。這些照片和插圖對於豐富本書的內容和增加讀者的閱讀興趣，無疑會大有說明，而且其資料價值是非常之大的。

藉此次出版之機，我對舊譯做了修訂。除了必要的文字潤色、注釋補充和根據我後來翻譯的《符號學詞典》一書對個別概念的名稱做了改動之外，還更正了幾處當時處理疏忽和理解有誤的地方（在此，我向讀過舊譯的讀者表示歉意）。我雖然接觸巴特的著述比較早，但缺乏系統而認眞的研究。我相信，此次修改之後，也還會有理解不當的地方，希望專家和讀者不吝予以指正，我在此提前致謝（zhzhttj@tom.com）。

懷宇

於南開大學

二〇〇九年十二月

目錄

照片

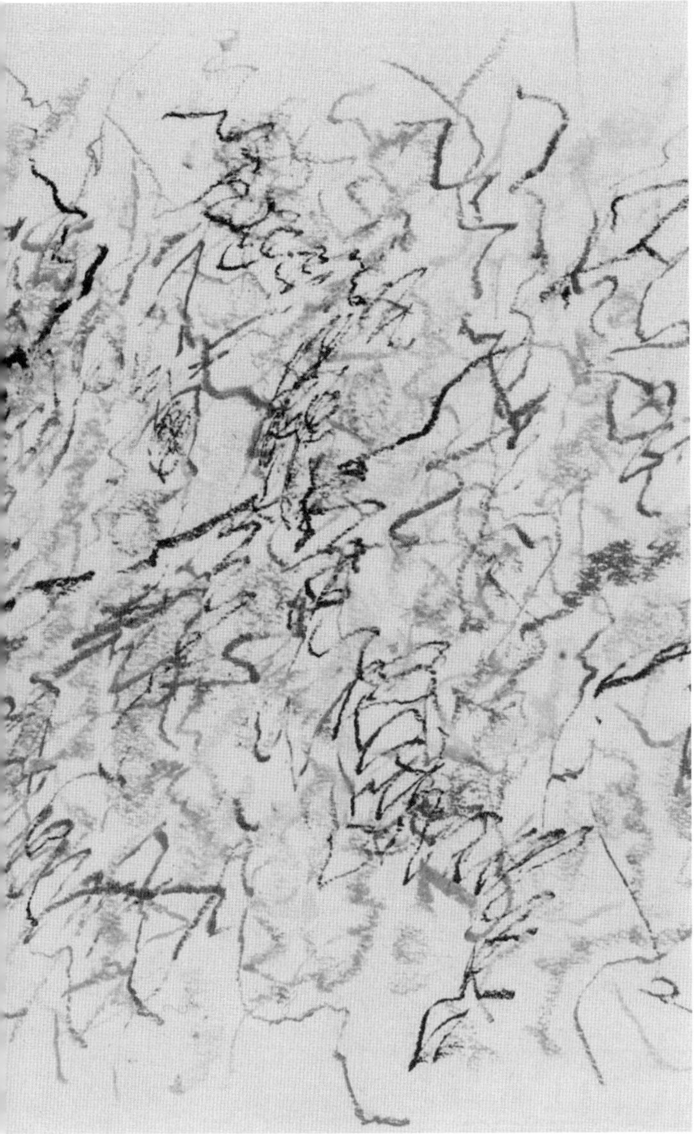

我感謝在這本書的寫作中，心甘情願幫助過我的朋友們：

在文字方面：尚－路易・布特（Jean-Louis Bouttes）、羅蘭・阿瓦斯（Roland Havas）、弗朗索瓦・瓦勒（François Wahl）；在照片和圖片方面：雅克・阿臧扎（Jacques Azanza）、尤塞夫・巴庫什（Youssef Baccouche）、伊莎貝爾・巴爾代（Isabelle Bardet）、阿蘭・邦沙亞（Alain Benchaya）、米里亞姆・德・拉維尼昂（Myriam de Ravignan）、德尼・羅什（Denis Roche）。

Tout ceci doit être considéré
comme dit par un personnage
de roman.

HOTEL
BOULE d'OR
16

作爲開始，這裡有幾幅照片：它們是作者在結束這本書的時候快樂地爲自己安排的。這種快樂是誘人的（而且在此是相當自私的）。我只保留了那些使我感到驚愕的照片，可我卻不知道其原因何在（這種無知是誘惑的屬性，並且，我對每一幅照片所說的內容，將永遠都只是想像出來的）。

然而，應該承認，只有我青少年時期的照片才吸引我。由於周圍充滿著愛，我的青少年時期並不是不幸的；可是，由於孤獨和物質上的拮据，我的這個時期也並不讓人喜歡。因此，面對這些照片，使我高興的，並不是對一個快樂時期的懷戀，而是某種更爲模糊的東西。

當沉思（驚愕）把照片視爲分離的存在物，當這種沉思使照片成爲一種直接的享樂對象的時候，它就不再與關於照片上是誰的思考有什麼關係了，儘管這種思考是令人魂牽夢縈的；這種思考忍受著一種幻象的折磨，同時也靠幻象來自娛，這種幻象根本不是形態性的（我從來不像我自己），而更可以說是有機性的。這組照片在包容了父母方面全部關係的同時，儼然有一種通靈物質在起作用，並使我與我軀體的「本我」[1]建立起關係。這組照片在我身上激起某種晦澀的夢幻，其組成單位就是牙齒、頭髮、鼻子、瘦身材、穿著長筒襪的大腿，它們不屬於我，然而除我

1 「本我」（ça）：從德語「Es」（中性代詞「它」）翻譯而來，指的是佛洛伊德有關精神機制的第二理論的三項內容之一。「本我」構成了人格的衝動極，它的精神內容與表達便是潛意識，它一方面是遺傳下來的，另一方面是被壓抑而形成的，即後天獲得的。在佛洛伊德看來，「本我」是精神能量的儲庫。從精神動力學觀點來看，它進入與「自我」和「超我」的衝突之中。本書中多處出現這一概念。——譯者注

之外又不屬於別人——從此，我便處於令人不安的親近狀態：我竟然看見了主體的裂隙（他甚至對此無話可說）。由此可見，年輕時的照片既不是非常分離的（是我的下部軀體在供人閱讀），同時又是非常分離的（照片上談論的不是「自我」）。

因此，我們在這裡將只會看到，與家庭的故事摻合在一起的軀體的一段史前狀況的各種外在形象表現，而這個軀體此時正步向寫作的工作和寫作的樂趣。因爲，這便是這種限制的理論意義：表明（這組照片）的敘事時間與主體的青少年時代一起結束，沒有生平經歷可言，而只有非生產性生活。而當我開始生產，即當我開始寫作的時候，文本自身就剝奪了我的敘述時間（這太幸運了）。文本不能敘述任何東西；它把我的軀體帶向他處，遠離我的想像的個人，帶向某種無記憶的語言，這種語言已經是人民的語言、非主觀的（或是被取消了個性的主體的）大衆的語言，即便我的寫作方式依然把我與這種語言分離。

因此，照片所引起的想像，一進入生產性生活（在我看來，這種生活即意味著走出療養院）便被停止。於是，另一種想像物開始了，那就是寫作的想像物。爲了使這種想像物可以展開（因爲這便是本書的意圖），而不再被一位普通的個人的出現所阻礙、所保證和所驗證，也爲了使這種想像物可以自由地安排其從來不是形象性的符號，這個文本將在無照片伴隨的情況下只跟隨著筆走龍蛇的手影前進。

巴約納市，巴約納市，完美的城市：依河傍水，四周充滿響亮的生活氣息〔姆斯羅爾鎮（Mouserolles）、馬拉克鎮（Marrac）、拉什帕耶鎮（Lachepaillet）、貝里斯鎮（Beyris）〕。然而，它卻是一個封閉的城市、富有傳奇故事的城市：普魯斯特、巴爾札克、普拉桑（Plassans）。童年時的主要想像物：外省就是場景，故事就是氣味，資產階級就是話題。

通過一條相似的小路，經常下到波泰爾納河（Poterne）（氣味）和城市中心。常常在此遇到屬於巴約納市資產階級社會的一位貴夫人，她由此去她在阿萊納（Arènes）的別墅，手裡拿著一包從「好味道」（“Bon Goût”）商場買來的食品。

三個花園。

「這棟房子當時是一處真正的生態奇觀：它不大，座落在一處比較寬大的花園旁邊，就好像是一個木質的模型工具（它的百葉窗經水蝕而呈淡灰色，看上去叫人感到溫馨）。它的木屋不大，然而卻到處是門、低矮的窗戶、側立的樓梯，就像是小說中的城堡。不過，花園的三個象徵性地有別的空間還是連在一起的（跨越每一個空間的界限，都是一種需要注意的行為）。走近房子，要穿過第一個花園；那是一處屬於上層人的花園，沿著這個花園走路的時候，需要慢步長歇地陪伴著巴約納的貴夫人們。第二個花園就在房子跟前，是由兩塊同樣大小的草坪和周圍的環形小路組成的；花園裡長著玫瑰花、繡球花（西南地區不討人喜歡的花）、路易斯安娜花（louisiane）、大黃、種在舊箱子裡的家養花卉、高大的木蘭花——其白色的花就開在了二樓的房間之外；夏天的時候，巴約納的貴夫人們不怕蚊叮蟲咬，就坐在花園裡低矮的椅子上，做著複雜的毛線活。最裡面，是第三個花園，除了一個小小的種著桃樹和覆盆子的果園外，無確定內容，有的地方是荒地，有的地方種著一般的蔬菜；人們很少去那裡，只是中間的小路還有人走。」

上流社會的人，深居簡出的人，野蠻之人：這難道不正是社會欲望的三等分嗎？從巴約納市的這處花園開始，我毫不驚奇地進入了儒勒·凡爾納和傅立葉的富於傳奇和空想的空間。

（這棟房子今天已經不在了，它被巴約納市的房地產開發商捲走了。）

大花園構成了一處相當異樣的地方。就好像它主要是為了掩埋每一次生下的多餘的小貓似的。在深處，有一條綠蔭遮掩的小路和兩個由黃楊樹圍成的中空圓球。小時候玩的幾次兩性交歡的遊戲就發生在那裡邊。

遠處的女傭在吸引我。

16

外祖父與祖父。

在年邁的時候，他鬱鬱寡歡。總是不到吃飯的時候就坐在飯桌前（儘管吃飯的時間不斷地提前）。他由於太鬱悶了，因此越來越提前生活。他少言寡語。

他喜歡工整地書寫聽音樂的計畫，或是做些聽頌經時用的斜面小桌子，還做些箱子、木質小玩意兒。他也少言寡語。

祖母與外祖母。

一位長得漂亮，是巴黎人。另一位長得慈祥，是外省人：滿腦子資產階級意識──無貴族姿態卻是貴族出身──她很是注重社會敘事，她使用的法語，都是修道院的不乏虛擬式未完成過去時的非常講究的法語；上流社會的喧鬧像熱戀的激情那樣使她衝動；慾望的主要對象是某位勒博夫（Leboeuf）夫人，那是一位藥劑師（曾因發明一種煤焦油而大發橫財）的遺孀。那位夫人上身滿是黑毛，戴著戒指，蓄著小鬍子。只需每月約她喝一次茶即可（剩下的內容，在普魯斯特的作品中均有描述）。

（在祖父與外祖父這兩個家庭裡，女人說話管用。是母系社會？在中國，很早以前，整個家族是圍繞著祖母而葬的。）

父親的姊姊：她終身一個人生活。

父親，很早就死了（死於戰爭），他從不在回憶或祭祀的話語中被家人提及。由於依靠母親長大，他的記憶從來都不受什麼壓制，他只以一種幾乎是默不作聲的滿足感來一掠而過地提及童年。

我童年時代的有軌電車的白色車頭。

經常在晚上，回家的時候，向沿著阿杜爾河（Adour）的海員小道繞一繞：那裡，有許多大樹、許多被遺棄的木船，盲目的散步者鬱悶地閒逛。他在那裡不懷好意地產生過在公園裡與異性交歡的念頭。

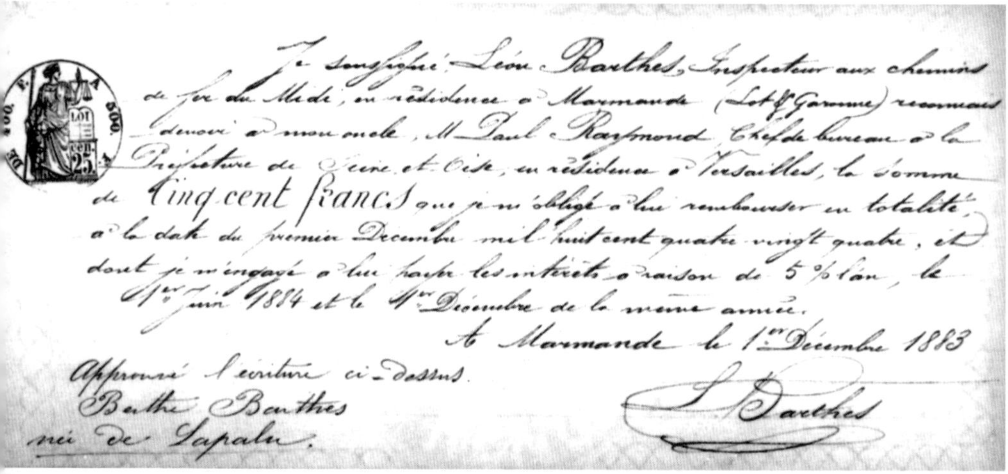
Je soussigné Léon Barthes, Inspecteur aux chemins de fer du Midi, en résidence à Marmande (Lot & Garonne) reconnais devoir à mon oncle, M. Paul Raymond, Chef de bureau à la Préfecture de Seine et Oise, en résidence à Versailles, la somme de Cinq cent francs que je m'oblige à lui rembourser en totalité à la date du premier Décembre mil huit cent quatre vingt quatre, et dont je m'engage à lui payer les intérêts à raison de 5 % l'an, le 1er Juin 1884 et le 1er Décembre de la même année.

A Marmande le 1er Décembre 1883

Approuvé l'écriture ci-dessus.
Berthe Barthes
née de Lapalu

L. Barthes

在幾個世紀裡，寫字難道不曾經是對於一種債務的承認、對於一種交換的保證、對於一種代理活動的簽名？但是今天，寫字在慢慢地趨向放棄資產階級的債務，趨向意義的錯亂、極端，趨向文本……

家庭小說。

他們都是從哪裡來的呢？他們來自於上一加龍地區（Haute-Garonne）的一個公證人家庭。於是，我有了家世，我有了社會等級。警察局的檔案照片證實了這一點。那個藍眼睛、托著下巴若有所思的年輕人，後來是我父親的父親。從我祖父向下續的最後一支，是我的軀體。這一譜系最終以出現了一個廢物蛋而終結。

一代又一代，總是喝茶：是資產階級的標誌，也具有某種魅力。

鏡像階段：「你就是這個東西。」

對於過去，只有童年對我最有誘惑力；看看這張照片，只有童年不使我對逝去的時間感到惋惜。因為，我在童年時期發現的，不是不可逆轉的，而是不可減縮的：一切都還在我身上發作性地留存著；童年時，我光著身子觀察我自己黑乎乎的背後，我觀察煩惱、觀察脆弱、觀察對於失望的適應性（幸運的是，失望是多方面的），體驗內心的情緒——不幸的是，這種情緒與任何言語表達脫節。

同代人？

我開始走路，當時普魯斯特還活著，而且正在完成《追憶逝水年華》。

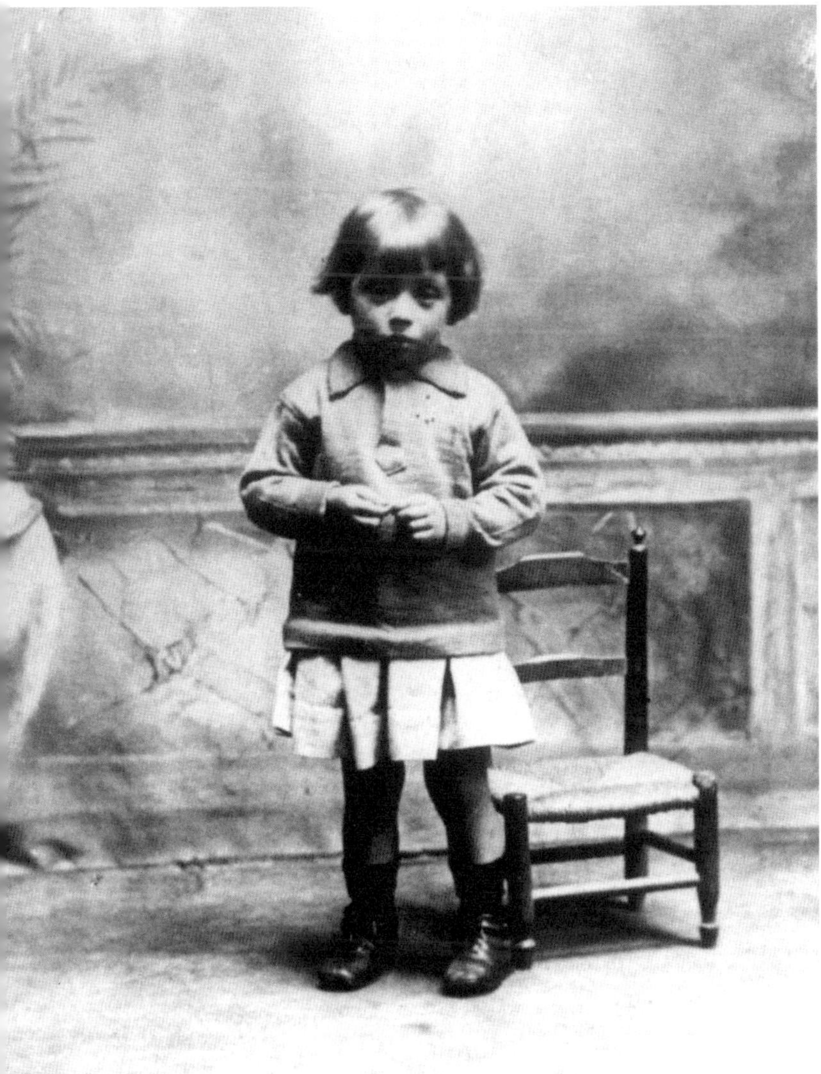

作為一個孩子，我經常而且嚴重地感到煩惱。很明顯，這種情況開始得很早，並且斷斷續續地持續了我的一生（說真的，多虧了工作和朋友，這種情況變得越來越少了），這種煩惱總是可以看得出來。那是一種帶有恐慌的煩惱，直至發展成憂鬱：就像我在研討會、報告會、外請的晚會、集體娛樂會上感受到的煩惱那樣：煩惱到處可見。那麼，煩惱就會是我的歇斯底里嗎？

報告會上的憂鬱。

研討會上的煩惱。

「在 U 感受到的早晨的快樂：陽光、房屋、玫瑰花、寂靜、音樂、咖啡、工作、無性慾要求的平靜、無侵害⋯⋯」

無完整家庭氣氛的家庭。

「我們，總是我們……」

……在好朋友們中間。

軀體的突然變化（從結核病療養院出來後）：他從瘦弱轉向了（他認為是轉向了）豐腴。從那時起，他就持續地與他的軀體進行著鬥爭，為的是恢復其基本的清瘦（知識分子的想像物：保持清瘦是想變得聰慧的天真行為）。

在那個年代，高中生已經是小紳士了。

任何壓制話語的法則，都是站不住腳的。

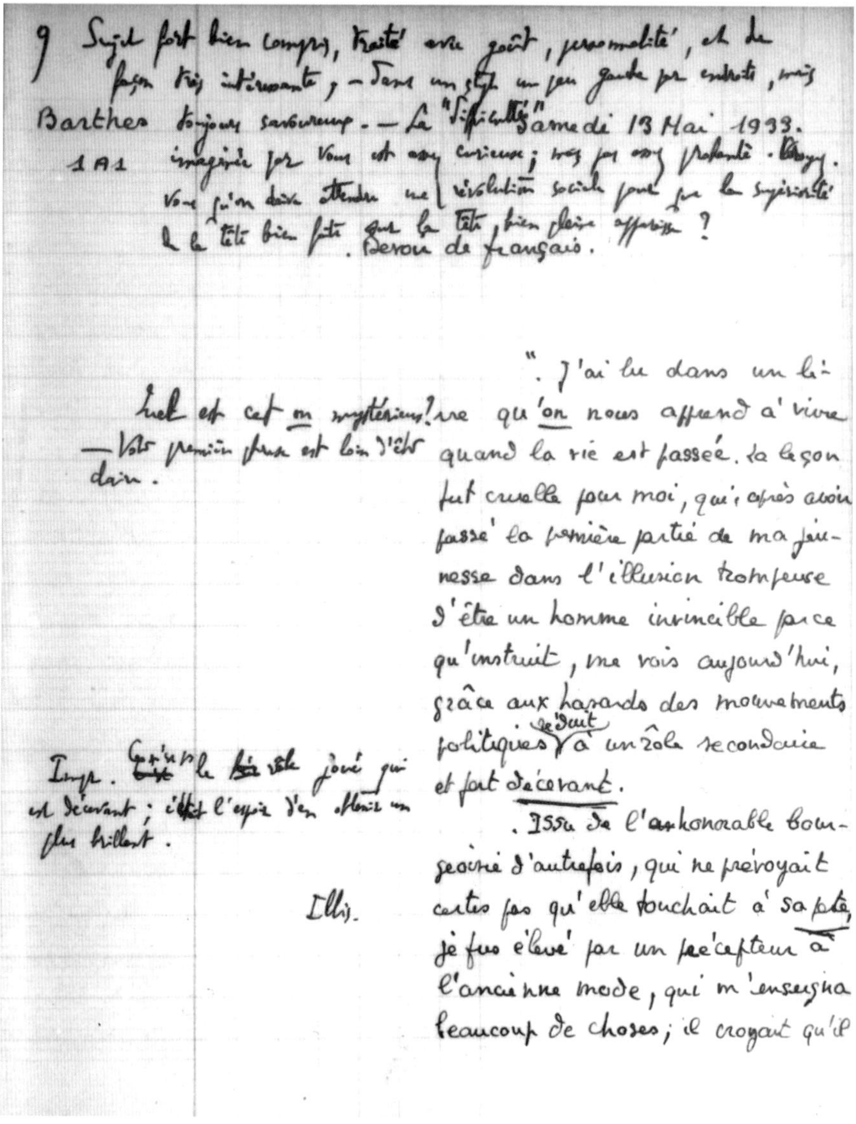

9 Sujet fort bien compris, traité avec goût, personnalité, et de façon très intéressante, — Dans un style un peu gauche par endroits, mais toujours savoureux. — La "difficulté" imaginée par vous est assez curieuse; mais pas assez probante. Pourquoi vous faut-il donc attendre une révolution sociale pour que la supériorité de la tête bien faite sur la tête bien pleine apparaisse ?

Barthes

1 A 1

Samedi 13 Mai 1933.

Devoir de français.

Quel est cet on mystérieux ? — Votre premier phrase est loin d'être claire.

". J'ai lu dans un livre qu'on nous apprend à vivre quand la vie est passée. La leçon fut cruelle pour moi, qui, après avoir passé la première partie de ma jeunesse dans l'illusion trompeuse d'être un homme invincible parce qu'instruit, me vois aujourd'hui, grâce aux hasards des mouvements politiques réduit à un rôle secondaire et fort décevant.

Impr. Ce n'est pas le rôle joué qui est décevant ; c'est l'espoir d'en obtenir un plus brillant.

. Issu de l'archonorable bourgeoisie d'autrefois, qui ne prévoyait certes pas qu'elle touchait à sa perte, je fus élevé par un précepteur à l'ancienne mode, qui m'enseigna beaucoup de choses ; il croyait qu'il

Illis.

我總是非常膽戰心驚地扮演達里尤斯[2]這個人物，他有兩段很長的臺詞，在說這些臺詞的時候，我幾乎總是止不住糊塗起來：我被想像別的東西的意圖所吸引。透過面具上的小孔，除了很遠處和很高處外，我什麼都看不到；在我滔滔不絕地宣讀已故國王的預言的時候，我的目光落在了一些無活力的和自由的對象上，落在了一扇窗戶上、一處房屋的突出部位上、一角天空上：至少，它們是不害怕的。我後悔受制於這種令人不適的圈套——而我的嗓音則繼續均勻地、滔滔不絕地用我本來應該採用的表達語調宣讀著。

[2] 達里尤斯（Darios或Darius），公元前六—前五世紀古代波斯國三位國王的姓。——譯者注

這種神情是從哪裡來的呢？是來自自然，還是來自規則？

關於結核病的回憶。

（每個月，人們都在上一面下端黏上新的一頁；最後，竟長達幾米：這是在時間裡書寫其軀體的鬧劇方式。）

那是一種沒疼痛、不穩定的疾病，是一種乾淨的、無氣味的、無「本我」的疾病。它只有持續時間長的特徵，而且禁止向社會傳染；其餘，你得病或是痊癒，模糊地取決於醫生的某種純粹的裁決。而在當其他的疾病使人脫離社會化的時候，結核病則把你投射到近似小部落、修道院和法倫斯泰爾[3]的一個小小的人種誌社會之中：充斥著禮儀、約束、保護。

3 法倫斯泰爾（phalanstère），傅立葉夢想建立的社會基層組織。——譯者注

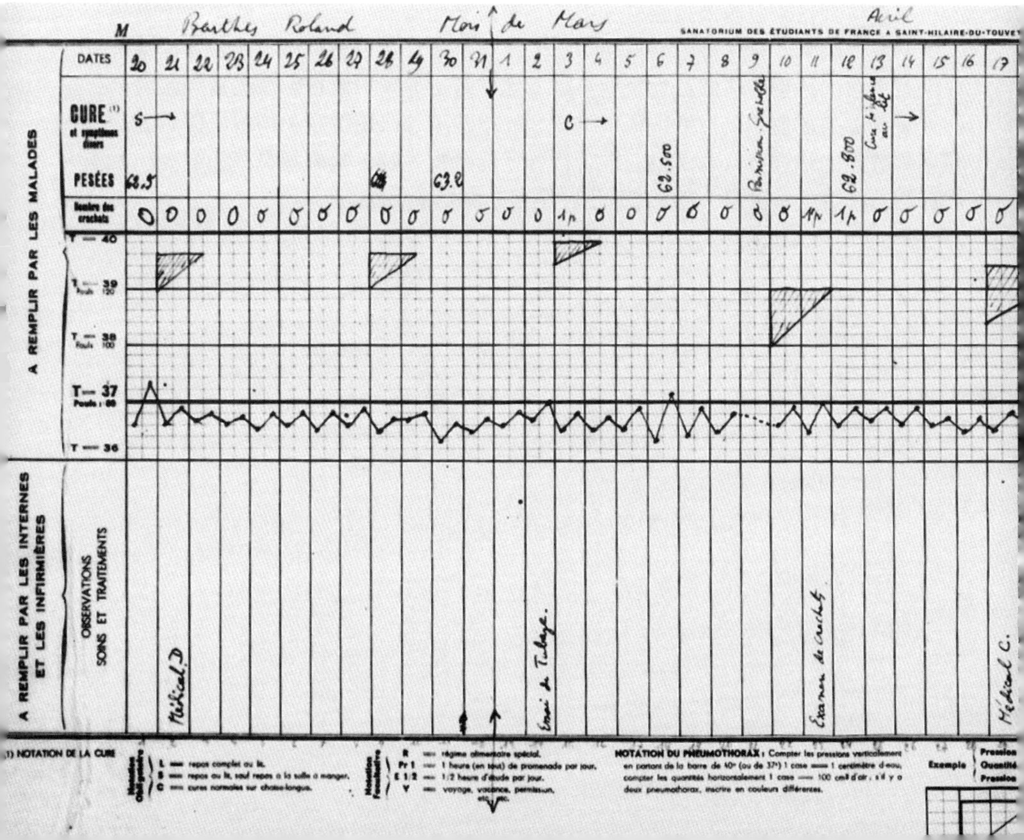

可是，我從來沒有像這種樣子！——您怎麼知道呢？您所像的或不像的這個「您」是什麼呢？在什麼地方採用「您」呢？依據什麼形態標準或是表達標準來採用呢？您的真實性軀體在什麼地方呢？您是唯一從來只能在影像上看到您自己的人，您從來都看不到您的眼睛，除非您的眼睛被它們置於鏡子中或是鏡頭上的目光所愚弄的時候（只有當我的眼睛看著我的時候，我才有興趣看我的眼睛）：儘管和尤其對您的軀體也是一樣，您注定要憑藉想像物。

1942

1970

只有當我的軀體重新找到它的工作空間的時候，它才可以自由地想像。這種空間到處都是一樣的，它耐心地適應於繪畫、寫作和整理工作所帶來的樂趣。

走向寫作。

希臘人說過，樹就是一些字母。在所有字母—樹中，棕櫚樹是最美的。寫作的豐富與區別特徵，就像樹葉的展開形狀，棕櫚樹具有寫作的最大的效果：散落。

在北方，一棵孤獨的松樹
立在一處荒涼的山丘上。
它困意濃濃；雪與冰凌
以其白色的大氅包裹著它。

它夢想著在那充滿陽光的國度
有一棵美麗的棕櫚樹，
它憂傷，沒有生氣，孤寂，
在火辣辣的峭壁上獨處。

——亨利．海涅

慣用左手。

片斷

主動性與反應性

在他寫作的東西中，有兩種文本。第一種文本是反應性的，受憤怒、恐懼、內心回應、輕微偏執狂、自衛心理和場面驅使而成。第二種文本是主動性的，受快樂驅使而成。但在寫作、修改和服從於風格的虛構過程中，第一種文本自身也成了主動性的，從此，它便失去了其反應性外表，因爲這種外表僅靠（短小的插入語中的）隻言片語而存在。

形容詞

他忍受不了有關他自己的任何**形象**，在被別人指名道姓時他感到難受。他認爲，人際關係的最佳狀態就在於不考慮形象：從一個人到另一個人之間取消**形容詞**；建立在形容詞基礎上的一種關係，則屬於形象、屬於支配、屬於死亡。

（在摩洛哥，他們顯然沒有建立起關於我的任何形象。作爲善良的西方人，我當時爲了**這個**或是**那個**所做的努力，一直沒有回應：**這個**和**那個**都不曾以漂亮的形容詞的形式回指我；他們想不到要評論我，他們在不自覺地拒絕培養和恭維對我的想像。最初，人際關係的這種不明朗狀況有點叫人疲憊難忍；但它又逐漸地顯示出像是一種文明財富，或者像是戀人絮語那種眞正辯證的形式。）

愜意

作爲享樂主義者（因爲他自認爲是這樣的），他希望有一種總之是舒適的狀態；但是，這種舒適比由我們的社會來確定其構成因素的家庭舒適要複雜得多：這是一種由他自己安排、自己動手布置的舒適（例如我的祖父B，晚年的時候，他在窗戶前安放了一個檯子，以便一邊幹活一邊更好地看看花園）。對於這種個人的舒適，我們可以稱之爲：**愜意**。愜意接受一種理論尊嚴（「對於形式主義，我們不需要保持距離，而只需要保持愜意」，〈離題〉（Digressions），一九七一），同時也接受一種倫理力量：這是任何英雄主義都自願承受的損失，**即便是在享受之中**。

類比的魔怪

索緒爾最厭惡的，是（符號的）**任意性**。而他最厭惡的，是**類比**。「類比」藝術（電影、攝影），「類比」方法（例如學院式的批評），都失去了人們的信任。爲什麼呢？因爲類比包含著一種自然效力：它把「自然性」看成眞實的源泉。而對類比追加詛咒，即類比是難以克制的（參閱〈雷吉肖〉（Réquichot），二十三頁）：因爲一旦看到某種形式，這種形式就**必**須像某種東西——人類似乎註定要面對類比，也就是說最後要面對自然。於是，畫家、作家都在努力躲避自然。怎麼躲避呢？那就是藉助於兩種相反的過分行爲——或是如果我們願意的話，就是藉助於兩種**諷刺**。這兩種諷刺把類比置於可笑的地位，其方法便是：或者裝出一種極爲平庸的尊敬（這

是複製，複製也因此得救了），或者**依據規則**正常地改變被模仿的對象。（這便是變態，《批評與眞理》，六十四頁）

在這些不規範的情況之外，有益地與無信義的類比相對立的，是那種簡單的結構上的對應性：**同形性**（homologie）。這種同形性把對第一個對象的引述壓縮爲一種依據一定比例的暗示（從詞源學上講，也就是說在言語活動的那些快樂時刻，**類比**就意味著**比例**）。

（公牛在誘惑物挨近鼻子時看到的是紅色；兩種紅色湊在了一起——一種是憤怒的紅色，一種是斗篷的紅色。公牛處於完全的類比狀態，也就是說**完全想像**的狀態。當我抗拒類比的時候，實際上是抗拒想像。這裡指的是：符號的形成、能指與所指的相似性、意象的相似變化、鏡子、迷人的誘惑物。所有求助於類比的科學解釋——這種情況太多了——都參與誘惑，它們構成了科學之想像物。）

黑板上

B先生是路易—勒—格朗中學初中四年級A班的教師，他是一個矮個子老頭，社會黨人，民族論者。每年的年初，他都在黑板上鄭重其事地寫上學生們「在戰場上光榮犧牲的」父母的姓名。有舅舅、叔叔、堂兄弟、表兄弟犧牲者很多，但只有我能報出父親陣亡一事；就像對一種特殊標誌感到窘迫那樣，我對這樣做感到侷促不安。可是，黑板一經擦過，這種當眾表露的悲哀就蕩然無存了——除了在實際生活當中（因爲實際生活總是靜而無聲的）呈現出一個沒有社會錨定的家庭的形象：沒有可敬的父親，沒有可憎恨的家庭，沒有可譴責的地方——這完全是伊底帕斯式的剝奪！

（還是這位B先生，每個星期六的下午，他都愉快地讓一個學生給他提出一個思考題，哪種題目都可以。不論多麼荒唐，他都不放棄從中組織一個小小的聽寫內容。他一邊在教室裡踱步，一邊即興成章，以此證實他的精神自制力和輕鬆自如地構思謀篇的本事。）

片斷與聽寫之間有著滑稽可笑的相似關係：聽寫有時以社會寫作的慣用外在形象，即學校作文的短篇形式重新出現。

錢

由於家貧，他曾經是一個**無上層社會交往**，但也並非屬於底層社會地位的孩子：他不屬於任何社會階層（對於資產階級集中的B市，他只是在學校放假時才去：去看看，就像去看一次演出）；他不分享資產階級的價值觀，他無從對其加以憎恨，因爲這種價值觀在他的眼裡僅僅是一些言語活動的場面，而且具有浪漫性；他只參與其生活藝術（〈答覆〉（Réponses），一九七一））。這種生活藝術，無鋪張揮霍可言，一直存在於缺錢的危機之中；雖然算不上一貧如洗，但卻拮据不堪，也就是說，存在著關係緊張、假期問題、買鞋子問題、買課本問題，甚至吃飯問題。一種關於自由補償、關於快樂，即關於**愜意的**（它正好是拮据的反義詞）的多元決定論的哲學雛形，也許就出自這種可忍受的匱乏狀況（拮据總是存在的）。其構成性問題無疑是錢的問題，而不是性別問題。

在價值方面，錢具有兩種相反的意義〔這是一種對立義素（énantiosème）〕：它尤其在戲劇裡受到非常嚴厲的指責（一九五四年左右，許多文章攻擊金錢戲劇），接著，繼傅立葉之後，反對三種與錢對立的道德論使錢的名譽得到恢復，這三種道德論是馬克思主義、基督教主義和佛洛伊德主義（《薩德．傅立葉．羅耀拉》，九十頁）。可是，當然，被禁止的並不是存留的錢、節省的錢、攢出的錢，而是破費的錢、浪費的錢，這種錢甚至就由於耗費行爲而被扔掉，又由於一種產品的昂貴而變得光彩奪目；於是，從隱喻上講錢就變成了黃金——能指的黃金。

阿爾戈大船

經常出現一幅畫面，即阿爾戈大船[1]的畫面（明亮而呈白色），船上的英雄們一點一點地替換著每一個部件，以便最終能搞成一艘全新的大船，而不需要改變其船名和形狀。這艘阿爾戈大

1 阿爾戈大船（Argo）：古希臘神話中的一艘速度很快的大船。——譯者注

船是很有用的：它可以提供有關一個結構性非常強的對象的諷喻，這個對象不是由天才、悟性、決心和進化觀創立的，而是由兩種不起眼的行爲創立的（這兩種行爲難以在創造活動的任何神祕性之中得到理解）——**替換**（一個部件替換掉另一個，就像在一種聚合關係中那樣）和**命名**（這個名稱與部件的穩定性無任何聯繫）。當在同一個名稱的內部進行結合的時候，**起源**就蕩然無存了。阿爾戈大船是一個只有名稱但無原因而存在的客體，它也是一個只有形狀而無其他身分的客體。

還有一艘阿爾戈大船：我有兩個工作空間，一個在巴黎，另一個在農村。從一個到另一個，不存在任何共同的對象，因爲沒有任何東西被運走。可是，這兩個地方是相同的，爲什麼呢？因爲占有的工具（紙張、筆、寫字檯、掛鐘、菸灰缸）是相同的：是空間的結構構成了其同一性。這種個人的現象足以說明結構主義：系統優於客體的存在。

傲慢

他不大喜歡在取得勝利的時候發表談話。他由於難以承受來自任何人的欺辱，所以只要有某種勝利在某個地方形成，他就立即想到**別處**去。（如果他是上帝的話，他就會不停止地推翻所有的勝利——這就是上帝在做的事情！）即便是最正確的勝利，當其進入話語的層面的時候，它也會變成很壞的言語活動價值，即某種**傲慢**。該詞曾在巴塔耶[2]的作品中出現過，他在某個地方講的是科學上的傲慢，卻鋪展到了所有的盛氣凌人的話語。因此，我承受著三種傲慢態度：科學的傲慢態度、**多格扎**的傲慢態度和戰鬥者的傲慢態度。

多格扎（Doxa，這個詞會經常出現），即公共輿論，即多數人的精神，即小資產階級的一致意見，即自然性的語態，即偏見之暴力。（萊布尼茲[3]的用語）「doxologie」一詞[4]可被我們用來指稱任何與外表、與輿論或與實踐相一致的說話方式。

有時，他對自己曾聽任一些言語活動的恐嚇而感到後悔。於是有人便常對他說：可是，沒有這一點，您就不可能寫作了！傲慢開始巡行了，就像一種醇厚的葡萄酒在文本的賓客們之間斟飲那樣。關聯文本（intertexte）不僅包括一些精心選擇的、暗地喜愛的、自由的、適宜的、大方的文本，還包括一些共同的、盛氣凌人的文本。您自己也可以是另一個文本的傲慢文本。

沒有太大的必要去說「主導性意識形態」，因爲這是一種同義疊用：意識形態不是別的，

2 巴塔耶（Georges Bataille, 1897-1962），法國作家。——譯者注

3 萊布尼茲（Gottfried Wilhelm Leibniz, 1646-1716），德國哲學家和數學家。——譯者注

4 「doxologie」，「老生常談」之意。——譯者注

它僅僅是處於主導地位的觀念（《文本的快樂》（*Le Plaisir du texte*），五十三頁）。但是，我卻可以主觀地誇大和這樣說：**傲慢的意識形態**。

腸卜僧的動作

在《S/Z》一書中（二十頁），詞彙（lexie）（即讀物片斷）被比喻成了由腸卜僧[5]用棍子在空中切割的一塊天。這個意象曾使他高興。這根向著天即向著不可戳破之物而舞的尖棒，從前想必是美妙的；而後來，這種舉動就變得瘋狂了：鄭重地劃定一種界限（但這種界限又立即蕩然無存，只剩下切割的一種智力餘感），並專心於一種意義的完全慣常的和完全任意的準備工作。

認同，不是選擇

「朝鮮戰爭爲的是什麼呢？一小股法國志願兵無目標地在北部朝鮮的樹叢中巡邏。他們中的一個受傷後被一位朝鮮小姑娘發現，小姑娘把他帶回村莊，他又受到村民們的接納。這個士兵選擇留下來，與他們一起生活。**選擇**，至少是我們的言語表達方式。它不完全是維納弗的言

5 腸卜僧（aruspice）：古羅馬依據犧牲者的內臟進行占卜的僧人。——譯者注

語表達方式。實際上，我們不是在目睹一種選擇，也不是在目睹一次談話，更不是在目睹一次開小差，我們目睹的是一種逐漸的**認同**：士兵接受了他所發現的朝鮮……」（米歇爾．維納弗（Michel Vinaver）：《今天或朝鮮人》（*Aujourd'hui ou les Coréens*），一九五六）

後來，過了很久（一九七四），在他去中國旅行之際，他曾經試圖重新採用**認同**一詞，來使《世界報》的讀者們即他的範圍內的讀者們理解他並不「選擇」中國（當時缺少許多因素來明確這種選擇），而是像維納弗的那個士兵一樣，在不聲不響之中（他稱之爲在「平淡」之中）**接受**那裡正在做著的事情。這一點不大被人所理解。知識界所要求的，是一種**選擇**：必須離開中國，就像一頭公牛離開門欄，衝入滿是觀衆的鬥牛場那樣，怒不可遏或是盛氣凌人。

真實與論斷

他不安起來，有時非常強烈——有幾個夜晚，在一整天的寫作之後，甚至達到一種恐怖的程度。這種不安來自於他感覺到要生產一種雙重話語的時候，這種話語的方式在某種程度上超過目的：因爲這種話語所針對的並不是眞實，但它又是論斷性的。

（他很早就出現了這種侷促狀況。他在努力控制住它——不這樣做，他就得停止寫作——他在這樣做的時候，他想像言語活動是論斷性的，而不是他是論斷性的。所有的人都該會認爲，爲每個句子加上一個不確定的尾句的做法十分可笑，就好像任何來自言語活動的東西都可以使言語活動發抖一樣。）

（出於同一種感覺，每寫作一樣東西時，他都設想他將會傷害他的朋友們中的一個——從來都不是同一個朋友，而是輪換著的。）

無定所

被插入：我被插入、被指定在一個（知識階層的）場所、一個社會等級（或者說社會階級）的住所。只有一種內心自知的學說可以對付這種情況：那就是**無定所**（atopie）學說（即關於住處飄忽不定的學說）。無定所優於空想（空想是反應性的、策略性的和文學性的，它來自於意義，並使意義前進）。

回指性

令人迷惑的複製，即叫人感興趣的複製，是脫節的複製。這種複製在重新生產的同時，也返回到原處：複製只能在返回原處的情況下才能重新生產，複製搞亂了複製品的無限的鏈式排列。今天晚上，植物園餐廳的兩個侍者去波拿巴餐廳喝開胃酒。一個與他的「夫人」一起，另一個忘記了服用治療傷風的膠囊；他們享受到了由波拿巴餐廳當班的年輕侍者提供的服務（佩爾諾酒（Pernod）和馬丁尼酒（Martini））（「抱歉，我不知道這是您的夫人」）。他們繼續在充滿親熱和自反性的動作之中飲酒，然而，他們的角色仍然是強制地分開的。這種**反光作用**（**réverbération**）到處可見，總是誘人的：理髮師讓別人理髮，（摩洛哥的）擦鞋匠讓別人擦皮鞋，女廚師讓別人供飯吃，喜劇演員在停演的那天也去看戲，電影藝術家也看電影，作家也看書，資深的打字員M小姐在不出現塗改橫槓時就不能寫出「橫槓」這個字，作爲掮客的M先生找不到任何人爲他搞到（爲了他個人的用途）可向客戶提供的對象，等等。所有這一切，都是**回指性**（**autonymie**）：一種環形活動的令人不安的（喜劇性的和平淡的）斜視。如改變字母位置就可以成爲一個新詞的現象、顚倒的疊印現象、層次的打亂現象。

掛車

從前，有一輛無軌電車在巴約納市至比亞里茲市（Biarritz）之間穿行；每逢夏天，人們就給它掛上一節完全開放的、可穿行的車廂：掛車。大家都很高興，都願意搭乘掛車。沿著很少有所補加的景致，人們可以觀賞全景，也可以享受運動感和新鮮空氣。今天，既沒有了掛車，也沒有了無軌電車，去比亞里茲的旅行眞是一次苦役。這樣說，並不是爲了神話般的美化過去，也不是藉懷念無軌電車而想道出對於已逝青春的惋惜。這是爲了說明生活的藝術沒有歷史——它不演變：降臨了的快樂，就是永遠地降臨了，它是不可取代的。其他的快樂來到了，它們什麼也代替不了。**在快樂之中無進步可言**，而只有變化。

當我玩捉人遊戲的時候……

當我在盧森堡公園（Luxembourg）玩捉人遊戲的時候，我的最大樂趣並不是惹逗對手和輕率地被人捉住，而是解救被捉住的人——其後果便是使得各方都運動起來：這時遊戲又從零開始。

在言語能力的大遊戲之中，人們也玩捉人遊戲：一種言語活動只是臨時地對於另一種言語活動具有指揮作用，只需第三種言語活動出現，以使進攻者不得不後退。在各種修辭學的對立之中，勝利只屬於**第三種言語活動**。這第三種言語活動的任務就是解救被俘虜者：分散所指，分散信條。就像玩捉人遊戲一樣，**言語活動之上又有言語活動**，無休無止，這便是驅動語言世界的法則。由此產生其他的意象：蒙目擊掌猜人遊戲的意象（手放在手上；第三隻手又疊上去，這就不再是第一隻手了），石頭—剪刀—布遊戲的意象，無核而只有皮的洋蔥頭的意象。但願區別不需要服從任何束縛：沒有最終的辯駁。

姓氏

他童年時代的一部分時間，被他聽到的一種特殊內容占去了：巴約納地區的老一輩資產階級的姓氏。祖母整個白天都對他重複那些姓氏，因爲祖母很喜歡外省的上流社會。那些專有名詞都是很標準的法語姓氏，可是在這種規定之中，也經常有一些是很有新意的。那些姓氏在我的耳邊組成古怪的能指花環（其證明就是我至今還清楚地記得——爲什麼呢？）：勒伯夫（Leboeuf）

夫人，巴爾貝—馬森（Barbet-Massin）夫人，德萊（Delay）夫人，武勒格爾（Voulgres）夫人，波克（Poques）夫人，萊昂（Léon）夫人，弗魯瓦斯（Froisse）夫人，德．聖—帕斯圖（de Saint-Pastou）夫人，皮紹努（Pichoneau）夫人，普瓦米羅（Poymiro）夫人，諾維翁（Novion）夫人，皮許魯（Puchulu）夫人，尚塔爾（Chantal）夫人，拉卡普（Lacape）夫人，昂里凱（Henriquet）夫人，拉布魯舍（Labrouche）夫人，德拉斯博德（de Lasbordes）夫人，迪東（Didon）夫人，德利涅羅爾（de Ligneroles）夫人，加朗斯（Garance）夫人。人們怎麼會對於姓氏鍾愛不捨呢？沒有人懷疑是換喻的緣故：因爲這些夫人並不招人喜歡，甚至也並非美不勝言。可是，沒有這種特殊的貪婪勁頭，就不可能去閱讀一部小說，去閱讀一些回憶錄（我在閱讀德讓利[6]夫人的作品時，就興致很濃地去注意古代貴族的姓氏）。這不僅僅需要一種關於專有名詞的語言學，它還是一種色情——姓氏，就跟語態一樣，就跟氣味一樣，它還是表明一種憂鬱的詞語：慾望與死亡。上個世紀的一位作者這樣說過：它是「事物留下的最後一次呼吸」。

---

6 德讓利夫人（Comtesse de Genlis, 1746-1830），法國作家，法國國王路易．菲利普一世（Louis Philippe, 1773-1850）的家庭教師。——譯者注

關於愚蠢，我只能說……

每一週在音樂電臺（FM）收聽到的音樂，在他看來都是「愚蠢的」，他得出的結論是：愚蠢很像是一個堅硬的、不可分的核，是一個**原始人**（primitif），**科學地**分解它是不必要的（如果對於愚蠢的科學分析是可能的話，那麼所有的電視系統就都該垮了）。何謂愚蠢呢？一種場面？一種審美虛構？也許是一種幻覺？也許我們就想把自己置於畫面之中？那種畫面該是好看的、令人窒息的和古怪的。總之，對於愚蠢，我只能這樣說：**它誘惑我**。誘惑，即是愚蠢（如果我能偶爾說出其名稱的話）在我身上引起的**準確**感覺：它在抱緊我（它是難以對付的，什麼都抓不住它，它會在蒙目擊掌猜人遊戲中抓住你）。

喜愛一個念頭

在一段時間裡，他曾熱衷於二元論（binarisme）；在他看來，二元論是一個眞正的可愛的對象。他認爲，這個念頭從未表現出似乎已經被開發完了。人們可以**僅以一種區別**來說任何事情，這種做法在他身上產生著一種樂趣、一種連續的驚奇。

智力方面的事情與愛情方面的事情相似，在二元論中，使他高興的，是一種外在形象。這種外在形象，與他後來在價值的對立關係中所發現的是一致的。使符號學（在他身上）偏離的東西，曾首先是這種符號學的享樂原則：拒絕二元論的符號學幾乎不再與他有關係。

年輕的資產階級姑娘

在激烈的政治動亂中，他在學習彈鋼琴、學習水彩畫：這都是十九世紀一位年輕的資產階級小姐從事的裝點門面的事。——我現在把問題顚倒過來：在昔日資產階級小姐的實踐中，是什麼東西超越了她的女性性別和階級呢？這些行爲的理想國是什麼呢？年輕的資產階級小姐在無益地、愚蠢地爲她自己而生產，但**她一直在生產**：這是屬於她自己的能耗形式。

愛好者

愛好者（即不想精通也不想參加比賽的練習繪畫的人、練習音樂的人、練習體育的人、喜愛科學的人）繼續他的享樂（amator，即表現出喜愛和繼續表現出喜愛的人）。他根本不能說是一位（富於創造性的、高技能的）英雄。他**優雅地**（但毫無用處地）坐定在能指之中：在音樂、繪畫的直接的最終材料之中。通常來講，他的實踐不包含任何**自由速度**（rubato）（對於對象的這種盜竊有利於屬性）。他現在是——有可能將來也是——反資產階級的藝術家。

布萊希特對於羅蘭．巴特的指責

羅蘭．巴特似乎總想**限制**政治。難道他不了解布萊希特[7]曾經特意爲他寫的東西嗎？

「例如，我希望生活中少一點政治。這意味著我不想成爲政治主體。但是，這並不因爲我更想成爲政治對象。不過，還是應該要麼成爲政治對象，要麼成爲政治主體，沒有其他的選擇。問題不在於或者既不是這個也不是那個，或者兩者都不是。因此，我似乎必須搞點政治，而且我甚至不該決定我應該搞的政治的多少。這樣一來，我的生命就很可能應該貢獻給政治，甚至爲其作出犧牲。」〔《論政治與社會》（*Écrits sur la politique et la société*），五十七頁〕

他的場所（即他的**領域**），是言語活動：他正是在這裡才行動或是放棄，他的軀體正是在這裡**可以**或是**不可以**。爲了政治話語而犧牲其言語活動的生活嗎？他很想成爲**主體**，但不是政治**演說家**（**演說家**，即宣讀講稿、講述講稿，同時也是正式公布講話內容和以簽字來確認講話內容的人）。這是因爲他不能從他的一般的、**重複的**話語中剝離政治眞實，也因爲在他看來政治家是被取消權利的。可是，從這種被取消權利的情況開始，他至少可以使他寫作的東西具有**政治**意義：就像他是一種矛盾的歷史見證人一樣，這種矛盾便是一位**敏感的**、**渴求的和平心靜氣的**（不應該將這幾個詞分開）政治主體的矛盾。

7 布萊希特（Bertolt Brecht, 1898-1956），德國詩人、文藝理論家。——譯者注

政治話語並不是唯一可以重複的、可以普及的、可以令人疲憊的話語：一旦在某個地方出現話語的一種變化，緊接著就有一部《聖經》和其一系列令人疲憊的僵死的句子。在他看來，這種共同的現象在政治話語中之所以尤其不能容忍，是因爲重複在此採取了**頂級**的速度。政治以成爲關於眞實的基本科學爲己任，我們也從幻覺出發賦予其一種最後的能力，即征服言語活動、把任何閒聊都縮減爲其最微小的眞實部分的能力。那麼從此以後，如何在無悲哀的情況下能容忍政治也進入到言語活動的行列，並轉變成爲喋喋不休的廢話呢？

（爲了使政治話語不被重複所糾纏，就需要一些罕見的條件：或者由它自己建立一種新的推理性方式——這就是馬克思的情況；或者稍差一些，由一位作者藉助於言語活動的一種簡單的**理解力**，藉助於關於其特定效果的科學，生產一種既嚴格又自由的政治文本，該文本能確保其審美特殊性的特徵，就像他能發明也能改變他所寫的東西那樣——這便是布萊希特在《論政治和社會》中的情況；或者，政治以一種模糊和不大可靠的深度武裝和改變言語活動的物質本身——這便是文本，例如法律文本的情況。）

對於理論的要脅

有許多（尚未發表的）先鋒派文本是**靠不住的**：怎麼評判它們、集注它們，又怎麼爲其預言一種直接的或遙遠的未來呢？它們高興這樣嗎？它們厭煩這樣嗎？它們明顯的特點，是故弄玄虛：它們急於操作理論。可是，這種特點**同時也是**一種要脅（一種對於理論的要脅）：請喜歡我，留住我，保護我，因爲我符合您所要求的理論；難道我與阿爾托[8]和凱吉[9]等人做的不是一樣的事情嗎？——但是，對於阿爾托，那並不僅僅是「先鋒派」，那**也是**寫作；凱吉**也有**其魅力……——正是在此，一些品質**恰恰**沒有被理論所承認，它們甚至有時被理論所唾棄。請您至少將您的愛好與您的想法協調起來，等等。（**此種情景在繼續，在無限地繼續。**）

夏洛特

小時候，他不怎麼喜歡有夏洛特[10]這個人物的電影。後來，他在不盲從於人物的模糊而又使人平靜的意識形態的情況下（《神話學》（*Mythologies*），四十頁），發現了這種既非常大眾化（他就曾經是非常平易近人的）又非常奸猾的藝術的某種樂趣。這是一種**合成的**藝術，這種藝術並不直接地採用多種審美情趣和多種言語活動。這樣的藝術家能引起全面的快樂，因爲他們提供的文化意象既是有區別的又是集體的，即多元的。這種意象就像第三項那樣運作，這第三項是對包括我們在內的對立關係（大眾文化**或是**高級文化）的破壞的一項。

---

8 阿爾托（Antonin Artaud, 1896-1948），法國作家、喜劇演員和話劇演員。——譯者注

9 凱吉（John Cage, 1912-1992），美國作曲家。——譯者注

10 夏洛特（Charlot），英國裔美國電影藝術家卓別林（Charles Spencer Chaplin, 1889-1977）於一九一三年在美國塑造的一個喜劇人物，該人物曾出現在他的多部喜劇電影作品中。——譯者注

電影的實在性

對電影的抵制：在電影裡，不論有關平面的修辭學怎樣，能指自身從本質上講總是平滑的；這是一種不間斷的畫面連續動作；膠片（名稱起得好：它就是一張無開裂的皮）**接續不斷**，就像一種會說話的帶子——無法確定這種片斷、這種俳句的地位。表現方面有一種約束（類似於語言的那些必須遵守的內容），即必須接受一切：要接受一個人的一切，這個人走在雪地裡，甚至在他表明意圖之前，我就知道了一切；相反，在寫作的情況裡，我卻不必明白主人公的指甲是怎樣形成的——但是，如果他希望，文本就會告訴我，而且是強有力地告訴我，賀德林[11]有著很長的指甲。

〔剛寫完這一點，我就覺得這似乎是在承認想像物。我本該像說一種夢幻性的言語那樣來陳述這種想像物，這種言語在尋求我抵制或者我希望的原因。不幸的是，我不得不論述：在法語中（也許任何語言在這方面都一樣），缺少一種可以**輕柔地**（我們的條件式還是語氣太重）說出的東西——根本不是說出智力的疑慮，而是說出那種致力於變成理論的價值。〕

---

11 賀德林（Friedrich Hölderlin, 1770-1843），德國詩人。——譯者注

尾句

在《神話學》一書中，政治經常出現在最後的部分（例如：「因此，我們看到，《失去的大陸》[12]中的『美麗的畫面』不能是無辜的：失去了在萬隆重新找到的大陸，不能說是無辜的」）。這種尾句可以說具有三種功能：修辭性的（畫面裝飾性地自我關閉）、體貌特徵性的（透過一種介入計畫，最後獲得一些主題分析）和經濟性的（人們試圖用一種更爲簡潔的方式代替政治論述，除非這種簡潔的方式僅僅是人們藉以排除**理所當然**的論證的那種毫無拘束的方法）。

在《米什萊》（*Michelet*）一書中，這位作家的思想意識被放在了（最初的）一頁上。羅蘭·巴特保留並排除政治社會論：他把它作爲標記來保留，又把它作爲煩惱來排除。

重合

我一邊彈鋼琴一邊記錄自己的聲音。最初，是出於能**聽得到自己**的好奇心，但很快，我就聽不到自己了，我所能聽到的，雖然可以說多少表露出一點意願，但都是巴赫和舒曼，都是他們

---

12 《失去的大陸》（*Continent perdu*），一部大型紀錄片，講的是幾個義大利人到東南亞地區探險的故事。——譯者注

的音樂的純粹的物質性。因為這涉及到了我的陳述活動，謂語失去了任何相關性；相反，作為悖論的現象是，如果我聽李斯特的音樂或是霍洛維茲[13]的音樂，我就會有數不清的形容詞出現在面前——我聽得到他們的音樂，而聽不到巴赫或是舒曼的音樂。那麼，會發生什麼事情呢？當我在**彈鋼琴**之後——即在我一個一個地發現我出現的錯誤的那個清晰時刻過後——聽自己，就會出現某種罕見的重合：我的動作的過去時與我的聽之行為的現在時發生了重合，而且在這種重合中取消了評論，只剩下了音樂（當然，剩下的，絲毫不是文本的「實際」，就好像我此前發現了舒曼的「眞實」或是巴赫的「眞實」一樣）。

當我假裝重新寫作我以前寫過的東西的時候，也會以相同的方式出現一種廢除活動，而不是出現一種實際活動。我不會用我現在的表述去服務於我以前的實際（按照經典的做法，人們會以**可靠性**來慶祝這種努力），我拒絕對我自己以前的一部分繼續進行令人精疲力竭的努力，我不尋求**恢復**自己（就像有人對一個紀念物所說的那樣）。我不說：「我要描述我自己」，而是說：「我寫作一個文本，我稱之為羅蘭·巴特。」我放棄（對於描述的）仿效，我依靠命名。難道我不知道**在主體範圍內沒有指稱對象**嗎？（傳記的和文本的）事實在能指之中被取消了，因為事實和能指直接地**重合**了。我在**寫作自己**的時候，我只是在重複最後的過程，巴爾札克正是藉助於這種過程在《薩拉辛》（*Sarasine*）中使閹割活動與閹割物「重合在了一起」。我自己是我個人的符號，我是發生在我身上的故事。我在言語活動中是自由的，我沒有任何可與我相比的東西；而

---

13 霍洛維茲（Vladimir Horowitz, 1905-1989），烏克蘭裔美國鋼琴演奏家。——譯者注

字跡引起的享樂：先於繪畫、音樂。

在這個活動中，「**我**」作爲想像的人稱代詞被認爲是非—恰當的。符號邏輯就嚴格地變成**直接性**的了。對於主體生命的主要威脅是，對於自身的寫作可以表現爲一種自負的念頭，但是，這也是一種簡單的念頭——簡單得就像自殺的念頭。

有一天，爲了消磨時間，我就我的計畫查閱了一下《易經》。我抽到了第二十九卦——坎：危險！深淵！鴻溝！（工作忍受著魔法的折磨：**面臨危險**。）

對比就是理智

他既嚴格又富有隱喻地、既咬文嚼字又含糊地把語言學用於某種遠離的對象：例如薩德[14]式的色情（《薩德·傅立葉·羅耀拉》，三十四頁）——這使他可以談論**薩德的語法**。同樣，他還把語言學系統（**聚合體**/**組合體**）用於風格學系統，並根據出現在紙上的兩種軸來爲作者的修改內容進行分類（《新文學批評論文集》（*Nouveaux Essais critiques*），一三八頁）；還是同樣，他以在傅立葉的概念與中世紀的體裁之間（即在概述—摘要與預示藝術（ars minor）之間，《薩德·傅立葉·羅耀拉》，九十五頁）建立一種對應關係來獲得快樂。他不生造，他甚至不組構，

14 薩德（Donatien Alphonse François, Marquis de Sade, 1740-1814），法國色情小說作家。——譯者注

他轉述。在他看來，對比就是理智。他透過某種更爲同系的而不是隱喻的想像力（因爲人們在對比系統，而不是對比意象），從使對象出現**偏移**之中獲得快樂。例如，如果他談論米什萊[15]，他就在米什萊身上做他認爲米什萊對於歷史材料已經做過的事情：他藉助於完全的意義轉移來進行，他愛撫地進行（《米什萊》，二十八頁）。

他有時也自我表白，用一個句子重複另一個句子。（例如：「**但如果我喜歡提出要求呢？如果我有某種母性的欲望呢？**」《文本的快樂》，四十三頁）就像他想寫個概述，但他卻無法走出來，他只能在概述上疊加概述，因爲他不知道哪一個是最好的。

真理與穩定性

坡[16]說過（*Eurêka*）：「眞理存在於穩定性之中。」因此，不能承受穩定性的人，便把眞理之倫理學拒之身外。一旦詞語、命題、觀念**採取**和過渡到固定狀態、**俗套狀態**（俗套意味著**固定**），他就把它們放棄。

---

15 米什萊（Jules Michelet, 1798-1874），法國歷史學家和作家。——譯者注

16 坡（Edgar Allan Poe, 1809-1849），又譯為愛倫·坡，美國作家和文藝批評家。——譯者注

與什麼同時代？

馬克思曾認爲，就像古代的人民靠想像在**神話**中經歷了他們的史前時代一樣，德意志人靠思考在**哲理**中經歷了我們的後歷史時代。我們是現在時的**哲理**同代人，而不是它的**歷史**同代人。同樣，我只是我自己的現在時的想像的同代人：與他的言語活動同代，與他的玄想同代，與他的系統同代（也就是說與他的虛構同代），一句話，與他的神話或與他的哲理同代，而不是與他的歷史同代。因爲我只停留在處於晃動的影像中：**虛幻的影像**。

對於契約的含混歌頌

他對於**契約**（條約）的第一個印象，總的說來是客觀的：符號、語言、敘事、社會，都以契約的方式在運作。但是由於這種契約通常都是被掩蓋著的，所以批評活動就在於讀解理智、托詞和外表的疑難之處，一句話，就是讀解社會的**自然性**，以便揭示作爲語義和集體生活之基礎的那種有節制的交流活動。可是，在另一個層面上，契約是一種不好的對象：這是一種資產階級的價值，它只是使某種經濟的同等回報做法合法化。資產階級的契約這麼說：**有來才有往**。因此，在歌頌會計學、贏利率的名義下，必須識辨卑鄙、識辨吝嗇。同時，在最後一個層面上，契約不停地被人所希求，就像它是一個最終「正規化了的」世界的司法一樣：在人的各種關係中追求契約（一旦某種契約得以建立就具有很大的安全感），對於只接受而不給予表示反感，等等。在這一點上，由於軀體直接介入進來，所以，好的契約的樣板，就是賣淫契約。因爲這種契約，雖然被所有的社會和所有的制度（遠古制度除外）都說成是不道德的，但它實際上是在解放人們可以稱之爲交易中的**想像性困難**的東西：對於別人的欲望、對於**我對他來講是什麼**，我要遵循什麼呢？契約取消這種懸念。總之，它是主體在不落入相反的但同樣是被憎恨的兩個意象之中的情況下可以堅持的唯一態度。這兩種意象是「私心人」的意象（他要求，而不擔心無任何東西可給）和「聖人」的意象（他給予，而禁止自己要求什麼）。因此，契約的話語規避兩種整體情況。它可以讓我們觀察在日本志木台畫廊（Shikidai）裡被識辨出的任何**居住**的黃金規則：「**沒有任何強取豪奪，可是也無任何奉獻**。」（《符號帝國》（*L'Empire des signes*），一四九頁）

不合時宜

他的（公開承認的？）夢想是將資產階級生活藝術（存在著這種藝術——也有過一些這種藝術）的某些**魅力**（而我不說：一些**價值觀**）轉移到一個社會主義社會之中去——這就是他所謂的**不合時宜**。整體論這種幽靈與這種夢想是對立的。整體論幽靈希望資產階級現象**全面地**被置於死地，並且能指的任何遁逝都會受到懲罰，就像賽跑時只帶回來一身髒泥那樣。

是否可以像享受一**種域外情趣**那樣來享受一下資產階級的文化（變形的文化）呢？

我的軀體只在……存在

我的軀體只在兩種通常的形式下才存在於我自身：偏頭疼和色慾。它們不是一些過分的狀態，相反，它們很有節制、很容易接近或是很容易醫治，就像在這種或那種情況裡我們決定在軀體的光彩的或可惡的形象上幻化它們一樣。偏頭疼只不過是軀體不適的最初程度，色慾通常只被看成一種低級的享樂。

換句話說，我的軀體不是一個英雄。不悅或快樂（偏頭疼也在**撫慰**我的某些時日）的輕浮和擴散性特徵，與軀體構成作爲嚴重違犯常態之溫床的古怪而富於幻覺的場所是相對立的；偏頭疼（我在此不準確地把一般的頭疼都稱爲偏頭疼）與色慾快樂只不過是一些肌體感覺，這些感覺負責使我自己的軀體個性化，而我的軀體則不能以沒有任何危險而自豪：我的軀體對其自身來講不太富有戲劇性。

多元軀體

「是什麼樣的軀體呢？我們有多個軀體。」（《文本的快樂》，三十九頁）我有一個可助消化的軀體，我有一個可引起噁心的軀體，第三個軀體是患有偏頭疼的軀體，以此類推還有：色慾的軀體、肌肉的軀體（作家的手）、幽默的軀體，而尤其是**情感的**軀體：它激動、不安，或鬱悶，或激奮，或驚恐，而不需要表現出什麼。此外，神話的軀體、人造的軀體（例如日本身著異性服飾的軀體）和（演員的）被出賣的軀體。而在這些公共軀體之外，如果我可以說的話，我還有兩種軀體：一個巴黎的軀體（警覺的和疲倦的軀體）和一個鄉下的軀體（休閒的和懶洋洋的軀體）。

肋骨

有一天，我使我的軀體變成了這個樣子：

一九四五年，在萊森市（Leysin）做外膜氣胸手術，我的一根肋骨被拿掉了，然後，人們又將其包在一小塊藥用紗布裡，鄭重其事地還給了我（大夫們，當然是瑞士大夫們，都對我說，**我的軀體屬於我**，儘管已成碎塊，他們還是還給了我：不管是生還是死，我是我的骨頭的主人）。我把我的這根骨頭在抽屜裡保存了好久，它儼然一塊骨質陰莖，形似羔羊排骨中的長骨。我不知把它怎麼辦，由於擔心糟蹋自己的身體，也不敢把它扔掉，儘管把它鎖在寫字檯裡與那些「珍貴的」物件為伍於我毫無用處。那裡邊有一些舊鑰匙，一個學生記分冊，一個珍珠質的舞票本和一個我祖母B留下的玫瑰色塔夫綢地圖夾。後來，有一天，我明白了，任何抽屜的功能，都在於使物件於一個虔誠的場所即一處灰塵遍布的小教堂裡，度過一段時間之後再使其慢慢死亡和適應死亡。在這個場所裡，人們以保存其活著的狀態為名，為其安排了抑鬱垂死的恰當時間。但是，我還不至於把自己的一塊東西扔到住房的公用垃圾桶裡，於是，我便在陽臺上擺弄這塊肋骨和紗布，就像我極富浪漫色彩地把我的骨灰撒到塞萬多尼街上，那裡，正有一條狗想必就是循味而來的。

不可思議的意象曲線

索邦大學的教授R．P．先生在他那個年份把我當成騙子。T．D．現在則把我當成索邦大學的教授。

（讓人驚奇和使人激動的，並不是他們觀點的不同，而是他們之間的嚴格對立。由此使您發出呼喊：太過分了！——這大概是一種眞正**結構**的享樂，或者是一種眞正悲劇的享樂。）

價值——詞語的偶聯

某些語言似乎包含著一些對立義素，即一些在形式和意義上相反的單詞。在他看來，同一個詞可以是好的詞也可以是壞的詞，而不需要提前預告。當人們在「資產階級」的歷史的、上升階段的、進步的時期接受它的時候，它就是好的；而當它被消滅的時候，它就是壞的。有時，語言偶爾提供一個雙義詞的分開辦法：「結構」，在開始時是有很好的價值的，但在出現許多人都把它當作一個靜止的形式（一個「計畫」，一個「圖示」、一個「模式」）的時候，它就失去了信譽。幸運的是，「結構活動」已經存在，它取代了前者，並出色地包含著強有力的價值：**進行**

（faire），即（「毫無意義的」）反常的耗費。

同樣，而且更爲特別的是，具有好的價值的，不是**色情**（érotique），而是**色情活動**（érotisation）。色情活動是一種色情生產過程：它輕盈、擴散、水銀似的；它在無固定狀態下循環。一種多方面的和動態的調情活動把主體與發生的事情聯繫在了一起，它先是裝出自我控制的樣子，隨後又附興於其他事情（再往後，這種經常改變的景致有時就被一種突然的靜態所切割、所結束：愛情）。

兩種夾生

夾生既指食物也指言語活動。他從這種（「可貴的」）含混性中獲得重新回到其陳舊問題（即**自然性**的問題）的方式。

在言語活動的領域內，外延（dénotation）只有透過薩德的性別言語活動才能眞正被觸及（《薩德·傅立葉·羅耀拉》，一三七頁）；在別處，它只是一種語言學的贋像。這樣，外延就用於使言語活動的純粹的、理想的、可信的**自然性**產生幻覺。而在食物領域，外延則與同樣是大自然純粹意象的蔬菜和肉類的夾生相一致。但是，食物和詞語的這種亞當式的狀況是**難以維持**的：夾生會立即被當作它自己的符號而收回。夾生的言語活動是一種淫穢的言語活動（它歇斯底里地模仿情愛的享樂），而這兩種夾生都只不過是文明化了的飯菜的一些神話價值，或者是日本菜盤中的一些審美裝飾。因此，夾生就過渡到了假自然性的被人厭惡的類別：由此，產生對於言語活動夾生的厭惡和對於肉的夾生的厭惡。

分解與破壞

我們假設，知識分子（或作家）的歷史任務，在今天就是維持和加強對資產階級意識的分解。因此，就需要在意象上保留其全部的準確性。這就意味著，人們都自願裝出待在這種意識之內部的樣子，也意味著人們即將使其當場受到損害、受到削弱、受到瓦解，就像人們把糖塊浸到水中那樣。因此，**分解**在此是與**破壞**（destruction）相對立的：爲了**破壞**資產階級的意識，就必須暫時離開它，而這種外在性只有在變革的形勢裡才是可能的。但在別處（這裡和現在），**破壞**最終只是重新構成一個言語場所，其唯一的特徵就是外在性：外在的和不變的。這便是那種教條的言語活動。總之，爲了破壞，就必須能夠**跨越**。但是在何處跨越？在何種言語活動之中？在何種心安理得與自欺[17]的場所？在分解的同時，我同意陪伴著這種分解，同意逐漸地自我分解：我失去控制，我緊緊抓住，我在拖延。

17 這裡，巴特採用了沙特的兩個概念：「心安理得」（bonne conscience）與「自欺」（mauvaise foi）。沙特在《存在與虛無》（*L'être et le néant*）第二章中確定的定義為：「自欺就是欺騙，但卻是對於自身的欺騙」，而「心安理得」則是「自欺」的表現。——譯者注

H仙女

一種異常情況所擁有的享樂能力〔在這種情況下，兩種H的異常情況：同性戀（homosexualité）和印度大麻（haschisch）〕總是被低估。法律、公理、多格扎、科學，都不想理解異常完全可以**使人快樂**；或者更準確地講，異常還產生**更多**的東西：我變得更敏感、更富有洞察力、更會說話、更會娛樂，等等——而區別就落定在這**更多**的東西中（然而，生活的文本，生活就如同文本）。從此，它便是一位仙女、一種非詞語性的外在形象、一種代為說情的途徑。

朋友們

他在為「道德觀」（moralité）一詞尋找定義。這個詞，他在尼采的作品中讀過（古希臘人有關軀體的道德觀），並且把它與道德（morale）對立起來；但是，他又不能使這個詞概念化。他只能為其劃定一種實施範圍，即一種**場域**。在他看來，這種範圍顯然是友情之範圍，或者更可以說（因為這個用拉丁語表示的詞太生硬、太一本正經），是朋友們的範圍（在談到朋友們時，我從來都只是在一種偶然性即區別性中對待我自己和對待他們）。在這種**有教養的**情感空間中，他發現了這種新的主體的實踐，有關這種新的主體的理論今天他仍在尋找。朋友們之間構成網絡，每一位都應理解自己既是**外在的**又是**內在的**，在每次會話時都應順從域外的提問：在各種欲望之間，我在什麼地方呢？我在欲望的何處呢？這個問題，是因為友情之千變萬化才向我提出來的。因此，一篇熱烈的文本即神奇的文本便日復一日地寫著，它作爲被解放的書籍的光輝形象，永遠沒有終結。

就像有人把紫羅蘭的氣味或茶的味道（表面上看，它們都很特殊，都難以模仿，都**無法表達**）分解成某些成分，而這些成分的巧妙組合又產生同一種物質一樣，他想到，每個朋友的身分都使其變得**可愛**，但這種身分均屬於細心配製的一種組合，而且從此這種身分便是特殊的，並具有在轉瞬萬變的場景中日復一日匯聚起來的細微特徵。於是，每個人都在他面前充分地表現其特殊性。

在過去的文學中，人們有時看到這種明顯愚蠢的表達方式：**崇尚友情**（忠誠，英雄主義，缺乏性慾）。但是，由於只有儀禮的誘惑力才靠崇尚存在，因此，他更喜歡保留友情的細微儀禮：和一位朋友慶祝完成了一項任務，慶祝擺脫了一種苦惱。這種慶祝超出事件，爲他增添了一種無益的額外內容、一種違犯常情的享樂。於是，這段文字便在其他文字之後像變魔術一樣地成了某種贈言（一九七四年九月三日）。

必須盡力把友情說成是一種純粹的**場域**，這可以使我擺脫情感性範圍——情感性不能**毫無顧忌**地說出，因爲它屬於想像物（或者更準確地講，我侷促不安地想確認想像物近在咫尺，伸手可得）。

特權關係

他不曾尋求排他的關係（占有，嫉妒，爭吵），他也不曾尋求普遍的關係即共同的關係；他所嚮往的關係，每一次都是一種享受特權的關係，這種關係帶有明顯的區別性，表現爲某種完全特殊的情感變化狀態，就像帶有無與倫比的尖細聲的一種嗓音的變化那樣。對於作爲反常之物的這種特權關係，他看不到有什麼東西可阻礙其擴大。總之，只有特權存在。於是，友情範圍中有許多對立關係（爲此要浪費許多時間：看朋友時，必須一個一個地去看；抵制入夥、抵制入幫、抵制聯歡盛會）。他所尋求的，是一種不相等而又非不同的多元關係。

超越之超越

性關係在政治上的解放：這是一種雙重的超越，是性對於政治的超越，也是相互之間的超越。但是，這並不重要。現在，讓我們想像在如此被發現、被承認、被瀏覽和被解放的性政治領域裡再重新引入一點點溫情：這難道不是**最後的**超越嗎？這難道不是超越之超越嗎？因爲最終還是**情愛**。它會回來的，**但占據另一個位置**。

第二等級與其他

我在寫——這便是言語活動的第一等級。隨後，我寫**我在寫**——這便是第二等級。（巴斯卡已經說過：「遁逝的思想，我想把它寫出來；我寧願寫出來，而不想讓它從我這裡遁逝。」）

今天，我們對於這第二等級消費量很大。我們知識分子工作的一個重要部分，就在於對無論什麼樣的語句都提出猜疑，同時揭示其所有等級的劃分。這種劃分是沒有窮盡的。而向每一個詞開放的這種深淵、言語活動的這種瘋狂，我們科學地稱之為：**陳述活動**（énonciation）（首先，我們是因為一種策略上的原因才打開這個深淵的，即打掉我們的陳述之自負和我們的科學之傲氣）。

第二等級還是一種生活方式。只需將一種意圖、一個場面、一個軀體的級別撤後一點，就可以完全推翻我們對此可能有的興趣和我們有可能給它的意義。第二等級有著一些色情和美（例如拙劣的文藝作品）。我們甚至可以變成第二等級的狂熱愛好者。不接受外延、不接受自發性、不接受喋喋不休、不接受平淡無奇和天眞的重複，只容忍一些表現出——哪怕是輕微地表現出——一種偏離能力的言語活動：滑稽模仿、意義含混、改頭換面的引用。言語活動一旦**思考**，就變成破壞性的。然而，有一個條件：它要永遠**不停地**這樣做。因為，如果我停留在第二等級上，我就會受到智力至上論的指責（例如佛教向任何簡單的自省性發出的指責）；但是如果我去掉（理智、科學、道德的）級別，如果我使陳述活動**自由進行**，我就打開了無休止的貶低之路，我就消除了對於言語活動的**心安理得**。

任何話語都處於等級遊戲之中。我們可以把這種遊戲稱之為：**閾學**（bathmologie）[18]。一個新詞不屬於多餘，如果我們由此可以想到一種新的科學觀念——言語活動劃分的科學——的話。這種科學將是前所未聞的，因為它將動搖表達、閱讀和聽的習慣要求（「眞實」，「現實」，「忠實」），它的原理將是一種震撼。就像我們跳過一個臺階一樣，它將跨越任何表達方式。

外延作為言語活動的真實

在法萊茲的藥店裡，布瓦爾和佩居榭[19]把棗泥放進水裡：「棗泥呈一種帶皮豬膘狀，像是明膠。」

外延是一種科學神話，即言語活動的一種「眞實」狀態的神話，就像任何句子自身都有一個**詞源詞**（起源與眞實）。**外延**與**內涵**這兩種概念只有在眞實領域才有價值。每當我需要認識一個信息（即需要揭示一個信息）的時候，我就把它置於某個外在的階段上，把它簡約為一種不好

---

18 該詞為羅蘭・巴特自己杜撰，「bathmo」表示「閾」，「logie」表示「學科」。——譯者注

19 布瓦爾（Bouvard）、佩居榭（Pécuchet）：福樓拜一八八一年寫作但未能完成的小說《布瓦爾與佩居榭》中的兩個人物。福樓拜賦予他們一胖一瘦的形象，他們在繼承了一大筆遺產之後，潛心於研究和分析每一門學問。——譯者注

看的帶皮豬肉，這種肉就構成這種信息的眞實替代物。因此，對立關係只有在與化學分析的一種試驗相似的批評過程範圍內才是有用的：每當我相信眞實，我就需要外延。

他的嗓音

（這裡說的不是哪個人的嗓音——可不能這麼說——恰恰是人的嗓音：問題在於、永遠在於是某個人的嗓音。）

我逐漸地尋求**描繪**他的嗓音。我試圖用形容詞來探索一下：靈敏的？脆弱的？青春的？有一點嘶啞的？不是，不正好是這樣，而更可以說是**超文化的**（sur-cultivé），這個詞具有一點英國式的回味。而前面的嗓音是不是短促了？是的，如果我需要展開的話。在這種短促之中，他展開的不是一個得到恢復和得到顯示的軀體的扭曲狀態（怪相），相反，是無言語活動並提供了失語症威脅的主體無力挽回的墮落，而他則在這種失語症下掙扎。與前面的情況相反，這是一種**無修辭**的嗓音（但並非不溫柔）。對於所有這些嗓音，應該發明很好的隱喻，即那種一旦與之相遇就會使你永遠占有的隱喩。但是，我找不到這樣的隱喻，因爲我的來自文化的詞語與我在我的耳邊短暫地回想起的這種古怪的存在（它僅僅是有聲響的嗎？）之間的斷裂是很大的。

這種無力來自於這一點：嗓音總是**已經**死的，而我們稱其是活的，是出於絕望的否定；對於這種無法挽救的損失，我們給它冠以**轉調**的名稱。轉調，即總是過時的、緘默的嗓音。

由此，需要理解**描寫**（description）是什麼：它致力於恢復對象的必然要消失的特徵，同時假裝（藉助於顚倒的幻象）相信這種特徵，並希望這種特徵是有生命力的。「使其活著」即意味著「看著死亡」。形容詞是這種幻象的工具；不管怎麼說，由於形容詞只具有描寫品質，所以它是悲傷的。

突出顯示

突出顯示是古典藝術的基本手法。畫家「突出顯示」一個特徵、一個陰影，必要時又把它們放大、倒立並搞成一幅作品。即使作品是單調的、無意蘊的或是自然的（杜象[20]的一個物體，一幅單色畫），不論人們是否願意，由於作品總是脫離一種軀體的環境（一堵牆，一條街），所以它註定還是被當作作品來認可。在這一點上，藝術是與社會科學、文獻科學、政治科學相對立的，因爲這些科學不停地**納入**其已經區分的東西（這些科學僅僅是爲了納入才進行區分）。因此，藝術永遠不是妄想狂的，但它卻總是反常的、盲目崇拜的。

---

20 杜象（Marcel Duchamp, 1987-1968），法國畫家與詩人。——譯者注

辯證法

一切都似乎表明，他的話語依據帶有兩個對立面的辯證法在運行：通常的輿論及其對立面，公衆輿論及其悖論，俗套及革新，疲乏與清新，愛好與厭惡，**我喜歡**與**我不喜歡**。這種二元辯證法，是（**標誌的**與**非標誌的**）意義的辯證法，是佛洛伊德式遊戲的（**向前的**與**滯後的**）辯證法。這是一種價值辯證法。

然而，這是眞的嗎？在他身上，還有一種辯證法在形成、在盡力顯示。在他看來，兩項的矛盾正透過發現第三項而消失，這第三項不屬於綜合，而屬於**啟動**（déport）：任何事物都在返歸，但卻是以虛構的形式返歸，即以螺旋的新的迴環形式返歸。

多元，區別，衝突

他經常求助於一種哲學，這種哲學模糊地被稱爲**多元論**（pluralisme）。

這種對於多元的要求，誰知道不是一種否認性別二元性的方式呢？性別的對立不應該是一種自然法則，因此，應該解除所有的對峙和聚合體，同時使意義和性別多元化。意義走向它的繁衍與分散（在文本理論中），而性別將不在任何類型學中被列入（例如，將只有一**些**同性戀，其多元性將破壞任何構成性的、集中的話語，直至這種多元性在他看來幾乎沒有必要再去談論）。

同樣，**區別**（différence），作爲無處不在和備受稱讚的詞，尤其有價値，因爲它免除和戰勝衝突。衝突具有性的特徵、語義的特徵；區別是多元的、色慾的和文本性的。意義和性別是構築和組成的原理；區別甚至是一種飛揚、一種擴散和一種閃光的姿態。問題已經不在於在對世界和主體的閱讀中重新找到對立關係，而在於找到一些溢出部分、侵入部分、丟失部分、轉義部分、位移部分、偏離部分。

按照佛洛伊德的說法〔《摩西與一神論》（*Moïse et le monothéisme*）〕，有一點區別，就會導致種族主義。但是，區別一多，則不可挽回地脫離種族主義。實行平等，實行民主，搞大衆化，這些努力都做不到排除「最小的區別」，這種區別是種族偏執的萌芽。應該做的，是不停地使事物多元化、細緻化。

分解的嗜好

嗜好分解：碎塊、微型、年輪、高度的精確性（一如波特萊爾說過的印度大麻所引起的效果）、田野風光、窗戶、日本俳句、特徵、寫作、片斷、照片、義大利式劇場，總之，可供選擇的，包括語義學家的全部發音單位和拜物教教徒的全部物件。這種嗜好是逐漸公開的：所有上升階級的藝術都藉助於框入來進行（布萊希特、狄德羅[21]、愛森斯坦[22]）。

彈鋼琴，指法……

彈鋼琴的時候，「指法」絲毫不說明一種優美和纖巧的價值（這就是所說的「觸鍵法」），而僅僅說明需要彈奏這個或那個音符的手指的一種編號方式。指法以一種經過思考的方式在建立將變成自動性的東西。總之，它是一種機器的程序，是一種動物性的記入。然而，如果我彈得不好——屬於純粹肌肉問題的缺乏彈奏速度的情況除外，那是因爲我從不堅持寫定的指法。每一次演奏，無論是好是壞，我都臨時安排我的手指的位置，而從此，我就永遠無錯不演奏。其道理顯然是我希望獲得一種直接的享樂，並拒絕矯正方面的煩惱，因爲矯正妨礙享樂——爲了獲得一種更大的後來的享樂，可以說這確實是眞的（就像衆神對奧菲斯[23]說的那樣，人們對彈鋼琴的人說：不要**過早地**考慮您的演奏的效果）。在人們儘管想像但從來不能眞正達到的聲樂完美狀態之中，樂章的演奏就像是一段幻覺。我高興地服從於幻覺的命令：「**直接地！**」哪怕付出蒙受重大現實損失的代價。

---

21 狄德羅（Denis Diderot, 1713-1784），法國哲學家、作家。——譯者注

22 愛森斯坦（Sergei Mikhaïlovich Eisenstein, 1896-1948），蘇聯著名電影導演。——譯者注

23 奧菲斯（Orphée），古希臘神話中會唱歌、會做詩、會彈豎琴的神。——譯者注

不佳的對象

多格扎（輿論），雖然他在他的話語中經常使用，但它只不過是一種「**不佳的對象**」。它沒有任何依據內容而只有依據形式來確定的定義，這個不佳的形式，無疑是：重複。——但是，被重複的東西不是有時是好的嗎？**主題**（thème），作爲一個很好的批評對象，不恰恰是某種被重複的東西嗎？——如果是來自軀體，那種重複就是好的。多格扎是一種不佳的對象，因爲它是一種死去的重複，它不來自人的軀體，或者也可以準確地說，是來自死人的軀體。

多格扎與反多格扎

反應性訓練：一個**多格扎**（一般的輿論）出現了，但是無法接受；爲了擺脫它，我假設一種悖論；隨後，這種悖論開始得以確立，它自己也變成了新的成形之物、新的**多格扎**，而我又需要走向一個新的悖論。

我們重新來進行一下這個過程。在作品初創之時，各種社會關係是模糊的，自然本性也是假的。因此，首次的行動是破釋神祕（《神話學》）。隨後，破釋活動在重複之中靜止下來，需要移動的正是這種破釋活動。（這時假設的）符號**科學**試圖撼動、復活、裝備這一舉動即神話姿態，同時賦予它一種方法，這種科學自己便操持整個的想像物。**繼**一種符號學願望之後，便出現了關於符號學家的科學（通常是痛苦的），因此，應該擺脫它，應該在這種理智的想像物中引入欲望的種子，引入對於軀體的要求：這便是文本和文本的理論。但是，文本幾乎又要冒著僵化不變的危險。於是，它重複，它變成模糊文本，這是一種閱讀要求的見證，而非一種討人喜歡的欲望的見證：文本趨向於變成喋喋不休的廢話。何去何從呢？我只能說到這兒。

分散性

一個被工作搞得厭煩、心悸或困惑的人的消遣權力，是太大了。由於在農村工作（幹什麼呢？哎，是審閱自己的文章），這便是我每隔五分鐘想出來的消遣內容：噴殺一隻蒼蠅，剪一剪指甲，吃一顆杏，去小便，查看一下自來水是否還是帶泥的（今天出現了供水故障），去藥房買藥，去花園看一看樹上又熟了多少油桃，閱讀廣播報，做一個小裝置來固定我的故紙堆，等等。**我在疏浚**。

（疏浚，屬於傅立葉稱之爲變異、替換和分散性的激情。）

意義含混

「智慧」一詞可以指一種智力活動能力或一種共謀能力（**在……方面具有智慧**）；一般說來，上下文關係迫使人在兩個意義中選取一個而忘記另一個。每當羅蘭．巴特遇到具有雙重意義的詞彙的時候，他卻保留該詞的兩個意義，就好像兩個意義中的一個對另一個眨眼睛，而該詞的意義就存在於這種眨眼之中。因爲這種眨眼動作使得**同一個詞在同一個句子中可以同時**說明兩種不同的事物，並使得我們從語義學上講可以透過一個來享有另一個。因此，這些詞都會被「珍貴而模糊地」重複地說出。這不是由於詞彙的本質就是這樣的（因爲詞彙中的任何一個詞都具有多種意義），而是因爲，多虧了一種**機會**，即一種不是語言的而是話語的很好的安排機會，我得以使它們的含混性**現時化**，得以說出「智慧」，同時裝作主要參照智力意義但又讓人聽到「共謀」意義的樣子。

含混情況數量（非正常地）非常之多：**Absence**（既指人不在又指精神分散），**Alibi**（既指在另外的地方又指警察所要求的不在現場的證明），**Aliénation**（「一個很好的詞，既指社會的又指精神的」，異化），**Alimenter**（既指供給大盆食物又指使會話繼續下去），**Brûlé**（既指被火燒傷又指被揭露），**Cause**（既指引發事情的原因又指人們擁有的事業），**Citer**（既指傳訊證人又指引用他人作品），**Comprendre**（既指包容又指智力上的理解），**Contenance**（既指可充滿的容量又指所保持的姿態），**Crudité**（既指食物的夾生又指性的不成熟），**Développer**（既具有修辭意義又具有自行車方面的意義[24]），**Discret**（既指不連續又指謹慎克制），**Exemple**（既指語法舉例又指放蕩舉例），**Exprimer**（既指榨汁又指表達心聲），**Fiché**（既指固定住又指在治安方面

24 指自行車車輪的中軸轉動一圈可走出的距離。——譯者注

的登記入卡），Fin（既指極限又指目的），Fonction（既指函數關係又指用途），Fraîcheur（既指溫度涼爽又指新鮮），Frappe（既指印記又指無賴），Indifférence（既指缺乏激情又指缺乏區別），Jeu（既指遊戲活動又指機器中的零件運動），Partir（既指離開又指吸毒），Pollution（既指汙染又指手淫），Posséder（既指具有又指控制），Propriété（既指擁有財富又指用詞），Questionner（既指提問又指使人忍受處罰），Scène（既指戲劇場景又指夫妻吵架），Sens（既指方向又指意指），Sujet（既指動作的主語又指話語的對象），Subtiliser（既指變得細膩又指偷竊），Trait（既指圖表線條又指語言學特徵），Voix（既指作爲身體器官的嗓子又指作爲語法的語態），等等。

在引起雙重注意方面，諸如addâd這樣的阿拉伯詞語，其每個單詞都具有絕對相反的意義（〈精神與文字〉（Esprit et la lettre，一九七〇））。希臘悲劇就是一種可以雙重理解的東西，在這種悲劇裡，「觀眾所聽到的，總是比每個人物爲自己或爲其夥伴所說的東西多得多」（〈作者的死亡〉（La mort de l'auteur），一九六八）。這類似於福樓拜（受其風格的「錯誤」之折磨）和索緒爾（著迷於對古代詩句的非語法的理解）在聽覺方面的幻覺。最後，是這種情況：與人們所期待的情況相反，被讚揚、被尋找的，並不是多義性（意義的多樣性），恰恰是含混性、雙重性；幻覺不在於聽到一切（不論什麼），而在於聽到**別的東西**（在這一點上，我比我所捍衛的有關文本的理論更傳統）。

側斜著

一方面，他對於重大的認知對象（電影、言語活動、社會）所說的東西從來都是記不住的。論述（關於某種東西的文章）就像一大塊廢料。相關性，儘管微不足道，（如果找到）也只**側斜**著進入空白處，進入插入句和括號之中。這是主體的**畫外音**。

另一方面，他從不明確地說明（從不確定）在他看來是最需要的而且是他一直在使用的那些概念（即那些總是歸入一個詞的概念）。**多格扎**一詞在不停地被引用，但是從未得到確定。對於多格扎他沒有寫過任何一篇東西。**文本**從來都只是在隱喻方面得到了探討：這是腸卜僧的領域，這是一個臺階、一個多面體、一種助飲劑、一種日本的調味劑、一種裝飾性的不協調音樂、一種飾帶、一種瓦朗西安婦女織作的花邊、一條摩洛哥的乾河、一個出故障的電視螢幕、一個用黃油隔成多層的麵團，一個洋蔥頭，等等。而當他寫作「關於」文本的論文時（為了一種百科全書），他不否認（他從不否認：以何種現在時的名義呢？），那便是一種認知任務，而不是一種寫作任務。

回音室

相對於圍繞著他的各種系統來說，他是什麼呢？他更像是一個回音室：他不大會表述思想，他只跟隨著詞語；他造訪也就是說敬待詞彙，他**援引**概念，以一個名詞的形式來重複那些概念；他使用一個名詞就像使用一個標記（以此來從事一種哲學上的表意文字學），而這個標記又不讓他深入探討他就是其能指的系統（該標記只是向他示意）。「**移情**」一詞雖然來自精神分析學，並且似乎就停留在了精神分析學上，但該詞愉快地離開了伊底帕斯情境。「**想像物**」（imaginaire）作爲拉康[25]的一個用語，擴展到了古典的「自尊心」的邊緣。「**自欺**」（mauvaise foi）脫離了沙特的系統，以便與神話批評接軌。「**資產階級**」已接受整個馬克思主義的任務，但不停地趨向於美學和倫理學。如此，無疑，詞語在被移動，系統在溝通，現代性在被試用（就像我們爲了了解一台收音機的操作而試開其所有的按鈕那樣），但是被如此創立的關聯文本則是嚴格地**表面性**的。人們**自由地**贊同：（哲學的、精神分析學的、政治學的、科學的）名詞與其起源系統保持著一種沒有被割斷、依然牢固和浮動的聯繫。這種情況的道理大概就是，人們不能同時深入探討和希求一個詞——在他看來，對詞語的希求壓倒一切，但是，構成這種希求中的快樂的，是一種學說上的震動。

寫作從風格開始

對於深受夏多布里昂崇尚並冠之以錯格名稱（anacoluthe）的連詞省略（asyndète）（《新文學批評論文集》，一一三頁），他有時也試圖去做一做：在牛奶和耶穌會教士們之間可以發

---

25 拉康（Jacques Lacan, 1901-1980），法國結構主義精神分析學家。——譯者注

卡片。

在床上……

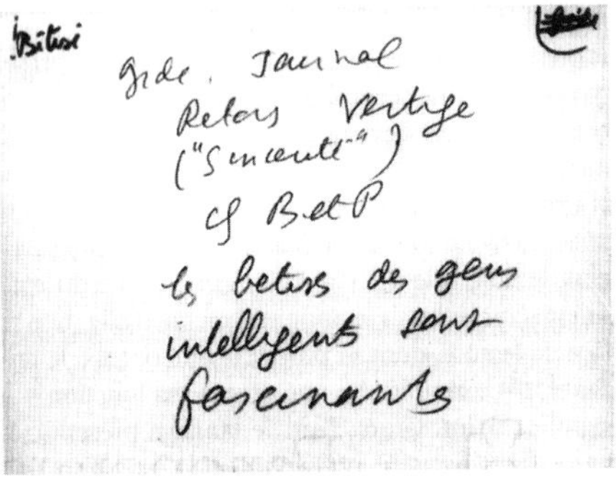
Bêtise
Gide, Journal
Retours Vertige
("Sincérité")
cf B et P
les bêtises des gens
intelligents sont
fascinantes

……在外邊……

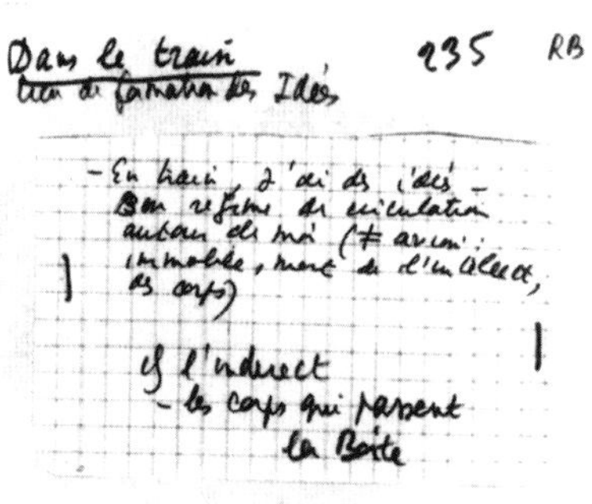
Dans le train
Lieu de formation des Idées
235 RB
– En train, j'ai des idées –
cf l'indirect
– les corps qui passent
la Boîte

把卡片順序倒過來：
卡片屬於博學，它跟隨著衝動的各種變化而變化。

……或者在辦公桌前……

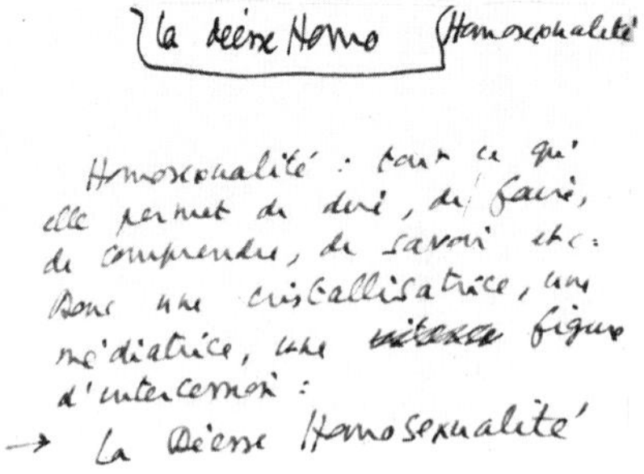
la déesse Homo
Homosexualité
Homosexualité : tout ce qu'
elle permet de dire, de faire,
de comprendre, de savoir etc. :
Donc une cristallisatrice, une
médiatrice, une figure
d'intercession :
→ La Déesse Homosexualité

現什麼關係呢？這種關係便是：「……出色的耶穌會教士萬・吉納坎（Van Ginneken）在寫作與言語活動之間安排的那些乳質音位」（《文本的快樂》，十二頁）。也還有數不盡的（故意的、建構性的、有所約束的）對比情況和人們可以從中獲得一個完整系統的文字遊戲（快樂：**不穩定的**／享樂：**早來的**）。總之，從風格一詞的最古老意義上講，一項有關風格的工作是可以有數不盡的途徑的。然而，這種風格服務於歌頌一種新的價值即**寫作**，因爲寫作是風格向著言語活動和主體的其他地域的擴展，它遠離一種過時的文學規則（一種被禁止使用的類別的過期的規則）。這種矛盾也許可以這樣得以解釋和辯解：他的寫作方式是在對於隨筆的寫作有意透過綜合政治願望、哲學概念和眞實的修辭形式（沙特的作品中充滿修辭形式）的時刻形成的。但是，風格在某種程度上尤其是寫作的開始：它甚至是在自願應對嚴重的被收回的風險的情況下，小心翼翼地啟動著能指的統治。

空想有何用

空想有何用？就是用來生產意義。面對現在時，面對我的現在時，空想是可以使符號開放的第二時期：有關眞實的話語變得可能，我擺脫了失語症，在這種失語症中，所有不適合於我的東西的失調都使我深陷在屬於我自己的世界裡。

空想對於作家來說是親密無間的，因爲作家是意義的提供者：他的任務（他的享樂）就在於提供意義、名稱，並且只有在存在著聚合體、**是或不**的鬆動關係、兩種價值的交替關係的時候，他才能提供意義。在他看來，世界是一枚獎章、一枚硬幣，是閱讀的兩個表面，他自己的現實占據著反面，而空想則占據正面。例如，文本是一種空想。在人們聲稱**不可能**的時候，它的語義功能在於使現在時的文學、藝術、言語活動具有意蘊。從前，人們是用過去時來解釋文學的；今天，就要用其空想來解釋。意義是依據價值來建立的，空想可以建立這種新的語義學。

革命的寫作物總是很少和並不出色地再現革命的日常合目的性，總是很少和並不出色地再現革命所理解的**我們明天將賴以生存**的方式。這或許是因爲這種再現幾乎會沖淡或貶低現時的鬥爭之故；或許更準確地講，是因爲政治理論只考慮建立人類問題的眞實自由而不對其問題作任何的形象預示。這樣一來，空想就將是革命的禁忌，而作家則負責違犯這種禁忌。只有他敢於進行這種再現。他就像一位牧師，承擔著末世話語；他關閉倫理圈，同時透過對於各種價值的一種最終看法來答覆最初的革命**選擇**（這便是人們使自己成爲革命者的原因）。

在《寫作的零度》（*Le Degré zéro de l'écriture*）中，（政治的）空想具有一種社會普遍性的（天眞的？）形式，就好像空想只能是現時弊病的嚴格的反面，就好像可以答覆分裂的後來還只能是不分裂。但是從此以後，一種多元哲學便出現了——儘管它還很模糊且充滿困難。這種哲學反對整體化，而趨向於區別，總之是傅立葉主義的。那麼，（一直保持著的）空想就在於想像一種被無限地分割成塊的社會，其分裂雖然不會再是社會的了，然而卻也不會再是衝突性的了。

作家作為幻覺

大概，已經沒有一個青少年還存有這樣的幻覺：**當作家！**那種在世人之中散步時口袋裡裝著一個小本子、腦袋裡想著一個句子的方式（就像我看見的紀德[26]從俄羅斯一直跑到剛果時的樣子，他一路上閱讀他喜愛的古典作品，一路上在火車餐廳裡一邊等待飯菜一邊寫作；也像我一九三九年在呂戴迪亞酒館裡看到的他的樣子，一邊吃梨一邊在讀書），還有哪位當代人想去模仿這種實踐和姿態而不是去模仿其作品呢？因爲幻覺所要求的，是人們在其私人日記中可能看到的作家，是**作家減去其作品**——神聖事物的最高形式，即標誌和眞空。

新的主體，新的科學

他感覺到，他與任何所寫之物都是有關係的，因爲所寫之物的原理是：**主體僅僅是言語活動的一種效果**。他在想像一種領域寬闊的科學，而作家最終就包含在這種科學的陳述活動之中——這種科學便是關於言語活動效果的科學。

26 紀德（André Gide; 1869-1951），法國作家。——譯者注

親愛的艾麗絲，是你嗎？……

省略號「……」根本不意味著我確切知道走來的那個人的不確定身分。我向其提出一個非常特別的問題：「是她嗎？」相反，這句話卻意味著：您可看到、您可聽到那個正向前走來的人，名叫——或更恰當地說，將名叫——艾麗絲，我跟她很熟，您可以相信我與她有著很好的關係。而且還可以這樣說：由於被固定於陳述的形式本身，所以對所有的情況有一種模糊的記憶，而在這種記憶裡，有個人說過：「**是你嗎？**」除此之外，還有盲目的主體在詢問一位**來者**（如果不是你，那該多麼掃興——或者多麼的釋懷），等等。

語言學應該負責信息還是負責言語活動呢？也就是說，在這種情況下，它應該**像人們獲得意義那樣負責意義**嗎？如何稱呼這種眞實的語言學即內涵語言學呢？

他曾經這樣寫道：「文本是（應該是）這種從容自然的人，他把自己的後面指給政治老人。」（《文本的快樂》，八十四頁）一位批評家出於羞恥感，假裝相信「後面」是代替「屁股」的。他把內涵變成什麼了呢？一個善良的小魔鬼是不把自己的屁股亮給麥克米什夫人[27]的，他把他的後面亮給她；很需要這個兒童用語，因爲這裡說到了老人。因此，眞正地閱讀，即進入

---

27 麥克米什夫人：麥克（Mac）是蘇格蘭人的姓，米什（Miche）在法語中引申指「肥胖」之意，因此，似乎可以把「麥克米什夫人」理解為「蘇格蘭式胖夫人」之意。——譯者注

內涵。位置對調：實證的語言學在負責外延的意義的同時，也在談論一種未必有的、非眞實的、模糊的意義，因爲外延的意義已經用盡。這種語言學輕蔑地指一種幻想語言學，指那種明確的意義、光芒四射的意義、正在自我陳述的主體的意義（是明確的意義嗎？是的，是光亮的意義，就像在夢中一樣。在夢中，我敏感地感受到對於一種局面的憂鬱、塡補和欺騙，這遠比發生的故事強烈得多）。

簡潔

有個人問他：「您曾經寫道，**寫作透過軀體進行**。您能給我解釋一下嗎？」於是，他發現有許多在他看來是非常明確的陳述對於不少人來講卻是模糊的。然而，句子並不是過於奇特的，而是簡潔的。是簡潔在不被人忍受。也許，還要加上一種並不明確的阻力：公衆輿論對於軀體有一種簡單的觀念，似乎總是將軀體作爲與心靈對立的東西，軀體的任何帶點換喻的引申都是禁忌。

簡潔，作爲不太被人了解的修辭形式，由於它表現言語活動的可怕的自由性，而這種自由性在一定程度上又**沒有必需的節制**，所以，容易把人搞亂。言語活動的模量完全是人爲的，是純粹被人習得的。與拉·封登寓言中的諸多簡潔相比（試想，在知了的歌聲與其貧乏之間，有多少沒有寫出來的可替換的詞），我更驚訝於在一件普通的家電裡把電流與製冷結合在一起的有形的簡潔，因爲這些捷徑位於一種純粹操作的領域之中，即學校中的學習與烹飪的領域之中。可是，文本並不是操作性的，對於他所建議的邏輯轉換，不存在**先例**。

標誌，插科打諢之事

《歌劇院的一夜》[28]是個眞正的文本寶庫。爲了進行一些批評演示，如果我需要閃現著荒誕文本之瘋狂機械力的一種譬喻，影片就會爲我提供：郵船的駕駛艙，撕碎的合同，裝飾物的最終的嘈雜聲，這些情節中的每一個（不考慮別的）都是受文本操作的邏輯性破壞的標誌。而且，這些標誌之所以是完美的，最終因爲它們是喜劇性的——既然笑是最後解放文本的演示性屬性的演示活動。使隱喻、象徵、標誌得以解放的東西，使它們的破壞能力得以表現的東西，便是**荒唐可笑之物**，即傅立葉不顧任何修辭相宜性而在其範例中使用的那種「輕率性」（《薩德・傅立葉・羅耀拉》，九十七頁）。因此，隱喻的符合邏輯的未來變化，可能會是插科打諢之事。

---

28 《歌劇院的一夜》（*Une nuit à l'Opéra*，英文：*A night at the Opera*），美國荒誕影片（一九三五年），講的是一對歌唱家夫婦為了出人頭地而抵制歌劇演出的故事。導演山姆・伍德（Sam Wood）。——譯者注

傳播者的社會

我生活在一個**傳播者**（我也是其中一個）的社會裡。我遇到的或者給我寫信的每個人都送給我一本書、一篇文章、一個總結報告、一份說明書、一份抗議書、一張去看節目或是看展覽的邀請函，等等。寫作之享樂、生產之享樂，從各個方面湧動。但是，由於流通是商業性的，所以，自由化的生產就變得非常之多，非常狂妄，簡直到了瘋狂的程度。在多數時間裡，文本、節目，都是去人們並不需要它們的地方；它們的不幸，在於它們要遇到一些「關係」，而不是一些朋友，更不是一些合作者；這就使得寫作這種集體射精活動——人們可以在這種活動中看到對於一個自由社會的**空想**場面」（在這個社會中，享樂的巡迴不需經過金錢）——在今天轉向末世景象。

時間安排

「在假期當中，我七點起床，下樓，打開家門，沏茶，爲等在花園裡的鳥兒們撕碎麵包，洗臉，擦掉辦公桌上的灰塵，倒掉菸灰缸裡的菸灰，剪下一枝玫瑰，收聽七點半的新聞廣播。八點，我的母親走下樓來，我與她分吃兩個煮雞蛋、一個烤圓麵包，喝不加糖的濃黑咖啡。八點一刻，我去鎮上買《西南日報》（*le Sud-Ouest*）。我會對C夫人說：天氣很好，天氣灰濛濛的，等等。然後，我開始工作。九點半，郵遞員送來信件（今天**早晨天氣沉悶**，**今天天氣多好啊**，等等）。再過一會兒，麵包店女老闆的女兒會開著裝滿麵包的小卡車走過（她上過學，不必談論天氣問題）。在正好十點半的時候，我去煮濃黑的咖啡，點燃我一天中的第一支雪茄。中午一點鐘的時候，我們用午餐。一點半到兩點半，我午睡。隨後，便是我猶豫不定的時刻：不大想工作。有時，我畫一會兒畫，或者去藥店女老闆那裡買些阿斯匹靈，或者到花園最深處去燒掉一些廢紙，或者為自己做一個斜面閱書架、唱片架、卡片盒。到了四點鐘時，我重新工作。五點一刻，喝茶。大約七點鐘時，我停止工作，去花園澆水（如果天氣很好），隨後彈鋼琴。晚飯後，看電視，如果這天晚上的電視節目太沒意思，我就重新回到辦公桌前，一邊聽音樂一邊整理卡片。十點鐘上床，然後拿起兩本書多少讀一點。一本是非常文學性的書籍（拉馬丁[29]的《隱私》，龔固爾[30]的《日記》，等等），另一本則是偵探小說（更應該說是舊的偵探小說）或是（過時的）英國小說，又或是左拉[31]的小說。」

——這一切都沒有什麼意思。更有甚者：您不僅標誌您的階級所屬，而且您會將這種標誌變成一種文學隱私，其**無益性**已經不再為人所接受。您從幻覺出發把自己組構成「作家」，或者更壞的是：您在**組構自己**。

---

29 拉馬丁（Alphonse de Lamartine, 1790-1869），法國浪漫主義派詩人和政治家。——譯者注

30 龔固爾兄弟（Edmond Goncourt, 1822-1896; Jules Goncourt, 1830-1870），法國自然主義派作家，他們合作出版過幾部小說，而《日記》（*le Journal*）則是他們的代表作。——譯者注

31 左拉（Emile Zola, 1840-1902），法國自然主義派小說家。——譯者注

私生活

實際上，正是在我洩露我的**私生活**的時候，我才暴露得最充分：不是冒著暴露「醜聞」的風險，而是因爲我在我的想像物的最強的穩定性之中介紹想像物。想像物，這正是其他人在捉人遊戲中追捉的東西，軀體摔倒或是脫離遊戲圈，都不能給其以保護。可是，「私生活」也因人們依靠的多格扎不同而發生變化。如果是右派的多格扎（即資產階級的或小資產階級的多格扎：制度、法律、報紙），那麼性的私生活暴露得最多。但如果是左派的多格扎，性的暴露就不違犯任何東西。在這裡，「私生活」，即是那些無益的實踐，即是主體將其變成隱私的屬於資產階級意識形態的那些痕跡。如果我轉向這種**多格扎**，那麼，我在公布一種反常心理的時候就比我在陳述一種追求的時候暴露得少：激情、友誼、溫柔、情感、寫作的快樂，都透過簡單的結構位移而變成了**難以描述的**詞語。與可能說出的、與人們期待您說出的相反，您希望可以**直接地**說出（無需思考）——而這正是想像物的聲音。

實際上……

您認爲蘭開夏式摔跤[32]的最終目的就是贏嗎？不，其目的是理解。您認爲與生活相比，戲

32 一種自由式摔跤。——譯者注

劇就是虛構的、理想的嗎？不，在阿爾古爾[33]攝影棚的攝影藝術裡，布景是粗俗的，城市是想像的。雅典不是一座神祕的城市，她應該用現實的詞語來描述，而不應與人道主義的話語有關係（〈在希臘〉，一九四四）。火星人呢？他們並不用於把別人（怪人）搬上舞臺，而是把同一個人搬上舞臺。強盜片並不像人們相信的那樣使人激動，而是使人增長知識。凡爾納[34]是旅行作家嗎？根本不是，他是封閉式作家。星象學不是預言性的，而是描述性的（它非常現實地描述社會條件）。拉辛的戲劇並非是愛情戲劇，而是權威關係戲劇，等等。

悖論的這些外在形象是難以盡數的；它們有其邏輯的操作者，即這個表達方式：「**實際上**」，脫衣舞並不是一種色情教唆，**實際上**，脫衣舞在使女人失去性別，等等。

情慾與戲劇

戲劇（剪接的場景）甚至是**美麗**之場所，也就是說是被注視的、被照亮的情慾場所（透過心理和燈光）。只需有某個次要的、情節性人物表現出某種想要獲得這種場所的動因（這種動因可以是反常的，不需與美有什麼關係，但是卻與軀體的某個部位、與嗓音的尖細、與呼吸的方

---

33 這裡當是位於巴黎第八區讓．古戎（Jean-Goujon）街的攝影棚，因為那裡的布景都取自於周圍環境的審美效果。——譯者注

34 凡爾納（Jules Verne, 1828-1905），法國科學幻想小說作家。——譯者注

式、與某種拙笨行爲有關），就可以使整個演出得到挽救。戲劇的色情功能並不是輔助性的，因爲在所有的形象性藝術（電影、繪畫）中，唯有戲劇提供軀體，而不是它們的表象。戲劇中的軀體既是無關緊要的又是基本的：說其是基本的，是因爲您不能占有它（它透過懷戀慾望的魅力而受到讚揚）；說其是無關緊要的，是因爲您可以做得到，因爲您只需在某個時刻變得瘋狂（這是您的權力範圍），就可以跳到臺上，並觸摸您想摸的東西。相反，電影卻透過一種本質的必然性排除任何向著行爲的過渡：在此，意象是被再現的軀體的**無法補救**的缺位形象。

（電影似乎很像這樣的一些軀體，它們在夏天穿著敞懷的襯衣，它們和電影都在說：**請看，但不要觸摸**。嚴格地講，軀體和電影都是**假的**。）

審美話語

他盡力保持一種不靠法律、不靠暴力來表達的話語：它的內容既不是政治的，也不是宗教的，更不是科學的；在某種程度上講，它是所有這些陳述的剩餘物和補加。我們將如何來稱謂這種話語呢？無疑，它是**色情的**，因爲它與享樂有關係；或者也許更可以說它是**審美的**——如果人們考慮逐漸地使這種古老的範疇承受變化的話，因爲這種變化將使這種範疇遠離其倒退的唯心主義內容，並使之接近於軀體、接近於偏移物。

人種學意圖

米什萊的作品中使他感興趣的內容，是有關法國的一種人種學建立的內容，是歷史地——也就是說**相對地**——對於被譽爲最自然的對象的提問意志和提問藝術。這些對象即爲面孔、食物、服飾、性格。另一方面，拉辛的悲劇中的衆人，薩德小說中的衆人都是作爲部落、封閉的種族來描述的，其結構應該得到研究。在《神話學》一書中，是法蘭西自身得到了民族誌方面的研究。此外，他一直喜歡那些重大的浪漫的宇宙演化論作品（巴爾札克、左拉、普魯斯特），因爲它們很接近小型社會。原因是，人種學書籍具有被喜愛的書籍的所有能力：它是一種百科全書，記錄著整個現實——即便是無益的和最色情的現實，並爲其分類；這種百科全書在把他者[35]簡約爲同一個的時候並不歪曲它；占有慾在減弱，對自我的確定在減輕；最後，在所有的高深的話語中，民族誌話語在他看來就像最貼近虛構的話語。

35 他者（Autre）：精神分析學術語。拉康認為，在「鏡像階段」中，兒童在鏡子裡看到了自身的「另一個」（autre），但兒童的「自我」是藉助於這「另一個」並透過想像形成的。正在這一過程中，處在身旁的母親的作用是很大的。拉康以這一概念概括了榮格有關父母（尤其是父親）留在幼兒潛意識之中，且後來引導兒童行為和支配其理解別人的一種意象。——譯者注

詞源

當他寫失望（déception）的時候，就意味著貶低（déprise）；異議（abject）即意味著拒絕（rejeter）；可愛的（aimable）即意味著人們可以去愛（on peut aimer）；意象（image）即意味著一種模仿（imitation）；不可靠的（précaire）即可以懇求（supplier）、可以使之彎曲（fléchir）；估價（évaluation）即建立價值（fondation de valeur）；渦旋（turbulence）即旋轉（tourbillonnement）；義務（obligation）即聯繫（lien）；定義（définition）即劃定界限（tracé de limite）；等等。

他的話語裡充滿他在詞根部分就割斷的詞語，如果可以這樣說的話。然而，在詞源裡，使他感興趣的，並非是眞實或起源，更可以說是其所允許的疊印效果：詞語在被看到時就像是「隱形紙」（palimpseste）。於是，我就覺得我直接有了語言的觀念，它僅僅在於寫作（我在此說的是一種實踐，而不是一種價值）。

暴力、明顯、本性

他無法擺脫這種抑鬱的觀念，即眞正的暴力是不言而喻的暴力。明顯的東西是粗暴的，即便這種明顯是被溫柔地、放縱地和民主地表現出來的；反常的東西，不進入意義中的東西，就不太粗暴，即便它是被任意地強加的。一位頒布無用法律的暴君終究不會像只滿足於不言而喻的陳述的大衆那樣粗暴。總之，「本性」是凌辱中最後的一種。

排斥

（傳立葉式的）空想：即想像在一個世界裡，只有區別，以至於相互區別不再是相互排斥。

在他穿過聖－蘇爾皮斯教堂（Saint-Sulpice）時，偶爾看一看婚禮結束時的情況，他感受到一種被排斥的感覺。這種變化來自於場面安排的最愚笨的作用：儀式的、宗教的、夫妻之間的和小資產階級的（並非是一次重大的結婚典禮）。那麼，爲什麼會有這種變化呢？偶然性曾帶來過這種稀有的時刻，其中，象徵作用在彙集並迫使軀體讓步。他曾一口氣接受了所有的分割（而他正是那些分割的對象），就像被排斥的存在物本身突然地受到了打擊一樣：打擊是密集的和猛烈的。因爲，在這一情節爲其表現出的諸多一般性排斥之上，還要補充一種最後的疏遠，即他的言語活動的疏遠。他不能在紊亂之規則自身之中承擔他的紊亂，也就是說表述這種紊亂。他只感覺到被排斥，**被分離**，總是被指定待在證人的位置。我們知道，證人的話語只能服從於冷漠規則：或是敘述性的，或是解釋性的，或是怨言性的，或是諷刺性的，而永遠不會是**抒情性**的，永遠不會等同於讚美的辭藻。他必須在這種讚美辭藻之外尋找他的位置。

塞里娜與芙羅拉

寫作使我服從於一種嚴格的被排斥狀態，這不僅是因爲這種寫作使我與日常的（「大衆的」）言語活動分離，更爲主要的是因爲它禁止我「自我表達」：這種寫作能表達誰呢？寫作在突出主體的不穩定性即其無定點性、分散想像物的誘惑的同時，使任何抒情性（作爲對於一種中心「激動」的朗誦）變得難以維持。寫作是一種枯燥的、苦行僧式的、無任何感情抒發的享樂。然而，在一種戀情錯亂的情況裡，這種枯燥性就變成令人心碎的了：我無法通行了，我不能在我的寫作中表述對於一種誘惑的欣喜（純粹的意象）。對於你喜愛的人，如何去談論他和對他說話呢？除了藉助於複雜得使情感失去任何公開性，因此也失去任何快樂的一些替換活動，如何來宣揚情感呢？

這便是一種非常靈敏的言語活動的紊亂狀況，它類似於電話交談中的信號減弱狀況，這種狀況有時只使對話中的一方感到震驚。普魯斯特在談論愛情之外的事情時，曾經極好地描述過這種情況。（那種不合邏輯的例證通常不就是最好的例證嗎？）當塞里娜姨母和芙羅拉姨母想感謝斯萬送來阿斯笛葡萄酒的時候，人們出於尋找言辭，出於過分的謹慎，出於言語活動方面的快樂，出於有點過分的詼諧（astéisme），以非常隱蔽的方式，並不聽她們說話；她們在生產一種雙重話語，但不幸的是，她們的話語絲毫不模稜兩可，因爲她們的公開面目好像是被磨損了似的，並且完全地變得無意蘊能力。溝通是失敗的，並非是因爲不可理解，而是因爲在主體——恭維者或是戀人——的激動與其表達的無價值和失音之間出現了眞正的分裂。

排除意義

顯然，他在夢想一個**排除意義**的世界（就像人們服兵役的情況那樣）。這一點開始於《寫作的零度》，在那本書中，已經夢想著「沒有任何符號」；接著，便是無數的附帶而來的對於這種夢想（關於先鋒派文本、關於日本、關於音樂、關於十二音節詩等）的肯定。

令人高興的是，恰恰在日常輿論中有一種關於這種夢想的解釋。多格扎，它也不喜歡意義，在多格扎看來，把某種無限的（即不能停止的）可理解的東西帶入生活中是錯誤的。多格扎把意義的侵入（知識分子是這種侵入的責任者）與**具體之物**對立起來。所謂具體之物，即被設想爲抵制意義的東西。

然而在他看來，問題不在於重新發現一種前意義，即先於意義的關於世界、關於生命、關於事件的一種起源，而更在於想像一種後意義：像沿著一種入教路徑行走一樣，應該穿過整個的意義，以便可以弱化它、排除它。由此，出現了雙重的策略：爲了反對多格扎，必須要求意義，因爲意義是歷史之產物，而不是自然之產物；但是，爲了反對科學（偏執狂話語），就必須保持對於被廢除的意義的空想。

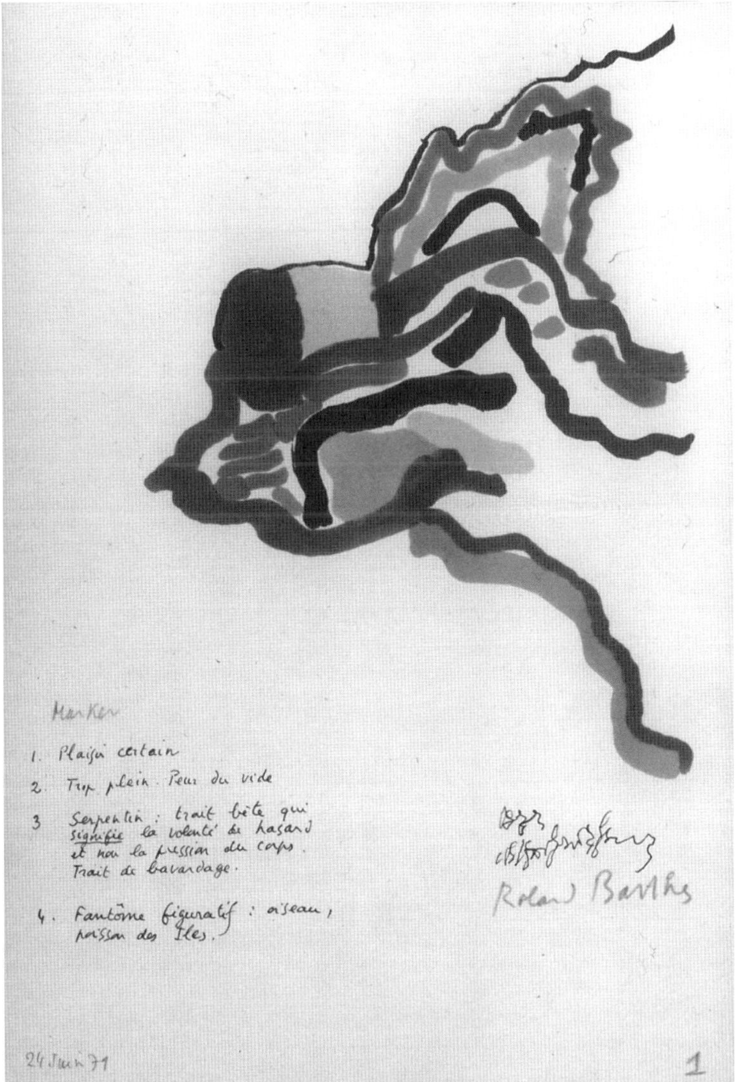

1. 確定的快樂。
2. 全黑處：害怕真空。
3. 曲曲彎彎處：愚笨的特徵，意味著碰運氣的意願，而不意味著對於軀體的壓力。好閒聊的特徵。
4. 形象性幻覺：鳥、海島的魚。

幻覺，而非夢想

夢想（好夢或壞夢）是乏味的（敘述夢事是多麼無聊！）。相反，幻覺卻幫助人度過不論什麼樣的清醒或失眠時刻；它是人們可以隨時攜帶的袖珍小說，人們可以在火車裡、在咖啡廳裡、在等待一次約會的時候隨處打開翻閱，而不會引起任何人注意。夢想，就使我掃興，因爲人會全神貫注於其中。夢想是**單一邏輯的**（monologique）；而幻覺則使我高興，因爲它與對於現實的意識（即對於我所在場所的意識）同時發生，一種雙重的、分離的、有層次的空間便因此創立，而在這個空間裡，一種聲音（我永遠不能說出是什麼聲音，像是咖啡館裡的聲音，也像是內心寓言的聲音），就像在一種神遊症的過程中那樣，開始確立在**間接**位置上。有某種東西開始**成形**，在無筆也無紙的情況下，這便是寫作的初始。

一種庸俗的幻覺

X先生過去常對我說：「在薩德作品中的那些放縱者身上，我們能想像會有哪怕是一丁點的心理挫折嗎？」然而，他們的聞所未聞的能量、他們的無度的自由，與我自己的幻覺相比，還是相形見絀的。這不是因爲我想在他們表面上看起來是完美的享樂單子上加進最小的實踐，而是因爲我得以想像的那種自由，在他們那裡並不具備：這種自由便是能夠**即刻地**享有我與之交會和我所嚮往的人。他經常說，這種幻覺確實是**庸俗的**：我會不會潛在地就是社會新聞方面的薩德式的個人、會不會就是向走在大街上的女人「猛撲」的性神經錯亂者呢？相反，在薩德的作品裡，沒有任何東西可使人想到新聞話語的平庸特徵。

返回，就像是鬧劇

從前，我曾經受到過猛烈的震驚——我永遠地被馬克思的觀念所猛烈地震驚——即在歷史上，悲劇有時會返回，但卻**像是鬧劇**那樣返回。鬧劇是一種模稜兩可的形式，因爲它讓人在其身上看到了它可笑地重複的東西的外在形象，因此，也就是看到了**會計學**（Comptabilité）的外在形象。會計學是資產階級進步時期的重要價值，而在資產階級成爲勝利者、變得聰明和開始剝削的時候，會計學則是其吝嗇的特徵，它還是「具體性」的外在形象（許多平庸的學者和無所作爲的政治家的托詞），這種形象只不過是一種最高價值的鬧劇：排除意義。

這種返回—鬧劇本身也是對於唯物主義標記的諷刺：螺旋形（是由維柯[36]引入我們西方話語之中的）。在螺旋形的軌跡上，所有的東西都會返回，但是卻處於另一個更高級的位置上——那麼，這便是區別性之返回，這便是隱喻的路徑，這便是虛構。鬧劇卻是向低處返回；它是一種下斜的、枯萎的和失去信譽（即鬆弛）的隱喻。

36 維柯（Giambattista Vico, 1668-1744），義大利歷史學家、哲學家和語文學家。——譯者注

疲倦與清新

俗套可以用**疲倦**一詞來評定。俗套，即**開始**使我感到疲倦的東西。由此，出現了解毒劑，這早在《寫作的零度》一書中已經提及，即言語活動的**清新**。

一九七一年，由於「資產階級意識形態」這種表達方式已經變得非常過時，而且開始使人感到疲倦，儼然一副舊的盔甲，他終於（謹慎地）寫道：「所謂的資產階級意識形態」。這不是因爲他在意識形態方面一時否認他的資產階級標誌（恰恰相反，他的意識形態如果不是資產階級的，那又屬於什麼呢？）；他必須藉助於表明俗套已經陳舊的某種詞語的或是圖表的符號（例如用引號）來**改變其性質**。理想的做法，顯然是一點一點地塗掉這些外在的符號，同時阻止已經固定的詞語重新包容一種本性。可是，爲了這樣做，就必須使已經俗套的話語進入一種模仿系統（小說或是戲劇）——這麼一來，人物本身便代替引號。就這樣，阿達莫夫[37]成功地（在《乒乓球》中）生產了一種無標籤但不是沒有距離的言語活動，即一種**凍結的**言語活動（《神話學》，九十頁）。

（面對小說，隨筆的命運是：被判定爲**眞實**，即被判定取消引號。）

---

37 阿達莫夫（Arthur Adamov, 1908-1970），亞美尼亞裔法國劇作家，《乒乓球》是其一九五五年的作品。——譯者注

在《薩拉辛》（*Sarrasine*）中，桑比奈拉（Zambinella）面對一位喜歡她的雕刻家，說她想成爲他的「一個忠實的男友」。「男友」這一陽性名詞的使用便揭示了其眞正的原有性別，可是她的情人一點都不理解。他被這種**俗套**所欺騙（《*S/Z*》，一六九頁）：「忠實的男友」這種表達方式在通常的話語中被使用的次數還能數得過來嗎？應該從這種半語法的、半性別的寓言出發去認識俗套的**抑制作用**。瓦勒里[38]曾談論過一些人，他們由於在事故中不想放棄他們的雨傘而喪生。**由於不放棄一種俗套**，有多少主體在自己的性別特徵方面被抑制、被偏離、被蒙蔽了！

俗套，是對話語的安排，在這種話語中，**沒有了軀體**，在這種話語中，人們確信軀體不存在。反過來，在我正在閱讀的這種所謂集體文本中，有時俗套（新聞寫作）讓步，而寫作出現。於是，我便確信這一段語句是由一**個**軀體來產生的。

虛構

虛構：些許的擺脫，即些許的脫離，它構成完整的彩色圖畫，就像一種移印畫一樣。

---

38 瓦勒里（Paul Ambroise Valéry, 1871-1945），法國詩人、隨筆作家。——譯者注

關於風格（〈風格與意象〉，一九七一）：「這是我想過問的一種意象，或更準確地講，是一種**幻象**：您怎麼看待風格呢？」任何論述也許都這樣建立在對於智力對象的一種**幻象**之上。爲什麼科學就不能擁有產生幻象的權利呢？（在許多情況下，科學幸運地獲得這種權利）難道科學就不能變成虛構的嗎？

虛構屬於一種**新的智力藝術**（符號學和結構主義在《服飾系統》中就是這樣定義的）。我們用這些智力事物，既組成理論，同時也進行關鍵鬥爭和製造快樂；像在任何藝術中那樣，我們使認知對象和論述對象不再服從於眞實要求，而是服從於一種有關**效果**的思維。

他本不想生產關於智力的一種喜劇，而想生產其浪漫故事。

雙重外在形象

這部作品的連續性，藉助的是兩種活動：**直線活動**（不斷豐富、增加，堅持要求一種觀念、一種地位、一種追求、一種意象）和**曲線活動**（反向追逐，反向行走，矛盾對立，反作用能量，否認，去而復返，之字形活動，變異字母）。

愛情，即瘋狂

首席執政官波拿巴[39]當天對他的衛隊下命令：「士兵戈班因爲愛情而自殺身亡，這是一個很好的話題。一個月以來，這是發生在衛隊中的這種性質的第二起事件。首席執政官命令，衛隊要建立秩序。**一個士兵應該戰勝激情帶來的痛苦和憂鬱；應該有眞正的勇氣，像一動不動地承受著排炮的密集射擊那樣堅定地承受心靈的痛苦……**」

那些富於情愛、憂鬱的士兵，從什麼言語活動中獲取（與他們的社會等級和職業不太相符的）他們的激情呢？他們都閱讀過什麼書籍或聽過什麼故事呢？波拿巴的洞察力把愛情視同於戰鬥，這不是因爲——庸俗地講——兩個夥伴在愛情方面勢不兩立，而是因爲愛情的陣風尖刻如密集的射擊，引起震耳欲聾的轟鳴和懼怕。這是軀體的危機和變化，即瘋狂：對愛情充滿浪漫情調的人了解瘋狂的經驗。然而，對於這種瘋子，今天還沒有給予其任何現代詞語，最後正是在這一點上他感覺到自己是瘋子：無任何言語可借用——除非是借用陳舊的言語。

煩躁、傷心、苦惱或狂喜：軀體完全地**被自然所控制和淹沒**。然而這一切，又**像借用一段引言**。在愛情的感覺之中，在愛情的瘋狂之中，如果我想說話，我就會重新找到書籍、多格扎、無聊。軀體與言語活動混雜在一起：從哪個先開始呢？

39 即拿破崙·波拿巴一世（Napoléon Bonaparte, 1769-1821）。——譯者注

模擬寫作

當我寫作的時候，怎麼進行呢？——無疑是藉助於足夠形式化的和重複的言語活動的運動來進行，爲的是我能夠把這些運動稱爲「外在形象」。我猜想有**生產活動的外在形象**，有文本操作者。在此，它們便是：評價、命名、意義含混、詞源研究、悖論、意義的增繁、列舉、意義的回轉。

現在是另一種外在形象：模擬寫作（模擬寫作在筆跡學專家的行話中，是一種對於寫作的模仿）。我的話語包含許多成對的概念（**外延／內涵，字跡清晰的／抄寫很亂的，作家／寫家**）。這些對立都是些贋像：人們從科學那裡借用概念方式，借用一種分類能力。人們在偷取一種言語活動，而直到最後也不想使用它。不可能這樣說：這是外延的，那是內涵的；或者說：這樣的人是作家，那樣的人是寫家，等等。對立是**壓制**而成的（就像一枚硬幣），但是人們並不尋求使其**增光**。那麼，這種對立有什麼用呢？只是用來**說出某種東西**：有必要建立一種聚合體，以便產生一種意義和隨後將其轉義。

使一個文本運作的這種方式（透過一些外在形象和一些操作）與符號學觀點非常一致（而且也和繼續存在於符號學方面的古代修辭學的觀點一致）。因此，這種方式是帶有歷史和意識形態特徵的：我的文本實際上是**字跡清晰的**。我贊成結構、贊成句子、贊成有句子的文本。我生產是爲了再生產，就像我有一種思想那樣，也像我藉助於物質和規則重新表現它那樣：**我在寫作古典文本**。

是傳立葉還是福樓拜？

傳立葉和福樓拜，從歷史上講，誰更重要？在傳立葉的作品中，可以說，根本就沒有歷史的任何直接的痕跡，可是歷史卻在其中活躍著，而且他是歷史的同代人。福樓拜，他在整個一部小說中敘述了一八四八年的事件。這一點並不妨礙傳立葉比福樓拜更重要。傳立葉間接地陳述了歷史的欲望，而正是在這一點上，他既是歷史學家，又是近現代人：他是具有一種欲望的歷史學家。

片斷的圈子

以片斷的方式來寫作：於是，片斷就成了圓圈四周的石片。我躺成圓形：我的整個小小的宇宙變成了碎塊；在中心，有什麼呢？

他的第一篇文本或者大概是第一篇文本（〈關於紀德及其《日記》的詮釋〉，一九四二），是以片斷構成的；當時，這種選擇被認定是紀德式的方式，「因爲更喜歡結構鬆散，而不喜歡走樣的秩序」。從此，他實際上沒有停止從事簡短的寫作：《神話學》和《符號帝國》中的短篇描述，《文藝批評文集》（*Essais critiques*）中的文章和序言彙編，《*S/Z*》中的詞語釋義，《米什萊》中的段落，《薩德·傅立葉·羅耀拉》和《文本的快樂》中的片斷。

蘭開夏式摔跤，在他看來，已經像是一系列的片斷和一組場景，因爲「在蘭開夏式摔跤方面，可理解的是每一個時刻，而不是整個時間」（《神話學》，十四頁）。他驚奇而不無偏愛地觀看這種體育技巧，這種技巧的結構，服從於作爲中斷和捷徑之外在形象的連詞省略和錯格。

片斷不僅與其他片斷沒有了聯繫，而且每個片斷內部還充滿了句子並列。如果您爲這些小塊文章做索引，您就會看得非常清楚。對於每一篇小塊文章，指稱對象的結合是拼湊的。這就像一套押韻的文字末端：「即這樣的一些詞語：**片斷**，**圓圈**，**紀德**，**蘭開夏式摔跤**，**連詞省略**，**繪畫**，**論述**，**坐禪**，**間奏曲**；請想像一種話語可以將其連接起來。」那好吧，那就將僅僅是這種片斷。一個文本的索引不僅僅是一種參照工具，它本身還是一個文本，是作爲第一個文本的**突出內容**（剩餘和粗糙部分）的第二個文本——在句子的理智中存在的發狂的（中斷的）東西。

在繪畫上，我只練習過點彩畫法，現在決定開始進行一種正規的和耐心的繪畫學習。我盡力臨摹十七世紀波斯人的一種構圖方式（「貴人出獵」）。難以抵禦的是，我不尋求重新表現各種比例、安排和結構，而是模仿和天眞地把細節連接起來。由此，有了一些意外的「出現」：騎士的大腿高高地掛在了馬的前胸，等等。總之，我是透過累加而不是透過草圖來進行；我對細節、對片斷、對**湧動**有著先決的（首先的）興趣，我無能力將其引向一種「合成」：我不懂重新生產「群體」。

由於他喜歡發現和寫作**開端**，他便傾向於擴大這種快樂。因此，他寫作片斷。那麼多的片斷，那麼多的開端，那麼多的快樂（但是，他不喜歡結尾。修辭性尾句結構之風險太大，擔心不能扛得住**最後一個詞**、最後的斷言）。

禪宗屬於**頓悟**派佛教，是一種突然的、分開的、斷開的、開放的方法（與之相反的是**漸悟**派，它是逐漸進入的方法）。片斷（例如俳句）是**頓悟**，它涉及到一種直接的享樂：這是一種話語幻象，是一種欲望微啟。片斷的萌芽以思想—句子的形式從各處向您走來：在咖啡館裡、在火車裡、在與一位朋友談話的時候（這一點從側面出現在他所說的內容上或者出現在我所說的內容上），於是，人們把自己的小記事本拿出來，不是爲了記下一種想法，而是記下某種類似於印紋的東西，即人們以前稱之爲「詩句」的東西。

當人們把一些片斷進行排列的時候，竟然沒有任何可能的組織方式嗎？當然不是。片斷就像是一次循環中出現的音樂念頭（*Bonne Chanson; Dichterliebe*）：每一部分都自我滿足，而這種念頭從來都僅僅是各個相鄰部分之間的間隙——作品僅僅是靠外部文本形成的。對於片斷最爲理解，又從事片斷審美實踐的人（在魏本[40]之前），可能就是舒曼。他把片斷稱爲「間奏曲」（intermezzo），他在作品中大量採用間奏曲。他所生產的一切到頭來都是**插入的**。在什麼與什

40 魏本（Anton von Webern, 1883-1945），奧地利作曲家。——譯者注

麼之間插入呢？一種純粹的中斷序列意味著什麼呢？

片斷有其理想：一種並非思想、並非智慧、並非眞理（例如在箴言中）的高度濃縮，而且是一種音樂性的高度濃縮。與「展開」相對立的，是「調」，即某種分節的、被歌唱的東西，是一種朗誦，在這裡充滿了色調。魏本的**簡短樂曲**：沒有節拍。他使用了何等至高無上的權利來**簡短地運作**呀！

片斷就像是幻覺

我有這樣的幻覺，即我相信在把我的話語打碎的時候，我便中斷了對我自身的想像性的誇誇其談，我就減弱了超驗性風險。但是，由於片斷（俳句、箴言、思想、報紙短文）**最終**是一種修辭種類，並且修辭又是可以提供給解釋的最好的言語活動的一個層面，我在相信我會分散的同時，我只是乖乖地重新回到我的想像物的床上。

從片斷到日記

以論述被破壞爲藉口，人們最終回到了片斷的正規實踐方面來；然後，從片斷逐漸進入「日記」。從此，這樣做的目的，難道不就是賦予自己寫作一篇「日記」的權利嗎？我不就有了充分理由把我所寫的一切都看成爲了有一天能自由地重現紀德的「日記」主題而做出的一種偷偷的、堅持不懈的努力嗎？在終極的地平線上，也許只有最初的文本（他的第一個文本的目的就是寫一種紀德《日記》）。

可是，（自傳體的）「日記」在今天已經失去了人們對它的信任。與此不同的是，在人們開始寫日記的十六世紀，人們並無厭煩地稱之爲一種腹瀉：**瀉肚和黏液**。

我的片斷的生產。對我的片斷的沉思（修改、潤色，等等）。對我的廢棄文字的沉思（自戀）。

草莓酒

女人傾向經常突然在夏呂斯[41]身上表現出來。並非是當他追逐軍人和馬車夫的時候，而是在他用尖尖的嗓音向威爾杜蘭一家要草莓酒的時候。這種飲料該是一**種很合適的唱機針**（即尋找一種軀體眞實的唱機針）吧？

有的人一生飲用從來不喜歡的飲料：茶、威士忌。它們是耗時的飲料、講求效果的飲料，而不是美味的飲料。尋找一種理想的飲料——這種飲料將可能富有各種各樣的換喻。

優質葡萄酒的味道（葡萄酒的**直接**味道）是與食物分不開的。喝葡萄酒，即吃飯。T酒館的老闆以飲食衛生爲藉口，向我提供了這種象徵的規則：如果在飯前飲一杯葡萄酒，他希望就著一點麵包飲用，這樣會有一種裝飾作用並產生一種相伴狀態。文明開端於出現雙重性的時候（多因決定論）。好酒，就在於其美味能被人獲得、能分步感受，以便使最後飲下時的味道與開始飲下時的味道不一樣。難道不是這樣嗎？在大口飲用好酒的時候，就像讀到一個文本，其中有一種程度上的捻動，即一種分級變化：逐漸地顯示，儼然長而密的頭髮。

41 夏呂斯（Charlus）和隨後的威爾杜蘭（Verdurin），都是普魯斯特的小說《追憶逝水年華》中的人物，前者具有女性的敏感和表現。——譯者注在他回想他童年時代被剝奪的那些小物件時，他找到了他今天所喜愛的東西，例如冰涼的飲料（非常涼的啤酒）。因爲在那個時候，還沒有冰箱（在沉悶的夏天，B城的自來水總是溫熱的）。

法蘭西人

因喜愛水果而是法蘭西人（就像其他人「因喜愛女人」而是法蘭西人一樣）：愛吃梨、櫻桃、覆盆子；已經不大喜歡柑橘；完全不喜歡異國的水果，如芒果、番石榴、荔枝。

打字錯誤

用打字機寫作：無須安排什麼，那種情況不存在，隨後突然又發現有了安排。沒有任何**生產性活動**，也沒有近似的活動可言。不會產生新的字母，卻排除哪怕是很小的規則。因此，打字錯誤是很特殊的，它們是本質性錯誤。在我敲錯字盤的時候，我就觸動了內心系統。打字錯誤從來不是一種模糊的東西、**不可理解**的東西，而是一種清晰的錯誤、一種意義。可是，我的整個軀體都進入了這些規則錯誤。今天早晨，我由於錯誤地起得很早，我便不停地打錯，不停地改動我的稿件，於是我便在寫一篇新的文本（這種毒品，即疲勞）。在通常的情況下，我總出現相同的錯誤，例如透過難以改正的字母換位或是用字母「Z」（不好的字母）代替複數的「S」（在用手寫作的時候，我總是經常地出現一種錯誤：把「m」寫成「n」。我去掉了一條腿。我想要兩條腿的字母，而不要三條腿的字母）來改變「結構」。這些機械性的錯誤，在其不屬於意外變化而屬於替換的時候，指的是不同於手寫的特殊現象的另一種錯亂。藉助於打字機，潛意識寫作就比自然寫作更爲可靠，並且我們可以想像比乏味的筆跡學方法更適合的一種**書寫分析**。確切地講，一位水準很高的女打字員是不會打錯的——因爲她沒有潛意識！

意義的波動

他的整個工作，目的顯然是尋求符號的一種寓意（**寓意**（moralité）不等於**倫理學**（morale））。

在這種寓意中，就像經常出現的主題一樣，意義的波動具有雙重的位置。根據第一種狀態，「自然性」開始動作、開始意蘊（即重新變成相對的、歷史的、慣用語性的）；**不言而喻**之（被人厭惡的）幻象開始剝落、開始斷裂，言語活動之機器開始發動，「本性」因整個社會性在這裡被壓制和沉睡而波動。我在句子的「自然性」面前感到驚異，就像黑格爾的古代希臘人在本性面前感到驚異和聽取意義時顫抖那樣。不過，事物都是依據語義解讀的一種最初狀態向著「眞實的」意義（即歷史的意義）前進的，能以另外的方式甚至幾乎是與之相矛盾的方式來與這種最初狀態相適應的，是另一種價值：意義，在其於非意指活動（in-signifiance）之中被廢除之前，繼續波動。**有意義存在**，但這種意義不讓人「抓住」；它是流動的，因一種輕微的沸騰而顫動。社會性的理想狀態如此聲稱：一種廣闊和持久的輕聲細語在使無數意義活躍，這些意義在爆發、在發出聲響、在閃閃發光，而從不採用一個可悲的被其所指搞得沉重的符號的確定形式。主題是令人快樂的和不可能的，因爲這種理想地波動的意義被一種固定的意義（即多格扎的意義）或是被一種無價值的意義（講述解放的神話的意義）所無情地獲得。

（這種波動的形式：文本、意指活動[42]，也許還有中性。）

奔跑式的歸納推理

推理意圖：有關夢（或疏浚活動）的敘事排除其聽衆（津津樂道於其指稱對象），由此歸納出，敘事的一個功能是**排除**其讀者。

（存在著兩種冒險：不僅僅事實是不確定的——能由此得出，除了完全個人情感的敘事，有關夢的敘事就叫人感到厭煩嗎？——而且，這種敘事過分地抽象，過分地擴大直至敘事的總的

42 意指活動（signifiance）：這是巴特從克莉斯蒂娃那裡借用的術語，指的是意指過程。巴特在其他地方多採用「意指」（signification）概念，因為這一概念既指結果，也指過程。——譯者注

範疇之中。這個不確定的事實變成了一種過度擴張的起點。勝過一切的，是悖論的美味：它可以使人聯想到，敘事絲毫不是投射性的，它可以破壞敘述的**多格扎**。）

左撇子

左撇子意味著什麼呢？意味著您吃飯時餐具的位置要與習俗所定的相反；當一位右撇子在您之前用過電話的時候，您得把電話機的握柄反過來；剪刀不是爲適應您的拇指製作的。從前在課堂裡，必須作一番努力才能與其他孩子沒有兩樣：必須糾正其軀體的姿勢，必須用合適的手向學校的小社會贈送禮品（我彆彆扭扭地用右手繪圖，但我用左手上色：與衝動相反）。一種溫和的、後果不嚴重的、被社會所允許的不相容狀況，以一種細膩而又持續的習慣標誌著青年時代的生活：他在自我調節，他在繼續前進。

觀念的動作

（例如）被拉康分析過的主體絲毫不會使他想到東京這個城市，但是東京卻使他想到拉康的主體。這種方式是經常的：他很少從觀念出發來爲自己發明一種意象；他從一種可感的對象開始，於是希望在其工作中遇到可爲其發現一種**抽象作用**的可能性，這種抽象作用是在當時的智力文化中提取的。這樣一來，哲學就只是特殊意象、觀念虛構（他借用一些客體，而不借用一些推理）的一種儲庫。馬拉美[43]曾經談論過「觀念的動作」：他首先發現了動作（軀體的表達），然後發現了觀念（對於文化、對於關聯文本的表達）。

淵源

在開始寫作時可以——或者過去曾經可以——不從模仿別人開始嗎？必須用修辭格的歷史來代替起源的歷史。作品的起因，並不是第一種影響，而是第一種姿態：人們抄襲一個角色，然後透過一種換喻來抄襲一種藝術。在複製我很想成爲的那個人的同時，我開始生產。這第一種願望（我希望，我全力以赴）爲一種神祕的幻覺系統奠定了基礎，該系統一代又一代地繼續存在，而且經常獨立於所熱愛的作者的作品。

他早期寫的文章中有一篇（一九四二）是關於紀德的《日記》的，另一篇文章的寫作（〈在希臘〉，一九四四）明顯地是從《地糧》（*Les Nourritures terrestres*）模仿而來的。在他青年時期的讀物中，紀德的作品占據了很重要的位置。他閱讀關於阿爾薩斯和加斯科尼的書籍，這兩人正好在一條對角線上，就像紀德從前閱讀有關諾曼第和隆格多克的書籍一樣。他作爲新教徒，作

43 馬拉美（Stéphane Mallarmé, 1842-1898），法國詩人，被稱為「詩歌王子」。——譯者注

爲熱愛「文學」和喜歡彈奏鋼琴——當然還有其他愛好——的人，爲什麼不可以在這位作家身上重新認識自己和表達自己的願望呢？紀德式的**淵源**（Abgrund），即紀德式的持久性，還在我的大腦中形成了一種頑固的麇集。紀德是我的原始語言，是我的**原始起點**（Ursuppe），是我的文學飯湯。

對於各種算法的愛好

他從未做過眞正的算法。有一個時期，他突然轉向了一些不太艱難的形式化運算（這種愛好在他身上似乎已經過去）：簡單的方程式、圖表、公式表、樹狀圖。說眞的，這些外在形象沒有任何用處。這是些不大複雜的玩意，有點像是人們用手絹做成的玩具。人們**爲自己**而玩：左拉就是這樣爲自己制定一種普拉桑（Plassans）平面圖[44]，以便爲自己解釋其小說的。他很清楚，這些圖樣無意以科學理由來安排話語。它們可以欺騙誰呢？然而，人們玩弄科學，人們採用黏貼的方式把科學放進繪畫裡。同樣，與**快樂**有關的**計算**則被傅立葉放進了幻覺鏈中（因爲那裡有話語幻覺）。

44 普拉桑平面圖：這裡指左拉為寫作《征服普拉桑》（*La Conquête de Plassans*, 1874）而制定的平面圖。——譯者注

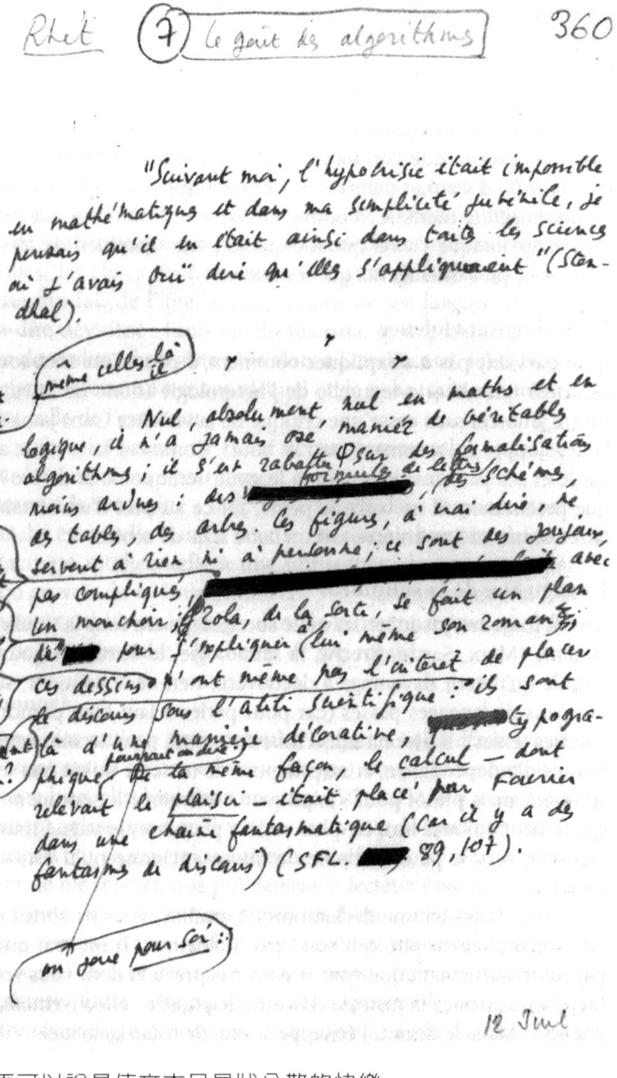
Rhet (7) Le goût des algorithmes 360

"Suivant moi, l'hypocrisie était impossible en mathématiques et dans ma simplicité juvénile, je pensais qu'il en était ainsi dans toutes les sciences où j'avais ouï dire qu'elles s'appliquaient" (Stendhal).

Nul, absolument, nul en maths et en logique, il n'a jamais osé manier de véritables algorithmes ; il s'est rabattu sur des formalisations moins ardues : des [redacted] schémas, des tables, des arbres. Les figures, à vrai dire, ne servent à rien ni à personne ; ce sont des joujoux, [redacted] pas compliqués, un mouchoir ; Zola, de la sorte, se fait un plan de [redacted] pour s'expliquer à lui-même son roman ; ces dessins n'ont même pas l'intérêt de placer le discours sous l'alibi scientifique : ils sont là d'une manière décorative, [redacted] typographique. De la même façon, le calcul – dont relevait le plaisir – était placé par Fourier dans une chaîne fantasmatique (car il y a des fantasmes de discours) (SFL, [redacted] 89, 107).

même celles-là il

à un moment (car maintenant il les abandonne)

l'analogue des poupées que l'on fait

Plassans

, il le sait,

qui pourraient-ils tromper ?

pourtant on dirait

on joue pour soi :

12 Juil

是修改嗎？更可以說是使文本呈星狀分散的快樂。

如果我不曾讀過……

如果我不曾閱讀過黑格爾的作品，也不曾閱讀過《克萊芙公主》45，李維斯陀的〈貓〉46，《反—伊底帕斯情結》（*L'Anti-OEdipe*），那該怎麼辦呢？——這最後一本我以前不曾讀過，但是在我有時間閱讀它之前別人經常對我說（也許這就是我不閱讀它的原因），它以與另一本書相同的書名存在。它有它的智慧性、它的難忘性、它的動作方式。我們難道沒有**在任何文字之外**來接受一個文本的自由嗎？

（壓抑：對於一位獲得哲學學位的人，對於一位馬克思主義者，對於一位研究巴塔耶的專家來講，不曾閱讀過黑格爾的作品應該說是一個過分的錯誤。而我呢？我的閱讀作業從什麼地方開始呢？）

搞寫作的人可以輕鬆地同意減少或分散他的觀念的尖銳性和責任性（必須冒險改變人們通常用來說出下列話的語調：**對我有什麼重要呢？難道我沒有基本的東西嗎？**）。寫作中，有對於某種惰性、對於某種精神**方便性**的樂趣，就像我在寫作時比我說話時更不關心我個人的愚蠢行爲

---

45 《克萊芙公主》（*La Princesse de Clève*），法國小說家拉·費耶特伯爵夫人（Marie-Madeleine Pioche de la Vergne, Comtesse de La Fayette, 1634-1693）一六七八年的作品，被公認為分析性小說的典範。——譯者注

46 全名為〈波特萊爾的「貓」〉（Les Chats de Baudelaire），是李維斯陀與俄羅斯裔美國語言學家雅各森（Roman Jakobson, 1896-1982）合作完成的文章。——譯者注

那樣（教授比作家要聰明多少倍呀）。

變異論與暴力

他不能解釋他如何一方面（與其他人一起）可以支持一種關於變異論（因此也是關於斷裂論）的文本理論，另一方面又不停地開始對暴力進行批評（確實，他從未發展這種批評並將其進行到底）。在人們有興趣與偏移相安共處的情況下，如何與先鋒派及其主張者同路呢？——除非，儘管付出某種後退的代價，恰恰值得去做，就像人們模糊地看到了分裂的一種**新的風格**那樣。

孤獨中的想像物

到現在爲止，他始終無休止地在一種偉大的系統（馬克思主義、沙特、布萊希特、符號學、文本）保護下工作。今天，他似乎更加勤奮地、無拘無束地寫作；沒有什麼支持他，而只有一些過時的語言稜面（因爲要說話，就必須很好地依據其他文本）。他這樣說，無伴隨獨立宣言才有的那種自負，也無被迫承認孤獨的那種悲觀態勢，卻可以說是爲了表白至今占據他的那種不安全感，也許更可以說是爲了表白向著不足道的東西即「沉湎於自己」的那種古老的東西**退行**的一種模糊的痛苦。

「您是在表明謙卑；因此，您離不開想像的事物，離不開最壞的東西：那便是心理性的東西。確實，這樣一來，藉助於您未曾想到、可您想必會心滿意足的一種大的變化，您在證實您的判斷的正確：實際上，您在**後退**。」但是，我這樣說的時候，我卻又躲而避之……（**梯形牆在繼續延伸**）

虛偽？

他在談論一個文本的時候，他相信其作者沒有照顧到讀者。但是，他是在發現他自己在盡力關照讀者，並且總之他從不放棄一種關於**效果**的藝術的時候，找到了這種恭維詞的。

念頭，就像是享樂

通常的輿論是不喜歡知識分子的言語活動的。因此，這種言語活動經常被指責為知識分子的行話。於是，他感覺到他成了某種種族主義的對象：人們在排斥他的言語活動，也就是說排斥他的軀體：「你不像我那樣說話，因此我排斥你。」米什萊自己（但是他的主題的廣度在原諒他）也極力反對知識分子、謄寫人、文人，並為他們限定了**基礎性別**的範圍：這種小資產階級的觀點因知識分子的**言語活動**而將其變成了無性別的人，也就是說非男性化的人。反知識分子論以申明男性的姿態出現；這樣一來，對於知識分子來講，就像一心想成爲人們以知識分子爲其定位的沙特的人物惹內[47]那樣，就只剩下確保人們從外部強加給他的言語活動了。

可是（這是任何社會指責所具有的經常性的惡意），在他看來，一種念頭或者可以說一**時的快感**是什麼呢？「抽象絲毫不與淫蕩相背」（《神話學》，一六九頁）。即便是在他的結構主義階段（在這個階段裡，基本任務是描述人的**心智**），他也總是把知識分子的活動與一種享樂結合在一起。例如**全景**，即人們從艾菲爾鐵塔上所能看到的全景，這種全景既是一種智力對象又是一種快樂對象：它解放軀體，甚至在其爲他提供「理解」他的視野的幻覺的時刻。

不被賞識的觀念

我們看到，一種批評觀念（例如，**命運是一種智力圖畫，它恰恰落在人們不期待它的地方**）出現在一本書中（《論拉辛》），後來又出現在另一本書中（《S/Z》，一八一頁）。因此，有一些觀念會重新返回：這是因爲他堅持這些觀念（根據何種魅力呢？）。然而，這些珍貴的觀念一般沒有任何的反響。簡言之：正是在這裡，我敢於鼓足勇氣，直至我一個勁地重複，正是在

47 這裡指沙特就小說家尚·惹內（Jean Genet, 1910-1986）的身世所寫的著作《喜劇演員與殉道者聖惹內》（*Saint Genet: Comédien et martyr*）一書中的人物。——譯者注

這裡，讀者正好「放棄我」（我還要大放厥詞：在這一點上，命運就是一種智力圖畫）。另一方面，我當時對於發表了（帶著明顯的對於評論的無知）「寫作是爲了被人喜歡」這樣的話感到心滿意足。有人告訴我，D先生認爲這句話是愚蠢的，因爲這句話只有當人們在**第三個等級**上消費它時才是可以忍受的。由於您意識到這句話首先是動人的，然後又是愚蠢的，那麼，您**最後**就可以自由地認爲它也許是正確的（D先生沒有能夠發展到這個地步）。

句子

句子被揭示爲意識形態對象，並且是像享樂那樣被產生的（這是片斷的壓縮精華）。這樣，我們或者可以顯示矛盾主題，或者從這種矛盾中推導出一種驚奇，甚至是一種批評回潮：作爲第二次的錯亂，如果有一種**意識形態的享樂**該多好啊！

意識形態與審美

意識形態：重複和**穩定**的東西（它透過這後一個動詞而被排除在能指範圍之外）。因此，意識形態（或反意識形態）分析只需重複和穩定（透過一個純粹的恢復名譽的動作而**立即**宣布它的有效性）就可以使自己變成一個意識形態對象。

怎麼辦呢？一種解決辦法是可能的：**審美**。在布萊希特的作品中，意識形態批評不是**直接**進行的（否則，它會再一次生產一種重複的、同義反覆的、戰鬥的話語）；它藉助於審美替代來進行，反意識形態滑入一種根本不是現實主義的而是**準確的**虛構之中。也許，我們社會中的審美作用就在於此：提供一種**間接的和可傳遞的**話語的規則（它可以轉換言語活動，但不表現出它的主導地位和它的心安理得[48]的狀態）。

我對X說，他的手稿（成爲電視上的有爭議的重要內容）論述有餘，**審美**保護不足。他避開這句話，立即對我進行報復：他曾經與他的夥伴們多次討論《文本的快樂》；他說，我的書「不停地接近災難」。在他看來，災難無疑就是落入審美之中。

想像物

想像物，即有關意象的總的設定，它存在於動物身上（但絲毫不是象徵性的），因爲動物們直接奔向人們爲其設置的異性誘餌或是敵對誘餌。動物的這種眼界難道不可以向想像物提供極

48 心安理得（bonne conscience），這是從佛洛伊德理論中借用而來的概念，指的是處於「自欺」時的狀態。——譯者注

大的興趣嗎？**從認識論上講**，這難道不正好是一種未來範疇嗎？

本書的根本性努力在於建立一種想像物。「建立」即意味著：擺設布景、分配角色、制定層面，極言之，即把成排的舞臺腳燈變成一道不確定的欄杆。因此，重要的是，想像物根據其程度（想像物是一種穩定事物，而穩定則是一種程度事物）來被對待，而且在這些片斷過程中，有多種程度的想像物。可是，困難在於，人們無法用像烈酒的度數或是酷刑的輕重等方式來爲這些程度編排號碼。

古代學者有時明智地在一個命題之後放上起緩和語氣作用的「**不確定的**」詞語。如果想像物構成了一篇非常明確的作品，而且這篇作品又有著總是確定的**不當之處**，那麼，只需每一次藉助於某種元語言[49]的操作方式來公布這篇作品就足可以挽回寫作這篇作品的聲譽了。這就是我在此爲某些片斷可以做的事情（**引號**、**括號**、**聽寫**、**場面**、**將段落隔開**等）：主體由於被拆分（或者**自我想像**是如此）而有時能夠爲其想像物留下印記。但是，這並不是一種可靠的實踐。首先，這是因爲有一種意識清晰的想像物，並且我在劃分我所說內容的時候只是把意象帶得更遠一些，只是產生一種二級的怪相；其次，尤其是因爲想像物經常以狼的步子來臨，輕輕地滑動在一個簡

49 元語言（métalinguistique），語言學術語，即可以用來解釋一種已知言語事實的另一種言語活動，通常表現為將解釋內容放進括號之中、增加注釋以及進行翻譯等。——譯者注

單過去時上、一個代詞上、一個回憶上，總之是滑動在一切可以在鏡子和其鏡中意象的銘言下聚集的東西：**我嗎？我**。

因此，夢幻便既不是自負的文本，也不是意識清晰的文本，而是帶有不確定意義的引號和不穩定意義的括號的文本（永遠不要關閉括號，這恰恰就是：**偏離**）。這也取決於讀者，讀者可以爲讀物**分級排列**。

（想像物在其飽滿程度狀態下是這樣被人感受的：我想寫的有關我的一切，到頭來都會妨礙我寫作。或者更可以這樣說：不能獲得讀者滿意的就不能寫。然而，每個讀者都有其滿意的東西，由此，只要人們能夠爲這些滿意分出等級，也就可以爲片斷本身分出等級了。每個片斷都接受其屬於特定視野中的想像物標誌，在這種視野裡，它自認爲受寵愛、不被懲罰並避開了被一個不滿意或者只是看一看的主體來閱讀的尷尬境地。）

花花公子

熱衷於悖論的習慣幾乎要導致（或直接說：導致了）一種個體主義的立場，而且，如果可以這樣說的話，要導致一種講究時髦的做派。可是，花花公子儘管孤獨，但他並非一人：本身也是大學生的S不無遺憾地對我說，大學生都是個體主義者；在一種特定的歷史情況裡，如充滿悲觀和拒絕的情況裡，整個知識分子階層（如果它不鬥爭的話）便都潛在地是花花公子。（花花公子是那種只有終身哲學的人：時間即我生命的時間。）

何謂影響？

人們在《文藝批評文集》中看得很清楚，寫作的主體怎樣在「演變」（從一種義務倫理學過渡到一種能指寓意）：他逐漸地隨著他所論述的作者的意願而演變。可是，引起感應的對象並不是我所談論的作者，而更應該說是**導致我對他進行談論的東西**：我在**他的允許**之下使我自己受到影響；我說的有關他的話迫使我從我的方面去猜想他（或者不去猜想），等等。

因此，應該區分人們所評論的並且其影響既不是外在於也不是先於人們對其所說的內容的那些作者和（按照更為傳統的觀念）人們閱讀的那些作者。但是，對於我來講，前面那些作者帶給了我什麼呢？帶給了我某種音樂、一種凝思的音質、一種或多或少帶有因改變字母位置而形成的單詞的遊戲。（我曾經腦子裡裝滿了尼采，因為我在此前剛剛讀過他的著作；但是，我所熱望的，我想獲取的，是由句子意念組成的歌曲。影響純粹是韻律性的。）

靈巧的工具

一種先鋒派的計畫：

「世界確實擺脫了它的鉸鏈，唯獨一些猛烈的動作可以把一切重新接合。但是，在用於這方面的工具中，也許有一種小型和脆弱的工具，它要求人們輕輕地使用它。」（布萊希特，*l'Achat du cuivre*）

暫歇：回想

吃點心的時候，喝了一點沁涼的加糖牛奶。在白色的舊碗的底部，缺了一塊瓷釉。我當時不知道小勺在轉動的時候是否會碰到這個地方，或者碰到溶化不好或沒有洗掉的糖塊。

星期天晚上，乘無軌電車回到祖父母家。晚飯時，我們在臥室靠近壁爐的地方喝粥，吃烤得焦糊的麵包。

在夏天的晚上，當天色遲遲不盡的時刻，母親們都在小公路上散步，而孩子們則在周圍玩耍，那眞是節日。

一隻蝙蝠飛進了臥室。由於擔心蝙蝠會鑽進頭髮裡，他的母親把他背在背上，他們用床單裹住自己，並用火鉗驅趕蝙蝠。

普瓦米羅（Poymiro）上校在去阿萊納的路邊騎坐在一把椅子上。他身材高大，淡紫色的面龐，皮下血管明露，鼻下一撮髫鬚，雙眼近視，說話含糊不清，他注視著參與鬥牛的人群來來往往。他擁抱上校的時候，感到那是多麼痛苦和令人害怕！

他的代父尤瑟夫·諾加雷（Joseph Nogaret）經常送給他一袋子核桃和一枚五法郎的硬幣。

拉豐（Lafont）夫人是巴約納中學幼兒部的老師。她穿著套頭上衣、襯衫和狐皮外套。在問題回答對了的時候，她會發一塊形狀和味道與覆盆子一樣的糖果。

格勒內爾（Grenelle）市阿弗爾街的牧師貝特朗（Bertrand）先生說話時慢慢騰騰、莊嚴肅穆、兩眼緊閉。每一次吃飯的時候，他都拿來古舊的《聖經》讀上一段，那《聖經》上蓋著淡綠色的氈子，壓印著絨繡的十字架。他讀的時間很長；在有事外出的日子，人們都認爲他會趕不上火車。

由住在蒂葉爾街的達里格朗（Darrigrand）一家租用的一輛雙馬雙篷四輪馬車，每一年來一次，走街串巷拉客，然後把我們送到巴約納火車站，我們再搭乘當晚去巴黎的火車。在等火車的時候，人們都在玩黃衣小矮人紙牌遊戲。

透過去信預定的住房被人擠占了。在巴黎的十一月的一個早晨，他們帶著大箱子小行李分頭趕到了格拉西葉街。旁邊的奶品商店的女主人接待了他們，並爲他們提供了熱巧克力和羊角麵包。

在瑪扎里納街，畫報是在來自圖盧茲市的主掌一家文具店的女老闆那裡購買的。這家商店散發出油炸土豆的氣味。店鋪女主人從裡面走出來，嘴裡還嚼著沒有咽下的飯菜。

格朗賽涅·都特里夫（Grandsaines d'Hauterive）先生是傑出的初中三年級教師，他手裡擺弄著一副玳瑁質的夾鼻眼鏡，身上散發出胡椒的氣味。他把班上學生劃分爲「陣營」和「派系」，每一陣營和派系都有一個「頭頭」。這僅僅是圍繞著希臘語的不定過去時而出現的爭論。（爲什麼教師都是回憶的好引導者呢？）

大約在一九三二年，在第二十八號電影院，一個五月的星期四下午，我獨自一人去看了《安達魯狗》[50]；五點鐘走出電影院的時候，托勞宰街上散發出洗衣女工們在熨燙衣服的間隙裡飲用的牛奶咖啡的氣味。這是對由於過分乏味而出現的注意力偏移的模糊記憶。

---

50 譯者認為，這裡該是拍攝於一九二八年的一部很出名的法國超現實主義電影《安達魯之犬》（*Un chien Andalou*），編劇之一和導演為路易斯·布紐爾（Luis Buñuel），另一編劇為達利（Dalí）。但巴特在「安達魯狗」前面使用的是定冠詞，於是就變成了文中的Le Chien Andalou，依此只能譯為《安達魯狗》。這想必是他的誤記。——譯者注

在巴約納市，花園裡有不少大樹，因而有許多蚊子；窗戶上有羅紗（而且已經有了窟窿）。人們點燃一些被稱作菲迪比斯（Phidibus）的小小的球狀果實，然後開始噴灑滅蚊劑，它由一個發出刺耳聲響的噴頭噴成霧狀，可藥桶裡卻幾乎總是空的。

迪普埃（Dupouey）先生是高中二年級的教師，他性情抑鬱，從來不親自解答一個他提出的問題。有時，他靜靜地等上一個小時，等著哪個人找到一個答案，或者把學生打發到學校院內散步。

夏天早晨九點鐘的時候，兩個小男孩在貝里居民區的一處低矮和簡樸的住房裡等我。必須讓他們做假期作業。在一張報紙上，還有一位小個子的祖母爲我準備的一大杯很白、很甜的牛奶咖啡在等待著我，這種咖啡很讓我噁心。

等等。（由於不屬於自然範圍，回想包含著一種「等等」。）

我把**回想**稱爲由享樂與努力所混合而成的動作，主體進行這種動作是爲了重新找到回憶的細微特徵，而又**不擴大**回憶，也不使之**震動**：這便是俳句本身。**自傳素**（biographème）（參閱《薩德．傅立葉．羅耀拉》，十三頁）僅僅是一種人爲的回想，即我借給我所喜愛的作者的回想。

這些回想多少有些**模糊**（即無意蘊的：排除意義的）。我們最好將其變得**模糊**，它們最好避開想像物。

蠢貨？

（建立在人類的個人單位上的）傳統看法：愚蠢是一種歇斯底里，只需把自己看成蠢貨，就可以少做蠢事。辯證的看法：我同意使我自己多元化，我同意在我身上存活著自由的愚蠢區域。

他經常自我感覺是蠢貨，這是因爲他只有一種**精神**智力（也就是說：不是科學的，不是政治的，不是實踐的，也不是哲學的，等等）。

寫作的機器

大約在一九六三年的時候（見談論拉．布呂艾爾的文章，《文藝批評文集》，二二一頁），他曾熱衷於**隱喻**／**換喻**這一對關係（不過，這一對關係早在一九五〇年與G的對話以來就爲人所知）。概念就像一個巫神棒，尤其一旦成對出現，就**提升**了一種寫作的可能性：他說，在此活動著說出某種東西的能力。

寫作工作因此而透過對於概念的迷戀、連續的激動、難以持久的狂熱來進行。話語藉助於命運浮沉、情愛危機來前進。（語言的遊戲：**留住**意味著**阻滯**[51]：後一個詞在某個時刻留在了喉嚨裡而沒有說出。）

空腹

布萊希特在與其喜劇演員們約定下一次排練時間的時候，總是這樣說：**空著肚子**！不要進食，不要飽餐，不要露出靈氣、溫柔、得意，要癟著肚子，要空腹。我所寫的，我能在確保**空腹**的情況下承受它一週嗎？這個當我找到時使我高興的句子、念頭（句子—念頭），誰能保證在**空腹**的情況下它將不會使我感到難受呢？如何在我毫無興致的情況下對我（我對我個人的消耗感到掃興）進行提問呢？如何來準備我所希望的對於我自己的閱讀（不是去愛，而僅僅是**空腹承受**已經寫出的東西）呢？

---

51 這裡，巴特又使用了一個具有雙重意義的詞：engouement，該詞具有「噎住」和「迷戀」兩個意思，我們採用「留住」代替「迷戀」之意，採用「阻滯」來代替「噎住」之意義，以使在漢語表達上勉強通達。——譯者注

吉拉里的信

「我親愛的羅蘭，請接受我的問候。您的來信使我非常高興。這封來信給人以我們的深厚友情無任何缺憾的印象。我懷著極大的興奮答覆您嚴肅的來信，並無限地和發自內心地感謝您華麗的詞語。親愛的羅蘭，這一次，我要與您談一個（在我看來）不大好辦的話題。話題如下：我有一個弟弟，是大學三年級的學生，非常喜歡音樂（愛彈吉他），對人富有愛心。但是，貧困埋沒了他，並把他隱蔽在了他可怕的世界之中（他現在很困難，『您的詩人這樣說』），親愛的羅蘭，我請您在您可愛的國家儘快地爲他尋找一份工作，因爲他的生活充滿憂慮與煩惱。可是，您知道年輕的摩洛哥人的境況，而這使我眞正地感到驚訝，也使我失去了閃光的微笑。這也會使您感到驚訝，即便您並不具有排外和憂鬱孤僻的心腸。我急切地等待您的回信，謹求上帝保佑您身體安康。」

（這封信帶來的快樂：奢華的、輝煌的、逐字逐句的而且直接是文學性的，這是沒有文化背景的文學性的快樂，這種快樂超過在每個句子上言語活動所帶來的享樂。它還在任何審美之外隨著所有的準確又無情的變化而增加，但不曾從遠處對信件進行批評（而我們的那些可悲的同胞們卻有可能這樣做）。這封信同時說出了眞實情況與欲望：吉拉里的全部欲望（吉他、愛心），摩洛哥的整個政治眞實。這正是人們所希望的空想式的話語。）

作為享樂的悖論

G激動而憤怒地離開了《康斯坦茲湖泊上的馬隊》（*La Chevauchée sur le lac de Constance*）[52]的演出現場，他對這次演出的描述是這樣的：巴洛克式的、瘋狂的、拙劣的、浪漫的，等等。他還補充說：而且完全是過時的！因此，對於某些組織活動來講，悖論是一種最強烈的令人著迷的東西，是一種最重大的損失。

對於《文本的快樂》的補充：享樂，並不是能夠符合欲望（即滿足欲望）的東西，而是使欲望感到驚訝、超過欲望、改變欲望和使其偏離的東西。應該轉向神祕的東西，以便獲得對於因此可以使主題偏離的好的表達方式。呂斯布羅克[53]說過：「我把精神的醉意稱爲這樣一種狀態：在這種狀態中，享樂超過欲望所能模糊地預感到的各種可能性。」

（在《文本的快樂》之中，享樂已經被說成是不可預見的，呂斯布羅克的話已經被引用過。但是，我總是可以自我引用，以便意味一種堅持、一種頑念，因爲這關係到我的軀體。）

---

52 奧地利小說家、詩人和劇作家彼德·漢德克（Peter Handke, 1942- ）的劇作。——譯者注

53 呂斯布羅克（Van Ruysbroek或者Van Ruysbroec, 1293-1381），為現在的比利時布拉邦省人，神學家和文學家，其神祕文學作品構成了荷蘭最早的文學作品。——譯者注

令人狂喜的話語

——**我愛你，我愛你**！這種表明愛情的頂級方式出自軀體，它是無法抑制的、重複的，難道這種方式就不掩蓋著某種**缺憾**嗎？如果不是爲了像烏賊釋放其黑墨那樣來模糊其因過分肯定而導致的慾望之失敗的話，人們本來不需要這種言辭。

——什麼？讓人永遠抑鬱不樂地去重複一種**平庸的**話語嗎？難道就沒有任何可能使語言世界的某個隱蔽的角落存在著一種純粹的令人狂喜的話語嗎？在其最邊緣的空白處——當然這距離神話已經很近——難道就不可以設想，言語活動最終會變成對於這種空白的一種填補行爲的首要的和**無意蘊的表述**嗎？

——沒什麼可做：這是所要求的詞句。因此，它只能妨礙接受這種詞句的人，而不包括聖母和上帝！

——只有在下面的情況裡（這種情況不大可能，但人們卻總希望其出現），我才認定放棄這個詞語。在這種情況裡，兩句「**我愛你**」由於是在一個瞬間發布的，便有可能形成一種純粹的重合，並藉助於這種同時性來取消一個主體對於另一個主體的要脅作用：於是，要求便開始浮**起**。

填補

全部的詩，全部的（浪漫）音樂，都在這種要求之中：**我愛你**。但是，如果令人狂喜的答覆神奇地突然出現了，那麼它可能是什麼呢？填補的樂趣是什麼呢？亨利·海涅說過：**我激動，我傾倒，我痛苦地哭泣**。

（愛情詞語在工作：就像一種悲哀。）

對詞語下工夫

接下來，換個場面：我想像我在反覆思考的過程中尋找一種辯證的出路。我認爲，愛情的頓呼，儘管我重複它，並在時間的流逝中日復一日地將其重新引導，但我每一次說起它的時候，它都會覆蓋著一種新的狀態。就像阿爾戈英雄[54]在航行中不斷更新其大船卻又不改變大船名稱那樣，愛情的主體將藉助於同樣的一種呼叫來完成一種長跑。他將一點一點地辯證地改變最初的要求，而從不使其第一次機智之舉的熱烈程度失去光彩。他認爲，對於愛情和言語活動下工夫就是給予同一個句子以總是新的變化。於是他便創造了一種前所未聞的語言，在這種語言之中，符號的形式在不斷重複，但是其所指卻不重複；在這種語言之中，說話者與戀人最終能戰勝言語活動

---

54 阿爾戈英雄：希臘神話中乘阿爾戈大船去尋覓金羊毛的人。——譯者注

（和精神分析科學）印記在我們所有情感上的無情的**減縮**過程。

（從我剛剛引證的三個想像物之中，最可操作的是最後一個；因爲如果一個意象得以形成，這個意象就至少是一種辯證轉換，即一種**實踐**的意象。）

對於言語活動的懼怕

他在寫作這樣的文本的時候，產生了一種淨說行話的犯錯誤的感覺，就像他盡力想成爲個別而不能脫離一種瘋狂話語一樣。如果在他一生中，**他在言語活動方面出現問題**怎麼辦？這種恐慌，在這裡（在U地），當他晚上不出門而長時間看電視的時候來得尤其強烈。於是，他的面前便不斷地出現（一再顯示）一種他所脫離的通常的言語活動；這種言語活動使他興味盎然，但卻不是相互的。面對電視裡的觀衆，他的言語活動在他看來就顯得完全不是眞實的（而脫離審美的享樂，任何不眞實的言語活動都有可能成爲可笑的）。言語活動能量的散落是這樣的：最初，先聽取別人的言語活動，並從這種距離中獲取一種安全；然後，又懷疑這種退讓，害怕人們說的東西（這與人們這樣說的方式是不可分離的）。

對於他白天剛剛寫過的東西，他夜來有些害怕。夜晚異常地將寫作的整個想像物重新帶回來——**產品**的意象，批評的（或友好的）**閒話**：太**這樣了**，太**那樣了**，**這不足以……**夜裡，形容詞成群結隊地返了回來。

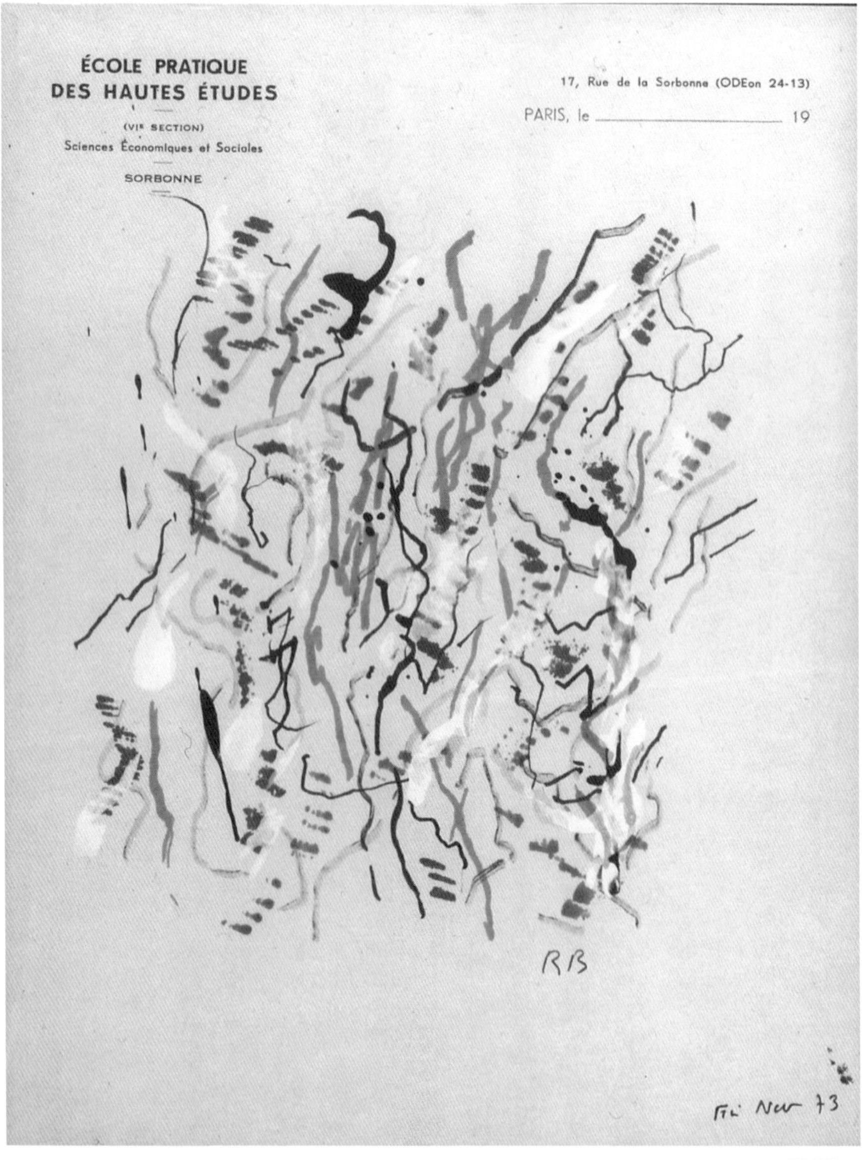
ÉCOLE PRATIQUE
DES HAUTES ÉTUDES
(VIe SECTION)
Sciences Économiques et Sociales
SORBONNE
17, Rue de la Sorbonne (ODEon 24-13)
PARIS, le 19
RB

浪費。

母語

爲什麼對於外國語不那麼感興趣、不那麼適合呢？在中學時學的是英語（煩死人：馬布女王[55]、《塊肉餘生記》[56]、《委曲求全》[57]）。對義大利文比較感興趣，一位米蘭的老牧師（古怪的結合）爲他提供了學習義大利語的一些入門知識。但是，對於這些民族語，他從來只是在旅遊時含混地使用。他從未進入一種語言之中。他對外國文學不大感興趣，對於翻譯作品總是那麼看不上眼，在翻譯家們的提問面前表現出慌亂——因爲他們經常好像不知道我認定的一個詞的意義：內涵。整個這種阻塞是一種愛的反面，即對於母語（女人的語言）的愛。這不是一種全民性的愛：一方面，他不相信任何一種語言的卓越性，並且他經常感到法語存在著嚴重的不足；另一方面，他在自己的語言方面從未感到處於安全狀態。在他辨認出法語語言的威脅性分裂的地方，與這種不安全狀態的遭遇是很多的。有時，他在街道上聽到法國人講話，他對能理解他們和與他們一起分享他的軀體的一部分感到驚奇。因爲在他看來，法語無疑不是別的，而是與生俱來的語言。

（同時，他對非常古怪的語言有興趣，如日語，這種語言的結構在他看來是以意象與告誡來**再現**另一主體的組織系統。）

---

55 馬布女王（reine Mab），愛爾蘭神話中的一位女王，後成為絕對權力的象徵。——譯者注

56 《塊肉餘生記》（*David Copperfield*），英國作家查爾斯．狄更斯（Charles Dickens, 1812-1870）的作品。——譯者注

57 《委曲求全》（*She stoops to conquer*），英國作家、詩人、劇作家奧利弗．哥爾德史密斯（Olivier Goldsmith, 1728-1774）的作品。——譯者注

不純正的詞彙

夢想一種純粹句法和附興於一種不純正的、屬於變異邏輯的詞彙（這種詞彙把詞語的起源與特點混合在了一起），他難道就不能這樣來確定自己嗎？這種搭配有可能闡述某些歷史情況，但也可能闡述一種消費數據：比純正的先鋒派閱讀的多一些，但是比一位具有高深文化的作者閱讀的要少得多。

我愛，我不愛

我愛：生菜、桂皮、乳酪、辣椒、巴旦杏麵團、割下的乾草氣味（我希望有一個「鼻子」[58]能製造出這種香水）、玫瑰、芍藥、薰衣草、香檳酒、淡漠的政治立場、格林．顧爾德[59]、非常冰冷的啤酒、平展的枕頭、烤糊的麵包、哈瓦那雪茄、韓德爾[60]式的適度的散步、梨、白色桃子或與葡萄同期收穫的桃子、櫻桃、各種顏色、各種手錶、各種鋼筆、各種寫作用的蘸水筆、

---

58 在法國，人們把為數很少的憑靈敏嗅覺來鑑定香精、香料的高級技師稱為「鼻子」。——譯者注

59 格林．顧爾德（Glenn Gould, 1932-1982），加拿大鋼琴演奏家。——譯者注

60 韓德爾（Georg Friedrich Haendel, 1685-1759），先為德國籍後為英國籍的作曲家。——譯者注

甜食、生鹽、現實主義小說、鋼琴、咖啡、波洛克[61]、湯伯利[62]、所有浪漫音樂、沙特、布萊希特、凡爾納、傅立葉、愛森斯坦、火車、梅多克葡萄酒、布滋香檳酒、有零錢、布瓦爾與佩居榭、夜晚穿著拖鞋在西南部的小公路上走路、從L醫生家看到阿杜爾河的拐彎處、馬克斯兄弟[63]、早上七點離開西班牙薩拉曼卡（Salamanque）城時的山影，等等。

我不愛：白色狐犬、穿褲子的女人、天竺葵、草莓、羽管鍵琴、米羅[64]、同義反複、動畫片、亞瑟·魯賓斯坦[65]、別墅、下午、薩蒂[66]、巴爾托克[67]、維瓦爾第[68]、打電話、兒童合唱團、蕭邦的協奏曲、勃艮第（Bourgogne）地區的布朗斯勒古典舞曲、文藝復興時期的舞曲、風琴、M·—A·夏龐蒂埃[69]、他的小號和定音鼓、性別政治、舞臺、主動性、忠實性、自發性、與不認識的人度過夜晚時光，等等。

---

61 波洛克（Jackson Pollock, 1912-1956），美國畫家，動作派代表人物。——譯者注
62 湯伯利（Cy Twombly, 1928-2011），美國畫家。——譯者注
63 馬克斯兄弟（Marx Brothers），美國二十世紀上半葉音樂與電影界三兄弟。——譯者注
64 米羅（Joan Miró, 1893-1983），西班牙畫家、雕塑家。——譯者注
65 亞瑟·魯賓斯坦（Arthur Rubinstein, 1887-1982），波蘭裔美國鋼琴家。——譯者注
66 薩蒂（Erik Alfred Leslie Satie, 1866-1925），法國作曲家。——譯者注
67 巴爾托克（Béla Barók, 1881-1945），匈牙利作曲家。——譯者注
68 維瓦爾第（Antonio Vivaldi, 1678-1741），義大利作曲家。——譯者注
69 夏龐蒂埃（Marc-Antoine Charpentier, 1643-1704），法國作家。——譯者注

我愛，我不愛：對於任何人來講，這沒有絲毫的重要性；很顯然，這沒有一點意義。可是，這一切卻意味著：**我的軀體與您的軀體不一樣**。因此，在這種有興趣和無興趣的混亂泡沫中——這是類似於一種消遣性的畫影線活動——一點一點地畫出了一個軀體之謎的外在形象，它呼喚共謀與激動。對於身體的恫嚇在此開始了，這種恫嚇迫使另一個[70]自由地承受著我，它迫使另一個在其並不分享的享樂與拒絕面前保持平靜和善於恭維。

（一個蒼蠅在打擾我，我把它打死了：人們打死打擾他們的東西。如果我沒有打死蒼蠅，那該是**出於純粹的自由主義**：我爲了不當殺手而寬容。）

108

結構與自由

有誰還是結構主義者呢？可是，他至少在這方面是結構主義者：在他看來，一個嘈雜的場所似乎是沒有被結構化的，因爲在這種場所，不再有任何自由來選擇平靜或言語（他曾經對一位酒吧的鄰座說過很多次：**我無法對您講話，因爲噪音太多**）。結構至少爲我提供兩個詞語，我可以隨便地標誌一個，而放棄另一個。因此，結構最終是一種自由之（平庸的）保證：既然**不論怎樣**我都不能說話，那麼，那一天又如何賦予我的沉默一種意義呢？

70　這句話中的「另一個」（autre）是作者的想像物，請參閱對「他者」（Autre）的注釋。——譯者注

可接受的

他曾經常使用這個語言學的概念——可接受的。在一種已知語言中，當一種形式可以接受部分意義的時候，這種形式就是可以接受的。這個概念可以被利用到話語的層面上。因此，俳句的各個分句總是：「簡單的、日常的、可接受的」（《符號帝國》，九十三頁）。還有，根據羅耀拉[71]的練習機器，「出現了某種有規則的，因此是可接受的要求」（《薩德．傅立葉．羅耀拉》，六十三頁）。而且從總的方面來講，有關文學的科學（如果有一天它能存在的話）將不需要驗證這樣的意義，但是卻總要說出「爲什麼一種意義是可接受的」（《批評與眞理》，五十八頁）。

這個近乎科學的概念（因爲它的起源是語言學的）具有其激情的方面。它用一種形式的有效性來代替它的眞實。從這裡開始，人們可以**悄悄地**說，它帶給可愛的主題的是落空的、被免除的意義，甚至是一種失去控制的隨意性。在這一點上，**可接受的**，以結構爲藉口，便是欲望的一種外在形象。我希望可接受的（清晰的）形式就像是使兩種暴力受挫的一種方式：飽滿和強加的意義之暴力和英勇的無意義之暴力。

---

71 羅耀拉（Ignace de Loyola, 1491-1556），西班牙貴族，他創立了基督會（Compagnie de Jésus）並闡述過「黃金分割規則」。——譯者注

可讀的、可寫的及在此之外的

在《S/Z》一書中，提出了一種對立關係：**可讀的**／**可寫的**。我不能重寫的文本是可讀的（今天，我還能像巴爾札克那樣寫作嗎？）；我閱讀起來有困難的文本是可寫的，除非完全改變我的閱讀習慣。現在，我想像（人們送給我的某些文本提醒了我這一點）也許有第三種文本實體：在可讀的與可寫的旁邊，也許有某種**可接受的**文本。**可接受的**可以是不能卒讀的。作爲棘手的文本，它纏住你，它在任何可能性的理解之外繼續生產，而且其功能——顯然由續寫者來承擔——就在於否認作品的商業性束縛。這種文本，由於被一種**不可公開**的想法所吸引，便求助於下面的答案：我不能閱讀，也不能寫作您生產的東西，但是我**接受**它，就像是接受一種火、一種毒品、一種神祕的解體。

文學作為套數

在閱讀古典文本的時候（從《金驢》[72]到普魯斯特），他總是對文學作品（根據一些特定的規律，而且對這些規律的研究應該構成一種新的結構分析）所集中和傳播的知識總體感到驚訝：

---

72 《金驢》（*L'Âne d'or*），拉丁作家阿比勒（法文：Apulée，拉丁文：Lucius Apuleius Theseus, 125-170）的十二卷小說，本名為《變形記》（*Métamorphoses*）。——譯者注

文學是一種**套數**（mathésis）、一種秩序、一種系統、一種結構化的知識領域。但是，這個領域不是無限的。一方面，文學不能超出對其時代的認識；另一方面，它不能把話說盡：就像言語行動，就像**完成的**概述，它不能闡釋對象、場面，不能闡述使其驚訝直至讓其驚呆的事件。布萊希特看到和說過的是這樣的：「奧斯威辛[73]事件、華沙猶太人住區事件、布痕瓦爾德[74]事件大概都不能承受一種文學性質的描述。文學不是爲這類事所準備的，它不具備對其進行闡述的手段。」（《論政治與社會》，二四四頁）

這也許可以解釋今天我們不能產生一種現實主義文學的原因：已經不再可能重新寫作巴爾札克、左拉、普魯斯特那樣的作品，甚至不能重新寫作那些品質很差的社會主義小說——儘管它們的描述是建立在至今仍然存在的社會分化基礎上的。現實主義總是羞羞答答的，而且，現在的世界是一個大衆資訊和政治普及使之變得非常慷慨的世界，以至於不再可能對其投影式地進行形象表現。在這樣的世界裡，有著太多的使人**意想不到**的事情：世界就像文學對象一樣在躲避；知識在使文學荒蕪，文學不再可以是**模仿**的，也不再是**套數**的，而僅僅是**符號化**的，這是言語活動的不可能之物的歷險活動。一句話：文本（說「文本」概念重疊「文學」言語活動的無限性概念

---

73 奧斯威辛（Auschwitz），波蘭城市。一九四〇年到一九四五年，德國納粹曾在此設立集中營，殺害了近百萬猶太人和波蘭人。——譯者注

74 布痕瓦爾德（Buchenwald），德國城市。一九三七年到一九四五年，德國納粹曾在此設立集中營。——譯者注

是錯誤的：文學**再現**一個完成的世界，文本形象地表現言語活動的無限性——無知識、無原因、無智力）。

關於自我的書

他的「觀念」與現代性有某種關係，或者說與人們所稱的先鋒派有某種關係（主體、故事、性別、語言）。但是，他抗禦他的觀念——他的「自我」，作爲理性的凝聚結果，不停地抗禦他的觀念。這本書，儘管表面上是一系列觀念的產物，但它並不是介紹其所有觀念的書；它是關於自我的書，是我抗禦我自己的觀念的書，這是一本**隱性的**書（它在後退，但也許它只是有點後退）。

這一切，均應看成出自一位小說人物之口——或出自幾個小說人物之口。因爲，想像物作爲小說的必然材料和那個談論自己的人容易誤入歧途的梯形牆的迷宮，它由多個面具（人）所承擔，這些面具依據場面的深入而排序（可是，**沒有人**待在幕後）。書籍不進行選擇，它交替地運作，它根據不時地出現的簡單想像物和所受到的批評而前進，但是這些批評本身從來都僅僅是起轟動作用：沒有比（對自己的）批評更純粹的想像物了。這本書的內容最終完全是小說性的。在隨筆性的話語中加入一個並不指任何虛構人物的第三人稱，表明的是重新塑造各種體裁的必要性：隨筆**幾乎**自認爲是小說，一部無專有名詞的小說。

饒舌

一九七二年六月七日這一天，出現了一種有意思的狀況：由於勞累和緊張而造成的疲憊，一種內心的饒舌控制住了我。那是一陣句子的狂轟濫炸；也就是說，我既感到自己非常聰慧，又感到自己非常無能爲力。

這恰恰是寫作的反面，因爲寫作在自身耗費中是很節儉的。

清醒的表白

這本書不是一本「懺悔」之書。不是因爲它是不誠實的，而是因爲我們今天有一種不同於昨天的知識。這種知識可以概括爲：我寫的關於我自己的東西從來不是關於自我的**最後的話**。古代作者認爲只應服從於一條規律：眞實性。在與他們的要求不同的新的要求眼光看來，我越是「誠實的」，我就越是可解釋的。這些要求是故事、意識形態、潛意識。我的文本，因爲開向（不這樣又該怎麼做呢？）這些不同的未來，它們便互相脫離，沒有一篇覆蓋另一篇。這個文本不是別的，而僅僅是一個**多出的**文本，是系列中最靠後的一個，但不是意義的最後一個。**文本疊加文本**，從來不會說明什麼。

我的現在有什麼權利來談論我的過去呢？我的現在能超過我的過去嗎？是什麼「恩澤」開

導了我呢？難道只有正在度過的時間的恩澤，或者從一種充足的理由來說，是在我的道路上所遇到的時間的恩澤開導了我嗎？

從來都只是這樣的問題：不介紹最好的僞裝，而僅僅介紹一種**無法確定的僞裝**（D對黑格爾的評價）的寫作計畫是什麼呢？

結婚

與敘事（與再現、與**模仿**）的關係，透過伊底帕斯來實現，這已爲人所知。但是，在我們的群體社會中，它還透過與結婚的一種關係來實現。除了大量以姦夫作爲主體的戲劇劇本和影片之外，我在這個採訪（在電視臺）的（困難）場面裡還看到了它們的符號：人們質問、審問演員J・D・，問他關於他與其妻子（也是喜劇演員）的關係。採訪者希望這位好丈夫是不忠誠的，這很刺激他，他**要求**一個模糊的詞語、一個敘事的萌芽。因此，結婚可以提供重大的集體刺激：如果取消伊底帕斯和結婚，我們要**敘述**的還有什麼呢？它們消失了，大眾藝術將完全和澈底地發生變化。

（伊底帕斯與結婚之間的聯繫，在於獲得「這種聯繫」和傳遞「這種聯繫」。）

對童年的記憶

在我還是個孩子的時候，我家住在一個叫馬拉克的居民區。這個區滿是正在建造的房子，孩子們就在工地上玩耍。黏土地上挖了許多大坑，用來為房屋打基礎。有一天，我們在一個大坑裡玩，後來所有的孩子都上去了，唯獨我上不去。他們從高處地面上嘲笑我：找不著了！就只他一個了！都來瞧啊！離群了！（離群，並不是置於外邊，而是指**一個人待在坑裡**，是指在露天下被封閉了起來：那正是**被剝奪權利**的人的處境。）這時，我看見媽媽跑來了。她把我從坑裡拉了上來，抱起我離開了那群孩子。

清晨

清晨時的幻覺：我一生中都夢想早起（這是我這類人的欲望：早起是為了「思考」，是為了寫作，而不是為了趕郊區火車）。但是，充滿幻覺的這個清晨，即便我能起得來，我也永遠不會見到它。因為要讓它符合我的願望，就必須在及時起來後，我能在初醒狀態之中、在意識過程之中、在晚上才有的那種感覺積累之中看到它。如何才能隨心所欲地達到精神飽滿呢？我的幻覺的極限，總是在我**未就緒**的時刻。

美杜莎

多格扎，即通常的輿論、重複的意義，**就像什麼都不是**。這便是美杜莎[75]：它使看它的人變成石頭。這意味著它是**顯然可見的**。它被看到了嗎？甚至沒有被看到：它是黏在視網膜深處的一團明膠狀的物質。服用什麼解藥呢？在我是青少年的時候，有一天，我在馬洛－雷班（Malo-les-Bains）淺海游泳，海水很涼，水母肆虐擾人（因爲什麼樣的精神錯亂而參加了這次游泳呢？我們是集體去的，這便證實了大家都對那裡憂心忡忡）。從海水中出來的時候，身上經常布滿了灼傷和水疱，以至於換衣棚的女老板在你上岸後沉著地遞給你一升消毒水。人們也可以以同樣的方式設想從群體文化的多格扎式產品中獲得一種快樂（黏度），只要在從這種文化的洗浴之中出來的時候，每一次都有人給你說上一點去汙的話語就行，就像什麼都沒有發生那樣。

作爲醜陋的蛇髮女魔們的王后和姊妹，美杜莎因其明亮的長髮而有著罕見的美。海神曾經一心想得到她，並在智慧女神密涅瓦[76]的教堂裡娶其爲妻。密涅瓦把她變成令人厭惡的女人，還把她的長髮變成了長蛇。

（確實，在充斥著古代沉睡的美人的多格扎的話語中，有著對於過去的一種奢華和新鮮的

---

75 美杜莎（Méduse），「水母」與「長髮女神」之意，這一段文字中共用這兩個意思。——譯者注

76 密涅瓦（Minerve），古羅馬神話中的智慧女神。——譯者注

智慧的回憶。恰恰是作爲智慧之神的雅典娜[77]藉著把多格扎變成一種智慧漫畫來進行報復。）

美杜莎，或是蜘蛛蟹，都是閹割。它使我**驚呆**。這種驚呆是由我在傾聽但卻看不見的一種場面產生的；我在傾聽中卻看不見它：我**待在門後**。

多格扎在談論，我聽到了它的談論，但我不是在它的空間裡。像任何作家一樣，我是悖論之人，我**待在了門後**；我很想穿過這個門，很想看見被說出的東西，我也很想參加集體場面；我不停地**聽著我被排除在外的東西**；我處在驚呆的狀態，愕然，隔離在言語活動的大衆性之外。

我們都知道，多格扎是壓制人的。但也許是鎭壓人的？我們來讀一下一家革命刊物（*La Bouche de Fer*, 1790）上刊載的這段話：「……必須在三種權力之上再加上一種對於監督和公衆輿論的審查權力，這種權力將屬於所有的人，所有的人都可以在不代表誰的情況下實施這種權力。」

77 雅典娜（Athéna），古希臘神話中的智慧、科學與藝術女神，後被古羅馬人視同為密涅瓦。——譯者注

阿布·諾瓦斯與隱喻

慾望並不使人接受對象。當一個男妓看著阿布·諾瓦斯[78]時，阿布·諾瓦斯從他的目光裡看到的不是對錢的慾望，而僅僅是慾望，他因此而激動了。願這能對任何有關位移的科學提供寓言：被轉移的意義並不重要，路線術語並不重要，只有轉移本身是唯一可考慮的，只有**轉移本身**可以建立隱喻。

語言學的寓意

一九五九年，關於當時法屬阿爾及利亞，您曾經對動詞「être」[79]做了意識形態方面的分析。「句子」作爲語法對象（如果是這樣的話），它使您說出了在坦吉爾[80]的一家酒吧裡發生的事情。您保留了「元語言」這個概念，但只是以想像物的名義保留的。這種方式在您身上是經常的。您在實踐一種假語言學，即一種隱喻語言學：這不是因爲語法概念爲說明自己而要尋找一些意象，恰恰相反，是因爲這些概念前來構成寓意，構成一種二級言語活動，其抽象過程被移用於

---

78 阿布·諾瓦斯（Abou Nowas, 756-813），古代阿拉伯阿巴西德地區的詩人。——譯者注

79 法文動詞「être」兼有「是」、「存在」、「成為」的意思。——譯者注

80 坦吉爾（Tanger），摩洛哥的一個省及其省會城市的名稱。——譯者注

一些浪漫性的目的。科學中最爲嚴肅的科學，即承擔著言語活動自身的存在並提供一整套嚴格名稱的科學，**也**是一種意象儲庫，而且，就像一種詩歌語言，它使您可以用來陳述您的欲望的本義。您將會發現一種親和性，這種親和性存在於作爲允許語言學家非常科學地在某些恰當的對立關係中解釋意義之損失的「中性化過程」與作爲倫理學範疇的**中性**之間——對您來說，這種倫理學範疇在消除顯示性意義、壓制性意義的難以容忍的標誌的時候是必要的。而這種意義本身，在您看著它運作的時候，便是伴隨著不停地打開一個小玩意兒的啟動器的一位買主的幾乎是兒童式的娛樂方式來進行的。

偏頭疼

我習慣於把**頭疼**說成**偏頭疼**（也許因爲這個詞是美的）。這個不恰當的詞（不僅僅是因爲我忍受著我的頭的一半的疼痛）從社會階級關係方面來講是正確的。偏頭疼作爲資產階級婦女和文人墨客的神話屬性，是一種階級現象：有人看到過無產者或者小商人偏頭疼嗎？社會劃分經過我的軀體：我的軀體本身也是社會性的。

在農村（在西南部），爲什麼我偏頭疼更厲害、更頻繁呢？我在休假，在享用著空氣，可我更容易出現偏頭疼。我在抑制什麼呢？是城市的悲哀？是重新想起我在巴約納市的過去時光？

是童年時的煩惱？我的偏頭疼是什麼位移留下的蹤跡？但也許偏頭疼就是一種錯亂症？當我頭疼的時候，就像是我被部分欲望所占據一樣，就像是我在使我軀體的確定的一點（**我的頭的內部**）偶像化一樣。因此，我與我的工作是處在一種不幸的和情愛的關係之中嗎？這是一種自我劃分的方式，是我想要工作又同時對工作感到害怕的方式嗎？

與米什萊「混合有頭暈目眩和噁心的頭疼」很不相同，我的偏頭疼是模糊的。頭疼（從來不十分強烈），對我來說，是使我的軀體變得不透明、固執、萎縮、**失敗**——總之是變得**中性**（重新發現的重大主題）的一種方式。對於不發生偏頭疼的時刻，對於軀體的無意蘊的醒覺狀態，對於一般肌體感覺的零度狀態，他把它們一律看成健康狀況的**戲劇**。爲了確信我的軀體從歇斯底里方面來講並不是健康的，我必須不時地從我的軀體上取消其透明性之**標誌**，並把它感受成某種有點青綠色的器官，而不是作爲一種制勝的外在形象。於是，偏頭疼便成了一種精神與軀體的（而不再是神經官能症的）病痛，藉助於這種病痛，我同意進入——但**僅僅稍微**進入（因爲偏頭疼是微妙的東西）——人的致命的疾病之中，即缺乏象徵作用。

過時

他的生活一擺脫書，就繼續是一位過時主體的生活：當他戀愛的時候（以戀愛的方式和戀愛的事實），他是過時的；當他愛他的母親的時候（如果他很了解他的父親而不幸的是他又很愛他父親的話，那該會是何種情況！），他是過時的；當他感覺自己是民主派的時候，他是過時的；等等。但願時髦得到進一步的固定，而那最終則會是某種心理劣質品。

重要詞語的柔弱性

在他所寫的東西中，有兩類重要的詞語。一類僅僅是使用不當的詞語：含混、勉強，它們用於占據多種所指的位置（「決定論」、「故事」、「本質」）。我感覺這些重要的詞語就像達利[81]畫的那些魔鬼一樣柔弱。另一類（「寫作」、「風格」）是根據個人的計畫被重新改變的，它們是其意義依隨個人習慣的那些詞語。

從「健康撰寫」的角度來看，儘管這兩類詞語不具有相同的價值，但它們都告訴我們：（從智力方面來講）在含混的詞語之中，其實在的明確性更爲強烈。**故事**是一種道德觀念；故事可以使自然性具有相對特徵，並使人相信一種時間意義；本質，即是存在於其所具有的受到壓制的和

---

81 達利（Salvador Dalí, 1904-1989），西班牙畫家和作家。——譯者注

靜止的東西之中的社會性；等等。每一個詞語都在**變化**，或者像牛奶，它消失在句式的風化空間中，或者像一種卷鬚，直伸到主體的精神根部。最後，其他的詞語。都是挖泥船：它們跟隨著它們所遇到的詞語。**想像物**，在一九六三年只不過是巴舍拉[82]的一個很含混的詞語（《文藝批評文集》，二一四頁），但到了一九七○年（《S/Z》，十七頁），它便得到了重新確定，完全變成了拉康的意義（甚至是變形的意義）。

女舞蹈家的腿肚子

假設**庸俗性**是對於謹慎的損害，那麼，寫作就幾乎不停地是庸俗的。如果我們（多少）能夠溝通（供解釋和分析）的話，我們的寫作（在現時）就是在言語活動的空間中發展，而這種空間依然是修辭學的，並且它也不能拒絕就是修辭學的。因此，寫作必須以**話語效果**為前提。只要某些效果稍微是被迫的，那麼寫作就會變成庸俗的——如果可以這樣說的話，每當寫作露出它的女舞蹈家的腿肚子的時候，就是這樣的。（這個片斷的題目本身就是**庸俗的**。）

想像物，就像照相時一剎那的效果，由於在作家的幻覺的作用下被確定、被捉住、被固

82 巴舍拉（Gaston Bachelard, 1884-1962），法國哲學家，在認識論方面有重大貢獻。——譯者注

定，因而變成某種**怪相**；但是，如果姿勢是任意的，那麼，怪相就會改變意義（問題：如何知道這一點呢？）。

政治與道德

我一生都在政治上煩躁不安。我由此推導出，我所認識的（我所效忠的）唯一的父親，曾經是政治父親。

這是一個**簡單**的想法，它經常出現在我的腦海裡，但是，我從來沒有看到它表達出來（這也許是一個**愚蠢**的想法）。在政治活動中，難道不是經常有著倫理道德嗎？奠定政治基礎的東西，即眞實之秩序，純粹的有關社會眞實的科學，難道不就是價值嗎？一位鬥士，他以什麼名義來決定進行鬥爭呢？政治實踐，雖然恰恰脫離任何道德和任何心理，難道它就沒有一種心理的和道德的起因嗎？

（這是一種眞正**落後**的思想，因爲在把道德與政治話語[83]結合在一起的時候，您差不多已經二百歲了。您出生於一七九五年，在那一年，國民公會創立了道德與政治科學研究院：陳舊的範疇、陳舊的燈盞。——但是，它在哪一點上是**假的**呢？它甚至不是什麼假的，它不再流行了：古代錢幣，它們也不是假的，它們是博物館收藏的物件，是爲一種特殊的消費——即對於古舊的消費——而保留下來的。但是，能不能從這種舊的錢幣中提取一點有用的金屬呢？在這種愚蠢的思想中有用的，是從中找出兩種認識論的難以妥協的對立關係：馬克思主義與佛洛伊德主義。）

詞語與時髦

他不大懂得**深入研究**。一個詞語，一個思想的外在形象，一個隱喻，總之，一種形式在數年中占有著他，他在重複它，到處使用它（例如：「軀體」、「區別」、「奧菲斯」、「阿爾戈大船」，等等）。但是，他不大努力提前去思考他從這些詞語或這些外在形象上所理解的東西

83　政治話語，在巴特的術語中，le politique與la politique具有不同的內涵：「在我看來，le politique是歷史、思想，一切已經形成的和一切在說的東西的基本秩序。它是真實之維度本身。la politique則是另外的東西，它是le politique在轉換成重要的話語的時刻。隨著我對於le politique的興趣越來越濃厚，隨著我對其越來越喜愛，我就越來越無法忍受la politique。」（《全集》，第三卷，三二四頁）據此，我將le politique譯為「政治秩序」，而將la politique譯為「政治話語」。——譯者注

（他可能會提前做，那便是爲了找到新的隱喻，以代替解釋）。人們不能深入研究一種陳詞濫調；人們只能以新的陳詞濫調來代替它。總之，這便是時髦所做的東西。這樣，他便有了他自己的內在時髦、個人時髦。

詞語與價值

他所喜歡使用的詞語，通常是由對立關係組合在一起的詞語：在配對的兩個詞語中，他贊成一個，而反對另一個：生產活動／產品，結構活動／結構，小說性的／小說，系統性的／系統，詩學／詩歌，有空隙的／通風的，複製品／相似物，剽竊／仿作，形象表現／再現，占爲己有／產權，陳述活動／陳述，輕聲細語／聲音，模型／圖紙，破壞／爭議，關聯文本／上下文，色情活動／色情的，等等。有時，問題還不只在於（兩個詞語之間的）對立關係，而在於（對於一個詞語的）劃分：汽車，在開動方面是好的，而作爲物件就是壞的；演員，在其屬於反自然的時候他就被人抬舉，而在其屬於假自然的時候他就被指責；技巧，在其是波特萊爾式的（與對於自然的坦率方式相對立）情況下就是爲人所希望的，而在其像是仿製（意欲模仿這同一種自然）的時候則不被人看重。因此，「價值的刀子」就發生在詞語之間，甚至在詞語之中（《文本的快樂》，六十七頁）。

符號學的歷史。

詞語與顏色

在我購買顏色的時候，我只看它們的名稱。顏色的名稱（**印度黃**、**波斯紅**、**淡綠色**）劃出了一種屬性區域，在這個區域內，顏色之準確的、特有的效果是無法預料的。這樣一來，名稱便成了對於一種快樂的許諾、對於一種過程的規劃：在意義充實的詞裡總有未來。同樣，當我說一個詞是美的，當我因爲它使我高興而使用它的時候，絲毫不是根據它的聲音的魅力或是根據其意義的新穎，或是根據兩者的「詩學」組合。詞語根據**我將與它做某件事情**的想法來占據我：這便是一種未來行爲——某種類似於**食慾**的東西——在輕微抖動。這種欲望動搖了言語活動的整個靜止的圖畫。

神力詞語

在一位作者的詞彙裡，難道不總該有一個神力詞語，即一個其熱烈的、多形式的、難以掌握的和像是神聖的意指，能夠產生人們可以賴以答覆一切的那種錯覺的詞語嗎？這個詞語既不是遠離中心的，也不是中心的；它是確定的和有傾向的、漂移的、從來沒有**確定位置**的、總是**無固定地點**的（躲避任何地點）、既是剩餘物又是補加物；它是占據任何所指位置的能指。這個詞語在他的作品中逐漸出現；它首先被對於眞實（故事的眞實）的要求所掩蓋，然後又被對於有效性（系統和結構的有效性）的要求所掩蓋，現在，它充分發展了。這個神力詞語，即「軀體」一詞。

過渡詞

詞語如何變成價值呢？在軀體的層面，有關軀體詞語的理論在《米什萊》中已經提供了。這位歷史學家的詞彙，即他的價值詞語的一覽表，是透過一種肌體輕微抖動，即對於某些歷史學家的軀體的愛好和厭煩來組織的。它是藉助於一種富於變化的連帶關係的交替、一些「珍貴的」詞語、一些「得力的」（根據該詞在魔術方面的意義）詞語、一些「美妙的」（光彩的和快樂的）詞語來這樣自我創造。它們是一些「過渡的」詞語，類似於兒童一個勁地吸吮的枕頭邊和床單角。也像是對於兒童那樣，這些詞語構成了遊戲場地的一部分，而且，像是那些過渡性物件一樣，它們具有不確定的地位。實際上，它們導演的是對象和意義的一種缺位：儘管它們的外形很堅固，它們的重複是那麼有力，但它們是一些模糊的詞語、漂浮的詞語，它們致力於變成一些偶像。

中間性詞語

說話的時候，我不敢確信我能找到準確的詞，我更盡力避開笨拙的詞。可是由於我擔心過早地放棄眞實，我便固守**中間性詞語**。

自然性

對自然性的幻覺，不停地被揭露（在《神話學》中、在《服飾系統》中，甚至在《S/Z》中說過，外延重新回到了言語活動的本性方面）。自然性根本不是身體本性的一種屬性，它是一種社會多數炫耀自己的藉口：自然性是一種合法性。由此，非常有必要在這種自然性的名下，並按照布萊希特的「根據規則濫用」的說法來使法則出現。

人們可以在羅蘭．巴特自己的少有的情況裡看到這種批評的根源。他總是屬於某種少數，屬於社會的、言語活動的、欲望的、職業的、在從前甚至屬於宗教的某種邊緣（他當時對自己在一個由小天主教教徒們組成的班級裡是新教徒並非無動於衷）。這種情況無任何嚴重性而言，但它多少標誌著整個的社會存在：在法國，有誰不認爲只有是天主教教徒、正式婚配和具有高學歷才是**自然的**呢？在這種公共一致性的圖表之中，哪怕有一點點空缺，都會構成人們稱之爲社會褥墊的微小褶痕。

我可以以兩種方式起而反對這種「自然性」：或者像一位法學家那樣，要求得到多數人的法律，以反對一種無我和爲對付我而制定的權利（「**我同樣，我也有權……**」），或者藉助於一種超前的違規行爲來破壞多數人的法律。但是，他似乎古怪地待在兩種拒絕態度的十字路口：他涉嫌違規行爲和具有個體主義的情緒。這一點提供了一種仍然是理性的反本性的哲學，而**符號**是這種哲學的理想對象：因爲揭示或頌揚這種對象的任意性是可能的；占有一些編碼同時又不無懷戀地想像人們有一天會廢除它們，是可能的——就像一匹時快時慢的獲勝希望不大的賽馬，我可以根據我意欲與大家在一起或是保持距離的心態來進入或是離開深重的社會性。

新的與新式的

在他看來，當法蘭西語言有時爲他提供一些在意義上既接近又有區別的成對詞語的時候，他的偏向性（即對他的各種價值的選擇）就具有了能產性——在成對的詞語中，其中一個指他所喜歡的，另一個指他所不喜歡的，就像同一個詞清掃著語義場並且以其尾部的一個敏捷動作來了一個一百八十度大轉彎那樣（還是那種結構：聚合體的結構，從總的方面來講就是他的欲望）。**新的**/**新式的**也是這樣：「新式的」是好的，這是文本的快樂的活動，在社會制度受到倒退威脅的任何社會裡，革新都被歷史證實是正確的。但是「新的」就不好了：一件新衣服要費勁才能穿好，新衣服穿上後使人頸背不適，與軀體相肘，因爲它取消空隙，而對空隙的某種利用則是保障。**新式的**可以不完全是**新的**，就像藝術、文本、衣服的理想狀態那樣。

中性

中性不是主動與被動的平均狀態；它更可以說是一種往返、一種非道德的震動，簡言之，如果我們可以這樣說的話，它是一種與二律背反相反的東西。作爲價值（出自激情範疇），中性與力量相一致，社會實踐藉助於這種力量清掃和不去實現那些學究式的二律背反（《論拉辛》，六十一頁，馬克思：「唯有透過社會存在，諸如主觀論和客觀論、唯靈論和唯物論、主動和被動等二律背反的現象，才得以消除其矛盾特性……」）。

中性的外在形象：排除了任何文學戲劇的平直寫作、亞當式的言語活動、令人愜意的非意指活動、平滑性、眞空和無傷痕、散文（米什萊描述過的政治範疇）、謹愼、被廢除的或至少是變成不可修復的「個人」的空缺、**意象**的不存在、取消判斷和訴訟、位移、拒絕「提供一種內容物」（即拒絕任何內容物）、精巧原則、偏差、享樂。總之，是避開甚至破壞炫耀、控制和威嚇，或使其變得滑稽可笑的一切東西。

不存在本性。首先，一切都歸於一種**假本性**（多格扎、自然性，等等）和一種**反本性**（我的全部的個人烏托邦）的鬥爭：一種是可憎恨的，另一種是可希望的。可是，在後來的時間裡，這種鬥爭本身在他看來就太戲劇性了。於是，這種鬥爭被對於中性的保護（即欲望）所沉重地拒絕並隔開。因此，中性不是一種既是語義的又是有爭執的對立關係的第三項——零度；它在言語活動語鏈的另一**個階段**上是一種新聚合體的第二項，而這種新聚合體的暴力（鬥爭、勝利、戲劇、傲慢）便是其飽和項。

主動性與被動性

男性的／**非男性的**：這一對著名的詞語，由於它影響著整個多格扎，所以它概括了所有的交替遊戲——意義之聚合遊戲和炫耀之性別遊戲（任何形式完整的意義都是一種炫耀：成對組合與置於死地）。

「困難並不在於按照一種或多或少極端自由主義的設想來解放性別關係，而在於從意義中去掉性別關係，其中包括從作爲意義的違規行爲之中去掉性別關係。您可以看一看阿拉伯國家的情況。人們透過進行相當容易的同性戀來隨意地違犯某些『良好的』性別規則……但是，這種違規行爲無情地要服從於一種嚴格意義上的制度。於是，同性戀，即違規之實踐，便直接地在它自身……重新產生人們可能想像的最爲純正的聚合體，即**主動**／**被動**、**占有**／**被占有**、**嘲笑者**／**被嘲笑者**、**借錢者**／**被借錢者**……的聚合體」（〈離題〉，一九七一）。因此，在這些國家裡，交替是純粹的、系統的；交替沒有任何中性項或複合項，就好像不可能在這種排他關係（**不是**……**就是**……）上想像終端項一樣。然而，這種交替，尤其被資產階級或小資產階級的小夥子們所詞語化。因爲這些小夥子處於騰達之勢，他們需要一種既是**薩德式**的（肛門的）又是明確的（在意義上得到確定的）話語，他們希望有一種意義和性別的純粹的聚合體，這種聚合體無流逝、無錯誤、無向著邊緣的溢出。

可是，一旦交替被拒絕（一旦聚合體被模糊），空想即開始：意義與性別變成了一種自由遊戲的對象，根據這種遊戲的意義，（多義的）形式和（色情的）實踐，由於是從二元的禁錮中解放出來的，所以便隨即處於無限擴張的狀態。因此，便可以產生一種貢哥拉[84]式的文本和一種快樂的性慾。

適應

在我閱讀的時候，我要**適應**：不僅僅是用我的眼睛的晶狀體，而且也用我的理解力的晶狀體，以便獲得好的意指層面（即適合我的層面）。一種講究的語言學不該再過問「信息」（讓「信息」見鬼去吧！），而應該過問各種適應，這些適應無疑是透過層面和界限來進行的：每個

84 貢哥拉（Luis de Góngora y Argote, 1561-1627），十六世紀西班牙詩人。其文體矯揉造作，喜歡用冷僻字和誇張的譬喻。——譯者注

人就像一隻眼睛，都使自己的思想**屈從**，以便在文本的整體之中獲得**可理解性**，而他則需要這種可理解性來認識、來享有，等等。在這一點上，閱讀是一種工作：有一塊肌肉在使閱讀屈從。

只是當他極目遠望的時候，正常的眼睛才不需要適應。同樣，如果我**無止境地**閱讀一篇文本的話，我就不再需要在我身上做任何屈從。這便是在所謂的先鋒文本面前假設發生的事情（請不要盡力適應，因爲，您將什麼都看不到）。

神意

偏愛波特萊爾的一句話，這句話已被引用過多次（尤其在關於蘭開夏式摔跤的文本中）：「動作在生活的重大場合中具有誇張的眞實。」他把這種姿態的過分情況稱爲**神意**（它是宣布人類命運的神的無聲的動作）。**神意**，即被固定的、被永久化的、被設有圈套的歇斯底里，因爲最後，人們用一種長久的目光把它看成靜止的和連在一起的。由此，產生了我對於姿態（只要它們是被框住的）、對於高貴的繪畫、對於感人的描述、對於向天上仰望的眼睛等的愛好。

事物進入話語之中

智力事物與純粹精神上的「觀念」、「概念」不同，它透過在能指上的某種掂量來自我創造：我只須**嚴肅地**對待一種形式（詞源、派生現象、隱喻）就可以為我自己創造出某種**思想—詞語**，而這種思想—詞語就像是傳環遊戲[85]中的圓環一樣在我的言語活動中奔跑。這個思想—詞語既是**有投入的**（即被希望的）又是**表面的**（人們使用這個詞語，但不去深入研究它）。它具有一種習慣性的存在方式。似乎在某一個時刻，我已經以我的符號將其命名了。

他認為，從讀者方面考慮，在隨筆性話語中不時地出現一種色情事物是合適的（在《少年維特之煩惱》[86]中，突然出現了用黃油烹炒的青豌豆和人們剝皮並分開橘瓣的一個柑橘）。兩種好處：一種物質性的奢華出現和失調——印在智力的低聲細語上的突然的間隙。

米什萊給他提供了榜樣：解剖學話語與山茶花之間有什麼關係呢？——米什萊說：「一個兒童的大腦，只不過是山茶花奶質的花。」由此，在藉助於不合常規的列舉來寫作的同時，便形成了**自娛自樂**的習慣。難道沒有某種軀體的快感可以像芳香的夢境一樣使「野櫻桃、桂皮、瓦尼拉香草和克斯萊斯白葡萄酒、加拿大的茶葉、薰衣草香料、香蕉」進入一種社會邏輯的分析（論文

85 傳環遊戲（furet），參加者圍坐一圈，相互傳送一個小環，由站在圈內的人猜想環在誰的手中。——譯者注

86 《少年維特之煩惱》：德國作家歌德青年時期的小說。——譯者注

〈關於李維斯陀的兩部書〉，一九六二）之中嗎？難道沒有某種軀體的快感可以藉助於埃爾泰[87]賴以組成其字母表（《埃爾泰》序，Erté，六十八頁）的「翅膀、尾巴、臀肉、羽飾、頭髮、披肩、煙氣、皮球、裙擺、皮帶和面紗」的幻覺從一種沉重的語義論證之中解脫出來嗎？或者，難道沒有某種軀體的快感可以在一種社會學雜誌之中加入嬉皮士們穿的「錦緞褲子、掛氈大衣、在不眠之夜穿的長襯衣」（論文〈文化批評舉例〉，一九六九）嗎？爲了使您具有只是重新複製它的勇氣，讓「淡藍色的煙圈」進入批評的話語，這難道還不夠嗎？

（因此，有時在日本的俳句中，寫出的詞語的行列突然地開放，這正是富士山或一條沙丁魚的圖案來客氣地占據被放棄的詞語的位置。）

氣味

在普魯斯特的作品中，五分之三的意義是引導回憶。可對於我來說，除了實際上並不響亮但因其細微而更具芳香的嗓音之外，回憶、慾望、死亡、不可能的回返，都不屬於這種情況。我的軀體並不行走在海濱小城巴勒百克（Balbec）的甜點、石板路面和毛巾的故事之中。對於不能再回來的東西，只有其氣味可以重新回到我身旁。因此，關於我在巴約納市的童年的氣味，就像

87 埃爾泰（Romain de Tirtoff, Erté, 1892-1990），為俄羅斯裔法國畫家和裝飾家。——譯者注

被曼陀羅[88]所圍住的世界那樣，整個巴約納都被收攏在一種合成的氣味即小巴約納（尼維河與阿杜爾河之間的居民區）的氣味裡了：製造涼鞋的工人加工的繩子、黑暗的雜貨商店、老樹的樹脂蠟、不透風的樓梯口小屋、身穿黑色衣服甚至連紮頭髮的手絹也是黑色的年邁的巴斯克婦女、西班牙食用油、潮溼的手工作坊和小店鋪（裝訂書籍的鋪子、五金店鋪）、市圖書館（我在那兒的蘇埃道納[89]和馬提雅爾[90]的作品中學會了性）圖書上的灰塵、博西耶爾公司正在修理的鋼琴的黏膠味、巧克力的某種氣息、城市的垃圾，這一切都是持久的、歷史的、鄉下的和南部的。（《聽寫》）

（我瘋狂地回想起這些氣味，這是因爲我在變老。）

從寫作到作品

自負的圈套：讓人相信他同意把他寫的東西看成是「作品」，從寫作物的偶然性過渡到一種單一產品的卓越性。「作品」一詞已經是想像物。

---

88 曼陀羅（mandala），梵語，指主要由圓和正方形組成的圖案，在佛教上，象徵物質世界與神靈之間的關係。——譯者注

89 蘇埃道納（Suétone, 69-126），拉丁歷史學家。——譯者注

90 馬提雅爾（Martial, 40-104），拉丁詩人。——譯者注

矛盾恰恰就在寫作與作品之間（在他看來，文本是一個寬宏包容的詞：它不接受這種區分）。我繼續、無終止地、無期限地享受寫作，就像享受一種永久的生產、一種無條件的分散、一種誘惑能量——一種我在紙上對於主體進行的任何合法的禁止都不能使之停下來的誘惑能量。但是，在我們這樣的唯利是圖的社會裡，必須達到一種「作品」的程度——應該構成即應該**完成**一種商品。在我寫作的過程中，寫作屬於每時每刻都被其必須促成的作品所平淡化、庸俗化和加罪的東西。作品的集體意象爲我設置了所有的圈套，怎麼克服這些圈套來寫作呢？——那只有**盲目地**寫作。在茫然的、瘋狂的和加勁的寫作的每一時刻，我只能對我說沙特在《密談》（*Huis-clos*）一書的結尾處說的話：「**讓我們繼續吧**。」

寫作是一種**遊戲**，我藉助於這種遊戲將就著回到一個狹窄的空間：我被卡住了，我在寫作所必要的歇斯底里與想像物之間奮發，這種想像物在監督、在抬高、在純淨、在平庸、在規範、在改正、在強求對於一種社會溝通的考慮（和看法）。一方面，我希望人們嚮往我，另一方面，我希望人們不嚮往我：既是歇斯底里的，又是強迫性的。

然而，我越是向作品發展，我就越是掉入寫作之中。我甚至接近了寫作的難以支撐的底部，發現了一處荒涼，出現了某種致命的、令人心碎的**喪失同情心**的情況：我感到自己不再是富**有同情心的**（對於別人，對於我自己）。正是在寫作與作品之間的這種接觸上，艱難的眞實在我面前出現了：**我不再是個孩子了**。或者，這就是我所發現的對於享樂的禁欲嗎？

「大家都知道」

一個看起來屬於贅詞的表達方式（「**大家都知道**」，「**我們知道**」），放在某些開篇的前面。它爲通常的輿論、公共的認識帶來它據以展開的命題：它的任務在於反對平庸性。通常情況下，它所應該克服的，並不是通常輿論的平庸性，而是它自己的平庸性；它所產生的話語首先是平庸的，正是在反對這種最初的平庸性的時候，他一點一點地寫作。他想必要描述一下他在坦吉爾的一家酒吧裡的情況吧？他認爲他首先要說的，就是那是一個「內心言語活動」的場所：這眞是一個漂亮的發現！於是，他便試圖擺脫這種使他產生惰性的平庸性，並在這種平庸性上標記下與他的欲望有某種關係的微小的想法：句子！這種事物一經命名，一切便都得救了；不論他寫什麼（這並不是一個能力問題），那都將是一種被賦予意義的話語，因爲在這種話語裡，軀體將會出現（平庸性，即無軀體的話語）。

總之，他所寫的東西，是以一種**修正的**平庸性來進行的。

模糊與透明

解釋之原則——這部作品進入兩個極限之中：

——初極極限：具有模糊的社會關係。這種模糊狀況，立即就在俗套（學校作文的強迫的修辭形式，《寫作的零度》裡提到的共產黨人的小說）的沉悶形式的作用下被揭示。接著，就是多格扎的數不盡的其他形式。

——終極的（空想的）極限，具有透明度：溫馨的感覺、祝願、對休息的渴望，就好像社會對話的固定形式有一天能夠被闡述、被減輕、被照亮，直至看不見。

1. 社會的劃分產生一種模糊性（明顯的悖論：凡是從社會方面過分劃分的地方，那裡就顯得模糊、籠統）。
2. 主體使用所有他能使用的方式來對付這種模糊性。
3. 可是，如果他本身是一個言語活動主體的話，他的鬥爭就不能直接獲得政治出路，因爲這便是重新找到那些俗套的模糊性。因此，這種鬥爭就採取一種世界末日論的動作：他便澈底地分割、激化整個價值遊戲，同時，他在憑空想來體驗——我們可以說：他在**呼吸**——社會關係的終極透明度。

反襯

作爲對立關係的外在形象，作爲二元論的極端形式，反襯是意義的自身表現。我們可以擺脫反襯：或者透過實現中性，或者透過避開眞實（拉辛的心腹想廢除悲劇的反襯，《論拉辛》，六十一頁），或者透過補加（巴爾札克補加薩拉辛式的反襯，《S/Z》，三十三頁），或者透過發明一個第三項（迴避）。

可是，他本身也經常地求助於反襯（例如：「爲了裝飾，在櫥窗上擺設自由；爲了形成制度，在自身建立秩序」，《神話學》，一三三頁）。還有矛盾嗎？——當然還有，而且這種矛盾總是得到同樣的解釋：反襯是**對言語活動的偷竊**——我爲了我自己的暴力，爲了**爲我自己的意義**，我借用日常話語的暴力。

起源的破壞

他的工作不是反歷史的（至少他這樣希望），卻總是頑固地反遺傳的。因爲起源是本性的一種有害的外在形象：透過一種相關的濫用，多格扎整體地「破壞」起源和眞實，以便組成一個唯一的證據，起源與眞實根據一種方便的回轉門而互相接濟：既然人文科學在尋找任何現象的**源頭**（起源與眞實），那麼，它們不就是**詞源學**的嗎？

爲了破壞起源，他首先徹底地使本性具有文化色彩：沒有任何的自然性，也沒有任何地方存在自然性，而只有歷史性；而後，他把這種文化（他像邦弗尼斯特[91]一樣確信任何文化都只不過是言語活動）放回到話語的無限運動之中，這些話語一個疊加在另一個之上（而不是再生的），就像在疊手遊戲中那樣。

91 邦弗尼斯特（Emile Benveniste, 1902-1976），法國語言學家。——譯者注

價值的波動

一方面，價值在控制，在決定，在分離，在把好放在一邊，把壞放在另一邊（新的／新式的，**結構／結構化**，等等）：世界具有很強的意蘊能力，因爲一切都被放進了喜歡與不喜歡的聚合體之中了。

另一方面，任何對立關係都是可疑的，意義在疲勞，它要休息。價值由於武裝一切，便被解除武裝，它在一種空想之中被吸收：不再有對立關係，不再有意義，甚至不再有價值，而這種廢除是澈底的。

價值（意義便與之在一起）就這樣波動，沒有休止。作品整體地在一種善惡二元論的外表（當意義是很強的時候）與一種懷疑論的外表（當人們希望免除它的時候）之間跛行。

反多格扎

（對於悖論的糾正。）

在智力領域裡，它控制著一種強烈的分裂主義：人們針鋒相對，但人們仍然待在同一個「簿記」裡。在動物的神經心理學方面，簿記是一個動物的行爲所依據的全部考慮。爲什麼向老鼠提出人類才有的問題，難道是因爲人類的簿記就是老鼠的簿記嗎？爲什麼向一位先鋒派畫家提出教授才有的問題呢？反多格扎的實踐在一種略微有別的簿記中發展，這種簿記更可以說是作家的簿記。人們不反對**命名的**、分裂的價值；對於這些價值，人們順沿著它們、逃開它們、躲避它們：**人們巧妙地擺脫**。嚴格地說來，這不是一種反方向行走（然而這是傅立葉的一個使用得便的詞）；擔心就在於怕落入對立之中、挑釁之中，也就是說**落入意義之中**（因為意義從來就只是一種反終結的鬆扣活動），這也就是說：落入彙集所有對立面的語義連帶關係之中。

偏執狂的輕微動力

偏執狂的不引人注意的、極不引人注意的動力：當他寫作的時候（也許所有的人在其寫作的時候都是如此），他與某種東西、某個沒有指明的人（只有他才能指明的人）保持距離。在一個通常的、口氣平緩的句子剛出現的時候，有過什麼**報復心**很強的動因呢？寫作在這裡、那裡都不是**隱隱約約**的。動機被擦掉了，效果存在著：這種減弱在確定著審美話語。

說話與擁抱

按照勒魯瓦－古朗[92]的假設，只有當人在走動時不再用他的四肢並因而在捕食時不再用他的

---

92 勒魯瓦－古朗（André Leroi-Gourhan, 1911-1986），法國人種學家和史前史學家。——譯者注

嘴的時候，他才得以說話。我要加上：**並且在可以擁抱的時候**。因爲，發音器官同時也是親密的器官。人過渡到能站立的階段之後，他便自由地發明言語活動與愛情，這也許就是在人身上同時出現的雙重反常情況：言語與親吻。在這一點上，人類越是擺脫（他們的嘴巴），就越是能說話和能擁抱。而且從邏輯上講，由於進步，在當人類擺脫了任何手工勞動任務的時候，他們就將只需聊天和擁抱！

這種雙重的功能處在同一位置，我們在這種雙重功能上想像一種單一的違犯情況，這種違規行爲有可能產生於對於言語和接吻的同時使用：**擁抱時說話，說話時擁抱**。應該相信，這種快感存在著，因爲情人們不停地「在鍾愛的嘴唇上酗飲言語」。這樣，他們所品味到的，是意義的遊戲在情愛的鬥爭之中的出現和中斷：功能**被搞亂**。一句話：**軀體在含混不清地說話**。

過往的軀體

「一天晚上，在酒吧的一個小凳子上半睡半醒？……」（《文本的快樂》，七十九頁）下面是我在坦吉爾的「夜總會」裡做的事情：我在那裡睡了一會兒。可是，在城市的小小的社會關係之中，夜總會被譽爲清醒和行動的場所（要說，要溝通，要與人相遇，等等）。在這裡，夜總會反而是一處不大令人分心的場所。這個空間並不是無軀體，甚至軀體是很靠近的，這一點很重要；但是，那些軀體，由於是匿名的，由於活躍的動作不大，而使我處於一種無所事事、不負責任和漂浮的狀態之中。大家都在那裡，卻沒有任何人要求我做什麼。我在兩個賭盤上壓注。在夜總會裡，別人的軀體從來不轉變成（公民的、心理的、社會的……）「個人」。別人的軀體建議我去跟他散步，而不是去與他會話。夜總會就像特別適應我的肌體組織的一種毒品，它可以變成我的句子的工作場所。我不夢想，我誇誇其談：是被注目的軀體，而不再是被傾聽的軀體。因為這種軀體在我的言語活動的生產與這種生產所依靠的漂浮的欲望之間承擔起（接觸的）**維繫**功能，即一種醒覺關係，而非信息關係。總之，夜總會是一種**中性**的場所。它是第三項的烏托邦，是遠離過分純粹的**說話**／**沉默**這一對詞語的偏移活動。

在火車上，我產生了這樣一些想法：人們在我的周圍走動，而過往的那些軀體就像一些為人提供方便的人那樣在行動。在飛機上，則完全相反：我是一動不動的、挨擠著坐著的、盲目的；我的軀體，並因此連同我的智力都是死了的——聽從我安排的，只有空姐的光閃閃的、不常在的軀體在走來走去，空姐就像是托兒所的一位阿姨在搖籃之間漠然走動。

遊戲，模仿

在他於自己身上保持的眾多的妄想之中，這種妄想是持久的：他愛**玩**，因此他有玩的能力。然而，除了他上中學的時候（談論克里東[93]的〈第一篇文本〉（Premier texte），一九七四），他從來不進行模仿（至少不自覺地去模仿），儘管他經常想模仿。對於這一點，他可能有一種理論依據：要是使主體**受挫**，那麼，**玩**就是一種妄想的方法，甚至是與這種理論依據所尋求的相反的一種效果的妄想方法。遊戲的主體比任何時候都穩定；眞正的遊戲不在於掩蓋主體，而在於掩蓋遊戲本身。

雜色方格布

要評論我自己嗎？太煩人了！我只有把從遠處——從很遠處、從現在**重新寫作**我自己作爲解決辦法：在書籍裡、在主題上、在回憶裡、在文本裡加入一種新的陳述活動，而我從不需要知道我所說的是我的過去還是我的現在。於是，我在已寫的作品上即過去的軀體和材料上，在剛剛觸及作品的情況下，就放置某種雜色方格布（patch-work），即一種手縫的方塊組成的富有狂想的蓋單。我不去深入研究，我待在表面上，因爲這一次是（自我的）「自我」，而深入研究則屬於別人。

---

93 克里東（Criton），西元前五—前四世紀的雅典富豪，蘇格拉底的弟子和朋友。——譯者注

顏色

通常的輿論總是希望性別關係是挑釁性的。因此，對於一種快樂的、溫柔的、肉感的、狂喜的性別關係的想法，人們在任何文本中都找不到。那麼，在什麼地方能讀到這種想法呢？在繪畫之中，或者更可以說：在顏色之中。如果我是畫家，我就只畫出顏色：在我看來，這個領域似乎也擺脫了規律（沒有了模仿，沒有了類比）和自然界（因爲自然界的所有顏色不都是來自畫家嗎？）。

是被分割的個人嗎？

對於經典的形上學來講，「分割」個人是沒有任何不便的（拉辛說過：「我身上有兩個人」）；恰恰相反，個人因爲具有兩個相反的極限，所以他就像一個很好的聚合體（**高**/**低**，**軀體**/**精神**，**天空**/**大地**），相互鬥爭的部分在建立一種意義即人的意義的過程中實現和解。因此，當我們今天談論一個被分割的主體的時候，絲毫不是爲了承認其簡單的矛盾、其雙重的假設，等等；這裡所考慮的，是一種**衍射**，即一種散開，在散開的過程中，既不再有意義的核心，也不再有意義的結構：我不是矛盾的，我是分散的。

您如何解釋、如何允許這些矛盾呢？在哲學上，您似乎是唯物論者（如果這個詞說出來不顯得太舊的話）；在倫理學上，您在自我分割；至於軀體，您是享樂主義者；至於暴力，您更可以說是佛教徒；您不喜歡信仰，但您具有對於習俗的某種戀眷，等等。您是一部反應性應時文集：在您身上，有某種屬於首要的東西嗎？

您所看到的無論什麼樣的劃分，都會在您身上引起把您自己置於圖表之中的願望：您的位置在哪裡呢？您首先認爲看到您的位置了；但是慢慢地，就像一個分解的塑像或是像一處被腐蝕、被鋪開和解體其形式的浮雕，或者更像阿爾波·馬克斯[94]喝水時假鬍子在水中脫落的情況，您就不再是可以被排上等級的了。這並不是由於過分的人格化，而是相反，因爲您看到了幽靈的所有細微部分：您在您身上彙集所謂區別性的但從此卻什麼都不區別的一些特徵。您發現，您同時是（或輪流是）強迫性的、歇斯底里性的、偏執狂的，此外也是精神錯亂的（更不要說愛情的狂熱）。或者，您發現您在疊加所有沒落的哲學：享樂主義、幸福主義、東方神靈論、摩尼教、懷疑論。

「一切都是在我們身上進行的，因爲我們是我們，總是我們，可是沒有一分鐘是相同的我們。」〔狄德羅：《駁斥愛爾修斯》（*Réfutation d'Helvétius*）〕

---

94 阿爾波·馬克斯（Harpo Marx, 1888-1964），美國喜劇演員。——譯者注

部分冠詞[95]

小資產階級：這個賓詞可以與任何主項結合，沒有任何人可以躲避這種困難（這是正常的。不算書籍，全部的法蘭西文化都藉助這一方面）。在工人身上、在幹部身上、在教師身上、在持不同政見的大學生身上、在工會和政黨的活躍分子身上、在我的朋友X和Y的身上及在我自己身上，當然，都存在著小資產階級特徵：這是一個部分冠詞群體。然而，它是另一種言語活動對象，這種對象表現出同樣的動態的和驚慌的特徵，並作爲一個純粹的部分冠詞出現在理論話語之中——這便是文本。我無法說什麼樣的作品是文本，我只能說在這部作品上**有某種文本**。於是，**文本**和**小資產階級**就組成一種普遍的實質，這種實質在這裡是有害的，在那裡就是令人興奮的；它們具有相同的話語功能，即普遍的價值操作者的功能。

巴塔耶，恐怖

總之，巴塔耶不大使我感興趣：我用笑、用虔誠、用詩歌、用暴力要做什麼呢？我對於「神聖的」、「不可能的」這樣的用語都要說些什麼呢？

可是，我只需把整個這種（古怪的）言語活動與我稱之爲**恐怖**的一種錯亂放在一起，就可

95 部分冠詞，法語語法術語，指表示不可數名詞之特徵的冠詞。——譯者注

以使巴塔耶重新贏得我。這樣一來，他所寫的一切，都可以描述我：因爲是貼近的。

階段

關聯文本	活動類別	著述
（紀德）	（很想寫作）	
沙特	社會神話學	《寫作的零度》
馬克思		論戲劇的文章
布萊希特		《神話學》
索緒爾	符號學	《符號學原理》
		《服飾系統》
索萊爾斯		《S/Z》
朱麗婭·克莉斯蒂娃	文本性	《薩德·傅立葉·羅耀拉》
德里達、拉康		《符號帝國》
（尼采）	道德觀念	《文本的快樂》
		《羅蘭·巴特自述》

提示：

1. 關聯文本不一定是一種影響領域；它更是外在形象、隱喻、思想—詞語的一種音樂，它是如同美人魚那樣的能指。
2. **道德觀念**甚至應該被理解爲道德（這是處在言語活動狀態的軀體的思想）的反義詞。
3. 首先是（神話的）**介入**，接著是（符號學的）虛構，隨後是片斷和**句子**的湧現。
4. 顯然，在這些時期中，有一些部分重疊、回返、親合、延存，通常說來，是（在雜誌上發表的）文章在確保這種連接作用。
5. 每一個階段都是反應性的：作者或者對於圍繞他的話語做出反應，或者對於他自己的話語做出反應——如果這一種情況和那一種情況開始過分穩定的話。
6. 正像有人說的，新的來，舊的去，一種錯亂來了，神經官能症就沒有了：繼政治頑念和道德頑念之後而來的，是反常的享樂（澈底的偶像崇拜）剛剛結束的一種輕微的科學狂熱。
7. 把一段時間、一部作品分割成演變階段，儘管是一種想像的做法，但可以使人進入智力溝通的遊戲之中：人們把自己變成**可理解的**了。

一個句子的有益效果

X先生對我說，有一天，他決定「使自己的生活擺脫不幸的愛情」，並說這個**句子**在他看來說得非常之好，以至於它幾乎足以補償在他身上引起的失敗。於是，他保證（並向我保證）更好地利用存在於（審美的）言語活動之中的這種**反話儲庫**。

政治文本

主觀地講，政治秩序是煩惱和（或）享樂的一種延續的起因；此外，而且**實際上**（也就是說不顧政治主體的傲氣），這是一種持續多義的空間、一種持久性解釋的優越場所（如果一種解釋是充分系統化的，那麼，它就永遠不會被推翻，永遠如此）。從這兩種確認可以得出結論，政治秩序具有純粹的**文本性**：文本的一種過度的、過分的形式，一種未曾聽說過的形式，這種形式藉助於充溢和掩蓋的程度也許超過我們

結構主義時髦。

時髦觸及軀體。藉助於時髦，我像是鬧劇、像是漫畫一樣重新返回到我的文本之中。某種集體的「本我」代替了我認為有關我的圖像，於是，我就是「本我」。

對於文本的現時理解。由於薩德曾經生產過最純粹的文本，所以我認為我懂得了，政治秩序會像**薩德式**的文本那樣使我高興，也會像**性虐待狂式**的文本那樣使我掃興。

字母表

字母表的意圖：採用字母的排列把片斷連接起來，這便是信賴那種構成言語活動之榮耀的東西（而這卻使索緒爾失望）。這是一種無動機的（即在任何模仿之外的）秩序，儘管它不是任意的（因為大家都知道它、承認它和在它身上意見一致）。字母表是令人愜意的：制訂「計畫」的煩惱、「內容展開」的誇張、歪曲的邏輯都不用了，論述也不用了！每一個片斷一個思想，每一個思想一個片斷，而對於這些原子的排列，只按照法語字母的千年不變的和不可思議的順序（法語字母同時也是荒誕的即失去意義的對象）。

他不定義一個單詞，而是命名一個片斷；他的所為甚至與詞典相反：單詞來源於陳述，而不是陳述由單詞派生。我從詞彙彙編中只保留其最嚴格的原則，即其各個單位的順序。可是，這種順序可以是惡作劇的：它有時會產生意義的效果，而如果這些效果不是所希望的，那就應該破壞字母表，以便獲得一個更好的規則——（變異邏輯的）斷裂的規則：要阻止一個意義的「形成」。

我想不起順序來了

他大體上想得起他寫作這些片斷的順序；但是，這種順序出自何處呢？它依據何種分類、何種連接方式呢？這些他就想不起來了。字母排列的順序消除了一切，使任何起因退居到第二位。也許在有些地方，某些片斷似乎因相互關聯而排序；然而重要的是，這些短小精悍的網系是不銜接的，它們並不逐漸地進入唯一的大網系之中，這種網系便是本書的結構、本書的意義。正是爲了中止、偏移和分離話語向著命運的下滑，在某些時刻，字母順序才提醒您有（打亂的）順序存在，並對您說：「**割斷！換個方式來讀故事。**」（但也有時，因爲相同的原因，又必須打亂字母順序）

作為多題材的作品

我在想像一種反結構的批評。這種批評不尋求作品的秩序，而是尋求其無秩序。對於這一點，他只需把整個作品看成一種百科全書就可以了：每個文本難道不可以透過其藉助於通常的鄰接外在形象（換喻和連詞省略）而組成分散的（認識、色慾）對象的數目來確定嗎？作爲百科全書，作品在減弱一種不合規則的對象的清單。並且，這個清單便是作品的反結構，即其模糊的和瘋狂的多題材性。

言語活動—牧師

在宗教儀式方面，難道當一名牧師就是非常令人厭惡的嗎？至於信仰，有哪一位人類主體可以預言，有一天，他將不會與其在這一點或在那一點上的「信仰」經濟學相一致呢？這一點，對於言語活動來講就可能行不通：言語活動—牧師，那是不可能的。

可預見的話語

對於可預見的話語感到厭煩。可預見性是一種結構範疇，因爲提供把言語活動作爲其場景（人們發明言語活動就是爲了敘事）的等待方式或相遇方式（簡言之：**懸念**方式）是可能的。因此，人們可以根據其可預見性的程度來建立話語的一種類型學。**死人的文本**：冗長的文本，在這種文本裡，人們不能改變一個詞。

〔昨天晚上，在寫了上面的話之後，在飯店裡，在旁邊的餐桌上，兩個人在說話，聲音一點都不大，但是清晰有力，很有鼓動性，音色很美，就像他們在朗誦學校裡學過如何在公共場所讓旁人聽到他們講話一樣。他們說的一切，句句清晰（關於他們的幾個朋友的名字，關於帕索里尼[96]最近的一部影片），都絕對地是與場合相宜的、預先安排好的：在多格扎式的系統裡無一處缺陷。在不選定任何人的聲音與嚴厲的多格扎之間建立這種協調：這是**多嘴多舌**。〕

寫作計畫

（這些想法屬於不同的時期）：《慾望日記》（*Journal de Désir*，慾望在現實領域中一天接一天的情況）。《句子》（*La Phrase*，關於句子的意識形態與色情）。《我們的法蘭西》（*Notre France*，今日法國的新神話，或者更應該說：我作爲法國人是幸福的還是可悲的？）。《愛好者》（*L'amateur*，記錄我畫畫時發生的事情）。《關於恫嚇的語言學》（*Linguistique de l'intimidation*，論及價值，論及意義之戰）。《數不盡的幻覺》（*Mille Fantasmes*，寫出他的幻覺，而非其夢幻）。《知識分子的品性》（*Éthologie des Intellectuels*，與螞蟻的習俗具有同等的重要性）。《同性戀話語》（*Le Discours de l'homosexualité*，或者是：同性戀的各種話語，或者更可以說是：各種同性戀的話語）。《飲食百科全書》（*Encyclopédie de la Nourriture*，營養學、歷史、經濟、地理分布，而尤其是**象徵性**）。《名人的一生》（*Vie des hommes illustres*，閱讀多種傳記和收集多種特徵，就像他曾經對於薩德和傅立葉做過的那樣）。《視覺

---

96 帕索里尼（Pier Paolo Pasolini, 1922-1975），義大利作家和電影藝術家。——譯者注

俗套集》（*Recueil de Stéréotypes visuels*，「看見一位馬格里布人，穿著一身黑衣，《世界報》夾在胳膊下，爲一位坐在咖啡館裡的金髮少女擺正椅子」）。《書與生活》（*Le Livre/la Vie*，拿一本經典書籍，在一年中把書中的一切與生活聯繫起來）。《偶遇瑣記》（*Incidents*，短小文本、短信、俳句、筆錄、意義遊戲，一切像樹葉一樣落下的東西），等等。

與精神分析學的關係

他與精神分析學的關係，並非是認眞的（然而，他卻不能自誇無任何爭議、無任何拒絕）。這是一種**不明確的**關係。

精神分析學與心理學

精神分析學爲了能夠說話，就必須獲得另外的一種話語，即有點笨拙的話語，因爲這種話語還不是精神分析學的。這種有距離的話語，這種**後退**的話語，由於它還受制於舊的和修辭學的文化，所以從名稱上講，它在此還是心理學的。總之，心理學的功能應該是精神分析學的很好的對象。

（討好超越您的人。在路易—勒—格朗中學上學的時候，我有一位歷史老師，由於像每日需要服用毒品那樣需要學生給他起鬨，他便固執地給學生提供無數次大聲喧鬧的機會：謊言，天眞舉止，雙關語，模稜兩可的姿態，甚至露出他藉以突出所有這些偷偷挑釁的行爲的悲苦表情。學生們在很快明白了這一點之後，就在好幾天內極其殘忍地不給他起鬨。）

「這意味著什麼？」

對於任何甚至最不起眼的現象，持久的（和幻覺的）激情不是提出孩子的問題：**爲什麼？**而是提出古希臘語的問題、意義的問題，就像所有的東西都多少帶有意義那樣：**這意味著什麼？**應該不惜一切代價把現象變成觀念、變成描述、變成解釋，一句話，爲其找到**它的名稱之外的另一個名稱**。這種怪癖產生的並不是無價值的含義。例如，如果我注意到——而且我急切地注意到——在鄉下，我願意在菜園中而不是在別處撒尿，我就立即想知道**這意味著什麼**。爲最簡單的事物賦予意義的這種狂熱，從社會角度看，就像是以瑕疵來標記主體：**不應該摘掉名詞的語鏈**，**不應該拆開言語活動的語鏈**。過分命名總是滑稽可笑的（茹爾丹先生[97]、布瓦爾和佩居榭）。

（甚至就在這本書裡，除了〈暫歇：回想〉一節——這恰恰是其代價，我們在不使任何東

97 茹爾丹（M. Jourdain）先生，又譯汝爾丹先生，莫里哀喜劇《貴人迷》（*Le Bourgeois gentilhomme*）中的人物。——譯者注

西具有意蘊的情況下就不予以介紹。我們不敢把事實置於非意指活動的狀態之中，它是寓言的活動，這種寓言從任何眞實片斷中引導出一種寓意、一種意義。一本相反的書有可能被構想：這本書能講述無數的「偶遇瑣事」，同時禁止從中有一天獲得一條意義索；這可能正好是一本俳句集。）

何種推理？

日本是一種正面的價值，喋喋不休的廢話是一種負面的價值。然而，日本人卻喋喋不休。這沒有什麼關係：只需說前面的喋喋不休不是負面的就可以了（整個軀體在與您一起維持著一種喋喋不休，而對規則的完美控制在這種喋喋不休方面去掉了任何倒退的、孩子氣的特性，《符號帝國》，二十頁）。羅蘭・巴特恰恰在做他所說的米什萊在做的事情：「當然，存在著某種類型的米什萊式的原因。但是，這種原因謹愼地被擱置在道德性的不大可能的領域之中了。這便是那些道德秩序的『需要』，是那些完全心理學的設想：希臘從前**必須不是**同性戀的，因爲希臘是完全光明的，等等。」（《米什萊》，三十三頁）日本人的喋喋不休**必須不是**倒退的，因爲日本人是可愛的。

總之，「推理」是根據一串隱喻來進行的：他採用一種現象（內涵，字母Z），他使之承受一大批觀點。代替論證的東西，是對於一個意象的展開：米什萊在「吞吃」歷史，因此，他把歷史「當草來嚼食」，因此，他在歷史身上「行走」，等等。發生在一隻行走著的動物身上的一切都將如此用在米什萊身上：隱喻性的使用將起到說明的作用。

我們可以把其詞語能引導思想的任何話語都稱爲「詩學性的」（而不需要對其價值做出判斷）。如果您喜愛詞語，直至屈服於它們，那麼，您就從所指之中、從新聞性寫作之中退出了。嚴格地講，這就是一種**夢境**話語（我們的夢幻捕捉在鼻子底下經過的詞語，並將其組成故事）。我的軀體本身（並不僅限於我的思想）可以**適應於**詞語，可以在某種程度上被詞語所創造。我在我的舌頭上看到了一片像是被擦傷的紅斑，它不疼，但是它在擴大，於是，我認爲我得了癌症！但是，仔細一看，這個符號只是覆蓋舌面的那層淡白色黏膜的輕微脫落。我不能保證，這個排遣不掉的故事就不是被用來使用這個罕見的、由於恰當而顯得美好的詞語的：**表皮擦傷**。

退步

在這些文字中，有一些退步的風險：主體在談論他自己（甘冒心理主義風險、自負風險），他藉助於片斷來陳述（甘冒格言的風險、狂妄自大的風險）。

這本書是由我不了解的東西組成的：潛意識和意識形態，它們僅以別的東西的聲音來相互說話。我不能使貫穿我的象徵性和意識特徵（以文本的形式）**就這樣**來出現，因爲我跟隨著它們的盲目的任務（屬於我自己的，是我的想像物，是**我的**幻覺性：由此產生了這本書）。我只能依據奧菲斯的方式來支配精神分析學和政治批評：從不回頭，從不再看它們一眼，從不表露它們（或者很少表露：以此把我的解釋重新置於想像物的歷程之中）。

這個集子的名稱（**X自述**）具有一種分析性意義：**透過自我來談論自我**？然而，這竟是想像物的本身程式！鏡子的光線是怎樣反射於我並在我身上引起反應的呢？在這種衍射區域（這是我能投以目光的唯一區域，而從不因此去排除那談論目光的我自己）之外，有現實，而且還有象徵性。至於我自己，我沒有任何責任（我與我的想像物有許多事可做！）——對於他者、對於移情，因此也**對於讀者**。

很顯然，這一切都是藉助於在鏡子旁邊出現的母親來進行的。*98*

98 這裡，巴特影射的是拉康「鏡像階段」中的內容。拉康認為，六個月到十八個月之間的兒童，在面對鏡子時會產生一定的反應行為。他會在鏡子中認出一種形象，會根據一種求同的過程承認那就是自己的形象。因此，鏡像階段便成了一種特殊的和根本性的異化場所。不過，這種形象是外在的，正是這一形象成了「自我」的構成場所。但在這一過程中，常常是母親抱著孩子出現在鏡子面前，這樣，孩子就處在了母親的目光之下。於是，孩子便經常轉向母親，就是在這種時刻，孩子以自己的目光理解到他對於母親意味著什麼，並逐漸地從母親（這位他者）那裡得到對於這種意味的命名。因此，在他為了重新看到自己的形象而再一次轉向鏡子的時候，他所見到的，就不再會完全是同一個形象了，因為這時的形象已經帶有了由他者命名的意指了。而此後，孩子正是用他者的這種目光來看自己的。——譯者注

結構的反應性

像運動員對其良好的反應性心滿意足一樣，符號學者也喜歡能有力地掌握一種聚合體的運作。他在閱讀佛洛伊德的《摩西與一神論》一書的時候，沾沾自喜於能突然抓住意義的純粹的起始活動：由於這裡出現的是一步一步地導致兩種宗教對立的兩個普通字母的對立關係：Amon[99]與Aton[100]，所以他的這種享樂就越來越強烈——猶太教的整個歷史就位於從「m」到「t」的過渡之中。

（結構的反應性在於盡可能長時間地消退純粹的區別，直至一種共同的軀幹頂部：但願意義在最後時刻能**完全地**爆發；但願意義的勝利透過正當手段獲得，就像在一種恰當的「震顫」中那樣。）

支配與勝利

在社會話語即在重要的社會方言的魔窟中，我們來區分兩種傲慢，即兩種可怕的修辭統治方式：**支配**與**勝利**。多格扎不是勝利論的；它只滿足於支配；它擴散，它確立；它是一種合法

---

99 亞蒙（Amon或Ammonites），古埃及泰伯城的主要的神。——譯者注

100 亞東（Aten或Aton），古埃及的太陽神。——譯者注

的、自然的控制；它是一種普遍的覆蓋物，是與權力的恩惠一起被播撒的東西；它是一種普遍適用的話語，一種在唯一「持有」（關於某種東西的）話語的事實中已經隱藏的吹牛方式：由此出現了多格扎式話語與無線電傳聲之間的本質親緣關係。在龐畢度[101]去世的時候，連續三天，這一情況曾經**蔓延**、曾經**擴散**。相反，戰鬥的、革命的或是宗教的（在宗教當初積極活動的時期）言語活動，是一種勝利的言語活動。話語的每一個行爲都是一種古代式的勝利：人們讓戰勝者與敗敵成隊行走。我們可以根據他們（仍然）是在勝利之中或者（已經）是在支配之中來衡量政治制度的保險方式和明確其演變。應該研究一七九三年的革命勝利論是怎樣、以何種速度、根據什麼外在形象來逐漸地變得溫和而被傳播的，這種勝利論是怎樣「採取」、怎樣過渡到（資產階級的言語的）支配狀態的。

廢除價值支配

矛盾：關於價值、關於連續的評價情感的冗長的文本（這同時引起一種倫理的和語義的活動）與——**同時也恰恰因爲這一點**——可以夢想「毫無保留地廢除價值支配」（這似乎就是禪的意圖）的一種相等能量之間的矛盾。

101 龐畢度（Georges Pompidou, 1911-1974），法蘭西共和國總統，在任時間為一九六九—一九七四。——譯者注

是什麼在限制表現？

布萊希特讓人把浸溼的衣物放進女演員的提籃裡，爲的是使其胯骨動作準確，即具有瘋癲的洗衣女工的準確動作。這很好，但也很呆傻，不是嗎？因爲壓在籃子裡的東西，並不是衣物，而是時間，是故事，這個重量，**如何來表現**它呢？不可能表現政治秩序：政治秩序抗拒任何模仿，而且人們無法使模仿變得更像是眞的。與對於所有社會主義藝術的年深日久的信仰相反，在政治秩序開始的地方，模仿就會停止。

反響

任何與他有關的詞，都在他身上獲得充分的反響，而他所害怕的正是這種反響，他甚至膽戰心驚地逃避有可能關係到他的任何話語。其他人的言語，不論是恭維性的還是非恭維性的，都一開始就帶有這種言語幾乎擁有的反響。因爲他了解這種反響的起點，只有他可以測量他爲了閱讀一個談論他的文本所需要付出的努力。因此，與世界的聯繫總是從一種擔心開始得以獲得。

EPREUVES ECRITES

COMPOSITION FRANÇAISE *

DURÉE : 6 heures

« Le style est presque au-delà [de la Littérature] : des images, un débit, un lexique naissent du corps et du passé de l'écrivain et deviennent peu à peu les automatismes mêmes de son art. Ainsi sous le nom de style, se forme un langage autarcique qui ne plonge que dans la mythologie personnelle et secrète de l'auteur... où se forme le premier couple des mots et des choses, où s'installent une fois pour toutes les grands thèmes verbaux de son existence. Quel que soit son raffinement, le style a toujours quelque chose de brut : il est une forme sans destination, il est le produit d'une poussée, non d'une intention, il est comme une dimension verticale et solitaire de la pensée. [...] Le style est proprement un phénomène d'ordre germinatif, il est la transmutation d'une humeur. [...] Le miracle de cette transmutation fait du style une sorte d'opération supralittéraire, qui emporte l'homme au seuil de la puissance et de la magie. Par son origine biologique, le style se situe hors de l'art, c'est-à-dire hors du pacte qui lie l'écrivain à la société. On peut donc imaginer des auteurs qui préfèrent la sécurité de l'art à la solitude du style. »

R. BARTHES, *Le degré zéro de l'écriture*, chap. I.

Par une analyse de ce texte, vous dégagerez la conception du style que propose R. Barthes et vous l'apprécierez en vous référant à des exemples littéraires.

* Rapport de Mme Châtelet

Les candidates ont été placées cette année devant un texte long de Roland BARTHES. On leur demandait : - d'abord de l'analyser pour en dégager les idées de Roland Barthes sur le style,

- puis d'apprécier librement cette conception.

Un grand nombre d'entre elles ayant paru déroutées par l'analyse, nous insisterons sur cet exercice. Nous indiquerons ensuite les principales directions dans lesquelles pouvait s'engager la discussion.

I - L'ANALYSE

L'analyse suppose d'abord une lecture attentive du passage proposé. Or beaucoup de copies révèlent des faiblesses sur ce point. Rappelons donc quelques règles essentielles sur la manière de lire un texte.

Puisqu'il ne peut s'agir ici d'une lecture expressive à voix haute, on conseillerait volontiers une lecture annotée, qui n'hésite pas à souligner les mots importants, les liaisons indispensables, qui mette en évidence les parallélismes ou les reprises d'expression, bref qui dégage par des moyens matériels la structure du texte. Cette première lecture n'a pour objet que de préparer l'analyse qui doit être elle-même élaborée à partir des éléments retenus.

Récupération.

筆　試

作文*

時間：6小時

而風格則幾乎在文學之外：形象、敘述方式、詞彙都是從作家的身體和經歷中產生的，並逐漸成爲其藝術規律機制的組成部分。於是在風格的名義下形成了一種自足性的語言，它只浸入作者個人的和隱私的神話學中，浸入這樣一種言語的形而下學中，在這裡形成語言與事物的最初對偶關係，在這裡一勞永逸地形成著其生存中主要的語言主題。風格不管多麼精緻，它總含有某種粗糙的東西，它是一種無目的地的形式，是一種衝動性的而非一種意圖性的產物；它很像是思想之垂直的和單一的維面。……風格其實是一種發生學的現象，是一種性情的蛻變。……這種蛻變的奇蹟使風格成爲一種超文學的運作，它把人們帶到了力量和魔術之前。按其生物學的起源來說，風格位於藝術之外，即位於把作家和社會聯繫在一起的那種契約關係之外。於是我們可以想像那樣一些作者，他們喜愛藝術的安全性甚於風格的孤獨性。

——羅蘭．巴特：《寫作的零度》，第一章

透過分析這個文本，請論述羅蘭．巴特提出的有關風格的概念，並請參照一些文學作品來評價這一概念。

*夏特萊（Châtelet）女士的報告。

今年，女考生們面對的是羅蘭．巴特的一篇較長的文本。要求：

1.分析這篇文字，找出羅蘭．巴特有關風格的概念。

2.然後，自由地評價一下他的概念。

女考生當中一大部分人在分析中出現了偏離，但我們堅持這一練習。我們將指出可以展開討論的主要方向。

一、分析

首先，分析要以認眞閱讀所列段落爲前提。可是，許多答卷告訴我們在這一點上考生是較差的。因此，有必要重提一下閱讀一篇文本的基本規則。

既然這裡不涉及一種高聲的快速朗讀，我們謹建議在閱讀時做些旁注，可以毫不猶豫地標注出重要的詞語和其必不可少的聯繫，這種閱讀突出顯示類似關係或重複的表達方式。總之，這種閱讀藉助於物質手段可以顯示文本的結構。這一提前的閱讀，僅僅是爲了準備下一步的分析，而這種分析本身也是依據所獲得的各種要素來進行的。

回收。

成功與失敗

在重新閱讀自己作品的時候，他認爲是在每一篇所寫文字的結構本身標記一種特殊的劃分，即**成功與失敗**的劃分。一會兒是表達的幸福，一會兒是快樂的海灘，隨後又是沼澤、火山岩渣，他甚至已經開始編造名冊。什麼？有一本書是持續成功的？——無疑就是那本關於日本的書。與快樂的性感相對應的，自然是寫作的連續的、抒發的、狂喜的幸福：**在他所寫的東西裡，每一種都捍衛他的性感**。

第三種情況是可能的：既不是成功的，也不是失敗的，而是羞恥的。那是帶有想像物標誌和圖案的。

關於選擇一件衣服

一部關於羅莎．盧森堡[102]的電視片，告訴了我她有一副美麗的面孔。從她的眼睛，我產生了閱讀她的書籍的欲望。而從這些開始，我能夠想像一種虛構：一位知識分子主體的虛構，這個主體決定成爲馬克思主義者，而且需要選擇自己的馬克思主義：哪一種呢？屬於哪一種優勢、哪一種標誌的呢？是列寧式的？托洛斯基式的？盧森堡式的？巴枯寧式的？毛澤東式的？還是保爾迪

102 羅莎．盧森堡（Rosa Luxemburg, 1870-1919），德國馬克思主義者。——譯者注

加式[103]的？等等。這位主體去一處圖書館，他閱讀所有的書籍，就像人們觸摸一些衣服那樣，進而選擇最適合他的馬克思主義，同時準備從此之後根據一種屬於他的軀體的經濟學來堅持真實之話語。

（要不是布瓦爾與佩居樹在他們所探察的每一個圖書館裡都恰好換一下軀體的話，那《布瓦爾與佩居樹》就該是一個全新的場面了。）

節奏

他曾經一直相信這種希臘式的節奏，即苦行與節日相互接續，一個被另一個所解開（而根本不相信現代性的平庸節奏：**勞動與休閒**）。這也是米什萊的節奏，他在他的生活與文本中，循環地死亡與復活、循環地偏頭疼與精力旺盛、循環地敘事（他以路易十一的身分來「划槳」）與描繪（他的寫作豐富多彩）。對於這種節奏，他在羅馬尼亞時有所了解[104]，在那裡，按照斯拉夫人或是巴爾幹半島的習慣，人們要定期地在節日（遊戲、大吃大喝、入夜不寢，等等，即「凱夫節」）裡連續三天**把自己關在家裡**。因此，他在個人的生活裡一直尋找這種節奏。他不僅要在工

103 保爾迪加（Amadeo Bordiga, 1889-1970），曾擔任過義大利共產黨領導人。——譯者注

104 羅蘭．巴特曾於一九四七—一九四九年在羅馬尼亞的法語學院教授過法語。——譯者注

作時的白天試圖得到夜晚的快樂（這有點庸俗），而且也相應地在快樂的夜晚接近其結束時突然產生了儘快到明天以便重新開始（寫作）工作的欲望。

（需要指出，節奏不一定是規律性的：卡薩爾斯[105]說得好，節奏即是**延遲**。）

不言而喻

作家的任何語句（甚至是最爲大膽的語句）都包含著一個不公開的操作者，即一個未被解釋的詞，類似於與否定或疑問同樣原始的一個範疇的沉默的語素（morphème）的東西，而其意義則是：「**不言而喻！**」這個信息涉及任何寫作人的句子。在每個句子裡，都有一種音調、一種響聲、一種肌肉的和喉嚨的張力，它們使人想到戲劇開場時的三響或是蘭克[106]的鑼聲。甚至作爲變異邏輯鼻祖的阿爾托也這樣說他所寫的東西：**不言而喻！**

---

105 卡薩爾斯（Pablo Casals, 1876-1973），西班牙大提琴演奏家。——譯者注

106 蘭克（Otto Rank, 1884-1939），奧地利精神分析學家。——譯者注

在薩拉曼卡與瓦拉多里德之間

夏季的一天（一九七〇），他在薩拉曼卡市與瓦拉多里德市[107]之間駕車疾駛和夢想聯翩，爲的是解除煩惱。出於好玩，他便想像了一種新的哲學，並立即把它命名爲「偏愛論」（préférentialisme）。他當時在汽車裡並沒有怎麼去考慮它，不論它是輕浮的，或者說是讓人有犯罪感的。根據一種唯物主義原理（一種基石？），世界僅僅被看作一種編織物，被看作一個展示言語活動之革命和系統之戰的文本。而且，在這種原理之中，主體由於被分散和沒有構成而只能被理解爲一種想像物。因此，對這種主體類似物的（政治的、倫理的）選擇沒有任何奠基性價值。**這種選擇並不重要**。不論人們公布這種選擇的方式如何莊重、如何猛烈，它只能是一種**傾斜**：面對世界的各個**部分**，我只能有權**偏愛**。

學生練習

1. 爲什麼作者指出上面這個情節的年份？
2. 當時在什麼交通工具上適合「夢想」與「煩惱」？
3. 作者提到的哲學在哪方面有可能是「犯罪的」？

---

107 薩拉曼卡（Salamanque）與瓦拉多里德（Valladolid）均為西班牙城市。——譯者注

4. 請您解釋一下「編織物」的隱喻。
5. 請您舉出有可能與「偏愛論」相對立的哲學。
6.「革命」、「系統」、「想像物」、「傾斜」幾個詞的意義是什麼？
7. 爲什麼作者爲某些詞或某些表達方式加了黑體？
8. 請說明作者的風格。

知識與寫作

在他致力於某篇正在寫作中的文本的時候，他喜歡在一些知識性書籍中尋找補充內容和準確的表述。如果可能，他希望有一個標準的常用書籍（字典、百科全書、教科書等）書櫥：但願知識能在我周圍圍住我，由我安排；但願我只需**查閱**它，而不是吞下它；但願知識被定位在**寫作補充內容**的位置。

價值與知識

（關於巴塔耶：）「總之，知識被看作能力，但是，它又被當作煩惱受到反對；價值，不是貶低知識、使知識相對化或拒絕知識的東西，而是爲知識解除煩惱、使部分知識得以休息的東西。從爭論的前景來看，價值並不與知識對立，但從一種結構意義上講，它們卻是對立的。在知識與價值之間有一種交替，根據某種**愛情節奏**，一個因另一個而休息。總之，這便是隨筆寫作（我們談的是巴塔耶）：科學與價值的愛情節奏，即變異邏輯，歡愉。」（〈文本的出路〉，一九七三）

吵鬧

他在（家庭的）「吵鬧」中總是看到完全屬於暴力的一種經驗。甚至只要聽到吵鬧，他就感到**害怕**，就像一個被家長之間的爭吵（他總是在不顧一切地躲避這種爭吵）搞得驚慌失措的孩子那樣。吵鬧之所以有如此重大的反響，那是因為它赤裸裸地指出了言語活動的毒瘤。言語活動沒有能力關閉言語活動，這便是吵鬧告訴人們的：辯解層出不窮，卻不可能有什麼結論，甚至只有兇殺的結果。這是因為吵鬧完全向著這種暴力發展，是因為它從不擔當什麼（至少在「有文化的」人們之間是這樣），是因為它是一種基本的暴力、一種以交談為樂趣的暴力：可怕而且可笑，竟然是以一種科學—虛構的同態調節器（homéostat）的方式。

（吵鬧成為戲劇的時候，便被馴化而平靜了下來。戲劇在迫使其結束的同時便**平息**了吵鬧。一種言語活動的停止，是人們對於言語活動的暴力所能進行的最為重大的暴力。）

他不大寬容暴力。這種態度，儘管每時每刻都能得到驗證，但在他看來還是相當神祕。但是他感覺到，這種不寬容的理由應該從這方面尋找：暴力總是組織成吵鬧，最可轉移的行爲（消滅、殺害、平息等）也是最爲戲劇性的，而且他所抵禦的正是這種語義爭吵（從本質上講，意義難道不與行爲相對立嗎？）。在任何暴力之中，不可阻擋的是，都能古怪地感覺到一種文學核心：有多少夫妻之間的吵鬧不是按照一幅重要的繪畫（《被趕出去的女人》（*La Femme chassée*）或是《休妻》（*La Répudiation*））的模式來理順的呢？總之，任何暴力都是對於一種感人的俗套的說明，而且，奇怪的是，這便是暴力行爲賴以裝飾自己和困擾自己的完全非現實主義的方式——一種滑稽的和簡便的、主動的和完全固定的方式。這種方式使他對暴力產生了在任何其他場合都不會經歷的一種情感：某種嚴肅性（無疑是一種純粹的學者的反應）。

戲劇化的科學

他一直對科學懷著疑心，並指責其adiaphorie（尼采的用語），即它的冷漠性，因爲學者們把這種冷漠性變成了他們賴以成爲檢察官的一種法則。可是，每當科學**戲劇化**（即使之具有一種區分能力、一種文本效果）成爲可能的時候，這種指責就出現。他喜歡學者，因爲在他們身上他可以覺察到一種錯亂、一種顫抖、一種乖僻、一種狂熱、一種隨和。他曾較多地利用索緒爾的《普通語言學教程》，但是在他意識到他瘋狂地聽命於改變字母位置就構成新詞這一情況的時候，索緒爾對他來說就變得更爲重要了。他在許多學者身上預感到某種可貴的缺陷，但在多數情況下，這些學者不敢把其缺陷寫成一部作品：他們的陳述活動繼續被卡住、被中斷、被漠視。

因此，他認爲，由於過去不懂得竭力推動，符號學科學沒有得到很好的發展：它通常只是一些無關緊要的研究工作的竊竊私語，而每種工作又都不區分對象、文本和軀體。然而，怎麼會忘記符號學與意義的激情（它的末世論與（或者）它的空想）會有某種關係呢？

語料——多麼好的想法啊！條件是人們很想在語料之中讀到**軀體**：或者是在全部的爲研究而保留的文本之中（而且它們構成語料），人們不再只是尋找結構，而且尋找陳述活動的外在形象；或者人們與這全部的文本有著某種愛戀關係（沒有這一點，語料只不過是一種科學的**想像物**）。

總是想到尼采：我們由於缺少靈活性而是科學家。——相反，我卻藉助於一種空想在想像一種戲劇性的和靈活的科學，這種科學向著滑稽地推翻亞里斯多德命題的方向發展，而且它至少在剎那間敢於想到這一命題：**只有區別，才有科學**。

我看得見言語活動

我患有一種病：我看得見言語活動。對於我所應該爽快地聽到的東西，一種古怪的衝動（這種衝動在欲望搞錯對象時是反常的）爲我把它揭示成一種「幻象」，這種幻象類似於（保留其所有的比例！）西皮翁[108]在夢到世間所有音樂領域時所得到的幻象。在最初出現的場面中，我聽得到但看不見。此後便是一種反常的場面，我在想像中看見了我聽到的東西。聽覺移向了透視。我感到我成了言語活動的幻想者、窺視者。

按照最初的幻象，想像的東西極爲簡單：那是別人的話語，因爲我「**看到了**」（我把它放在引號之中）。然後，我把透視法轉向我自己。我看見了我的言語活動，**因爲它被看到了**。我看見它**赤身裸體**（沒有引號）。這是想像物的羞恥時刻、痛苦時刻。這時，第三種幻象清晰地顯示了出來，即無限地分層級的言語活動的幻象。從不關閉的括號的幻象。從它要求一位不定的、多元的讀者這一點來看，它是空想的幻象，因爲這位讀者在迅速地建立又迅速地去掉引號：他在與我一起從事寫作。

---

108 西皮翁（Scipion l'Africain，西元前二三五—前一八三），古羅馬執政官。——譯者注

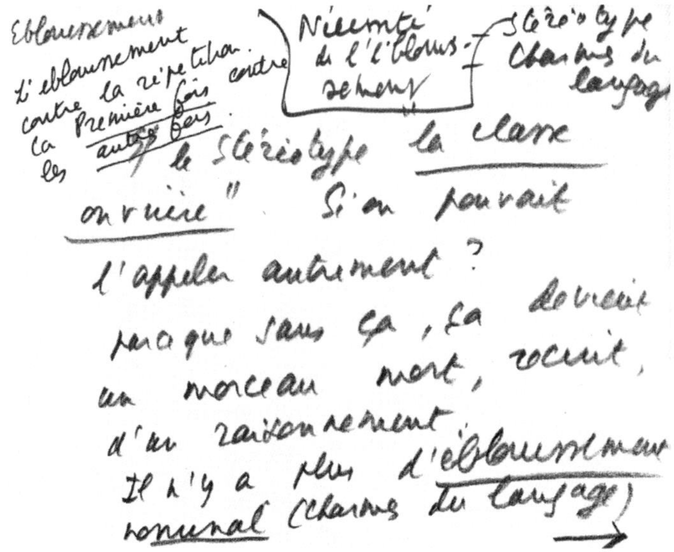

Eblouissement
L'éblouissement contre la répétition
la Première fois contre les autres fois

Nécessité de l'éblouissement

Stéréotype
Charme du langage

"le Stéréotype "la classe ouvrière". Si on pouvait l'appeler autrement ? parce que sans ça, ça devient un morceau mort, réduit, d'un raisonnement. Il n'y a plus d'éblouissement nominal (charme du langage) →

冒險念頭。

由於念頭強烈，還不能從其品質中分出什麼：愚笨的？危險的？無意蘊性的？需要保留嗎？需要放棄嗎？需要搞懂嗎？需要保護嗎？

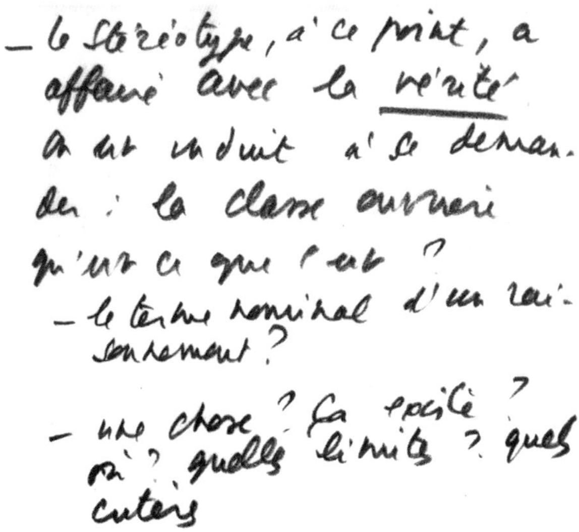

— le stéréotype, à ce point, a affaire avec la vérité
on est induit à se demander : la classe ouvrière qu'est ce que c'est ?
— le terme nominal d'un raisonnement ?
— une chose ? sa spécificité ? où ? quelles limites ? quels critères

轉而反對

他經常從俗套、從**在他身上存在**的庸俗的見解出發。這是因爲他並不奢望（由於審美反映或個人特性的反映）去尋找別的東西；習慣上，在他很快疲倦的時候，他就停止在普通的相反的見解上、悖論上，停止在機械地否認偏見（例如：「只有個別才有科學」）的東西上。總之，他與俗套維持著即合即離（contrage）關係、家庭關係。

這是某種智力型的「迴避」（「體育」）。它系統地存在於言語活動固定化的地方、有穩定性的地方、有俗套的地方。就像一個警惕的女廚師，它忙碌著，關照著言語活動，使之不變得遲鈍，關照著言語活動，使之不與某種東西糾纏在一起。這種動作，由於屬於純粹的形式，而闡述著作品的進步和退步。它是一種純粹的言語活動的策略，這種策略**在空氣之中**、在任何戰略視野之外施展作用。風險在於，由於俗套依據歷史和政治而移動，所以無論它去什麼地方都應該緊緊跟隨著它：如果俗套**向左偏移**了，那又該如何是好呢？

烏賊與其黑墨

我日復一日地寫這些。有了，有了，有了：烏賊在生產它的黑墨，我用繩子拴住我的想像物（爲了保護自己，也爲了貢獻自己）。

我怎麼才能知道書寫完了呢？總之，就像以往那樣，問題在於建立一種語言。然而，在任何語言之中，符號都重新返回來，而且由於要返回來，它們便最終使詞彙即作品飽和。由於此前在幾個月中滔滔不絕地講述這些片斷，從那時以來在我身上所發生的事情便自動地（無強迫性地）歸入已經形成的陳述活動的名下：結構在逐漸地形成，並且在形成的同時，它越來越吸引人。就這樣，在沒有任何我個人計畫的情況下，建立起一種完整的和永久的編目，儼然語言的編目。在某個時刻，只有發生在阿爾戈大船上的可能的轉變方式：我可以長時間地保留這書，同時一點一點地改變每一個片斷。

關於性慾的一本書的寫作計畫

一對年輕的夫婦來到我所在的包廂坐下。妻子有一頭金黃色的頭髮，化著妝。她戴著一副大大的黑框眼鏡，在閱讀《巴黎競賽》（*Paris-Match*）雜誌。她的每個手指上都有一個戒指，每個手指的指甲上都塗著與旁邊的指甲不同的顏色。中指的指甲比較短，塗著深深的胭脂紅，充分地說明那是進行手淫的手指。這對夫婦使我很是高興，我的眼睛已經不能離開他們，於是，我產生了寫作一本書（或是一部電影）的念頭。在書中，只出現次要的性慾特徵（無任何色情）。人們會在書中理解（人們意欲在書中理解）每個軀體的性慾「人格」。這種人格既不是軀體的美，也不是它的「性感」舉止，而是每一種性慾直接供人讀解的方式。因爲那位指甲上塗著濃重顏色的年輕金髮女子和她的年輕丈夫（臀部突出，眼睛溫柔）在上衣翻領的飾孔上帶有他們的夫婦性徵，就像一枚榮譽勛位勛章（**性徵**與**體面**屬於相同的表徵）。而這種可讀解的性徵（當然就像米什萊似乎讀解過的性徵一樣）藉助於比一系列魅力更爲可靠的一種難以抵禦的換喻充滿了整個包廂。

性感

不同於次要的性慾特徵，一個軀體的性感（並非是軀體的美）在於可以在軀體上標誌出（幻想出）情愛的實踐，而人們在想像之中要使軀體服從於這種情愛實踐（我想到的正是這一點，不是另一點）。同樣，似乎在文本中有著很明顯的**性感句子**：那些攪動人心的句子——儘管它們有些孤單，就像它們掌握著一種言語實踐爲我們這些讀者而做的允諾，就像我們根據一種**很清楚要做什麼**的享樂去尋找它們一樣。

性慾的快樂結束？

中國人：所有人都問（而我是第一個）：他們的性慾在何處？對於這一點，只有一種模糊的想法（更可以說是一種想像），而且如果這是眞的，那就是對於以前的整個一種文本進行修正。

在安東尼奧尼[109]的電影中，我們看到一些平民參觀者在博物館裡正注目於一個表現舊中國野蠻場面的模型：一群士兵正在搶掠一個貧苦的農民家庭，解說詞是粗暴的或者說是痛苦的。模型很大，燈光很亮，那些軀體是固定的（在一種蠟像博物館的光亮之中）和驚慌失措的，傾向於某種既是軀體的又是語義的頂點。人們想到那些西班牙的基督受難像的寫實派雕塑家，其手法的生硬曾使勒南[110]大爲惱怒（確實，他當時把這種生硬歸咎於耶穌會會士）。然而，突然，這個場面在我看來非常準確：按照薩德式的描述方式，這就是**超性慾**（sur-sexualité）。於是，我便想像（但這只是一種想像），性慾，**就像我們關於其所說的那樣，也像只要我們說它時的那樣**，是社會壓迫和人類的醜惡歷史的產物：總之，是一種文明結果。從這時起，性慾，即我們的性慾，有可能在**無壓抑**的情況下被社會的解放所排除、所破壞、所取消：讓男性生殖器像消失吧！是我們正以古代異教徒的方式在使男性生殖器像成爲一尊小小的神。唯物主義難道不是透過某種性慾的**距離**而經歷性慾在話語之外和在科學之外的**無光澤的**衰落階段嗎？

[109] 安東尼奧尼（Michelangelo Antonioni, 1912-2007），義大利著名電影導演。——譯者注

[110] 勒南（Ernest Renan, 1823-1892），法國語文學家、哲學家、歷史學家、文學藝術批評家。——譯者注

作為空想的變指成分

他收到一位朋友從遠方寄來的明信片：「**星期一。我明天回去。尚—路易。**」就像茹爾丹[111]和其著名的散文（總之是布熱德運動[112]的場面），他驚奇地在一個相當簡單的陳述中發現了雅各森分析過的那些雙重操作成分（opérateur double）的痕跡。因爲，如果尚—路易很清楚地知道他是誰和他在哪一天寫信的話，那麼，到達我這裡的信息就完全是不確定的了：**哪一天？哪位尚—路易？**我怎麼能知道呢？要知道，我應該**依據我的觀點**，即可在多個尚—路易和多個星期一之間進行選擇。**變指成分**（shifter）作爲這些操作成分中的最著名者，儘管被賦予了規則，但它還是像由語言本身提供的一種中斷溝通的詭計多端的方式：我在說話（請您注意我對於規則的掌握），但我把自己包容在您所不了解的一種陳述情境的霧氣之中；我在我的話語中安排一些**會話遺漏**（當我們出色地使用變指成分即代詞「**我**」時，最終，難道不總是出現這種情況嗎？）。他從此便把所有的變指成分（於是，擴展開來，我們把直接**在語言上**構成的所有不確定的操作成分都如此稱謂：**我**、**這裡**、**現在**、**明天**、**星期一**、**尚—路易**）想像成同樣多的社會顛覆。這些顛覆被語言所承認，但被社會所反對，因爲這些主觀遺漏使社會害怕，並且主觀性

---

111 茹爾丹，從時間上講，該是法蘭西斯．茹爾丹（Francis Jourdain, 1876-1958），法國裝飾畫家、道德說教家。其父法蘭茲．茹爾丹（Frantz Jourdain, 1847-1935）是建築師和藝術批評家。——譯者注

112 布熱德運動，指一九五四年法國布熱德（Pierre Poujade, 1920-2003）創立的「保障小商人和手工業者聯盟」，後成為法國一個右翼政黨。——譯者注

總是藉助於透過「客觀地」標誌一個日期（**星期一**，三月十二日）或是標誌一個姓氏（**尚－路易**）而迫使減少操作成分（**星期一**，**尚－路易**）的雙重性來補救社會。有一種集體性，它只以姓名和變指成分來說話，因爲其中的每一個從來都只說**我**、**明天**、**那裡**，而不參照不論什麼合法的東西——在這種東西中**區別的含混性**（這是唯一尊重其敏銳性和無限的影響性的方式）將會是語言的最珍貴的價值。請問，我們能想像這種集體的自由和——如果可以這樣說的話——這種集體的愛情流動性嗎？

在意指中，有三種東西

像人們從斯多噶派以來所考慮的那樣，在意指（signification）裡有三種東西：能指（signifiant）、所指（signifié）和指稱對象（référent）。但是現在，如果我想像一種有關價值的語言學的話（可是，在自己都停留在價值以外的情況下，如何建立這種語言學呢？如何「科學地」和「從語言學角度」來建立這種語言學呢？），那麼，意指中的這三種東西就不是與前相同的了。一種已爲人們所知，即意指的過程，它是傳統語言學的通常領域，傳統語言學就停留於此、依靠於此，並禁止人們脫離它。但其餘則不完全是這種情況。它們是**通告**（我猛烈地加強我的信息，我傳訊我的聽衆）和**簽字**（我自我標榜，我不能避免自我標榜）。透過這種分析，人們只能展開動詞「意味」（signfier）一詞的詞源意義：製造一個符號，（對某人）打招呼，想像地減縮爲自己的符號，在自身昇華。

一種過於簡單的哲學

他似乎經常以過於簡單的方式把社會性（socialité）看成言語活動（話語、虛構、想像物、道理、系統、科學等）和欲望（衝動、傷痛、怨恨等）的一種寬泛和永久的摩擦。那麼，在這種哲學中，「眞實」變成了什麼呢？它不是被否認的（通常甚至是作爲進步的而被人乞求），而總是指一種「技巧」、一種經驗的合理性。這便是「方法」的宗旨、「補救」的宗旨、「解決措施」的宗旨（**如果人們這樣行動，人們就會產生那種結果；爲了避免這種行動，我們就要合理地進行那一種行動；讓我們等待、讓我們放任事物自我轉變**；等等）。帶有最大間隙的哲學：在涉及言語活動的時候，它就是令人狂喜的；在涉及「眞實」的時候，它就是經驗性的（和「進步的」）。

（總是對於黑格爾主義的法國式的拒絕。）

猴子中的猴子

阿科斯達（Acosta），是一位猶太人裔葡萄牙紳士。他被流放到了阿姆斯特丹；他加入了猶太教；隨後，他又批評猶太教，便被猶太教教徒驅逐出教會。這樣一來，從邏輯上講，他本應該脫離希伯來宗教團體，但是他卻以另外的方式得出結論：我是在外國，我一點都不懂它的語言，在有那麼多不適應的情況下，爲什麼在一生中我都要固執地與希伯來宗教團體脫離呢？**當個猴子中的猴子不是更好嗎**？（Pierre Bayle, *Dictionnaire historique et critique*）。

當沒有一種已知語言可爲您所用的時候，就必須決心**偷取**一**種言語活動**，就像人們從前偷取一塊麵包那樣。（所有處於權力之外的人們——團體，都被迫進行言語活動的偷竊。）

社會劃分

社會關係的劃分確實存在，劃分是眞實的。他並不否認這一點，並且滿懷信任地聽取所有談論劃分的人們（人數很多）的意見。但是，在他看來，而且也許由於他有點崇拜言語活動，這些眞實的劃分便被吸收在它們的對話形式之中了：是對話被劃分、被異化。於是，他以言語活動的詞語經歷著整個社會關係。

我嘛，我

一個美國大學生（或許是實證論者，或許是持不同政見者：我不能分辨清楚）在識別**主觀**與**自戀**，就像不言而喻那樣。他大概在想，主觀性在於談論自己，並在於說自己好話。這是因爲他是一對老的詞語即一個老的聚合體——**主觀性**/**客觀性**——的受害者。可是今天，主體**在他處**形成，而「主觀性」也可以返回到螺旋形的另外一個位置上：被破壞的位置、不協調的位置、被流放的位置、沒有錨固的位置。既然「自我」不再是「自己」，爲什麼我不可以談論「自我」呢？

所謂的人稱代詞：一切都在這裡起作用，我被永遠地封閉在代詞的競技場裡了：「我」在動員想像物，動員「您」和「他」、偏執狂。但是，根據讀者的情況，一切——就像一種波紋織物的反光那樣——也可以很快地返回來：在「我嘛，我」之中，「我」可以不是「我自己」，因爲讀者可以以荒誕的方式破壞它；我可以對我說「您」，就像薩德以前做過的那樣，爲的是在我自己身上把寫作工、寫作製造者、寫作生產者與作品的主體（作者）分開。另一方面，不談論自己可以意味著：**我是那個不談論他自己的人**；而談論自己的時候用「他」，則可以意味著：我談論我自己，就像談論被一種輕微的偏執狂似的表達薄霧所籠罩的**精神不振之人**，或者更可以說，我以布萊希特式演員的方式來談論我自己，這種方式應該使其人物遠離——「指出」人物，而不體現人物，並且像彈掉衣服上的灰塵那樣使代詞與其名詞有所脫離，以此來賦予敘述方式其支撐物的形象、其鏡子的想像物（布萊希特曾建議演員以第三人稱想著他的整個角色）。

由於敘事的交替，在偏執狂與間隔效果之間有可能形成了親和關係：「il」[113]是史詩性的。這意味著：「il」是很壞的，這是語言中最壞的單詞。作爲無人稱的代詞，它取消其指稱對象並使之死亡。人們不可以在無不滿情緒的情況下把它用於人們所喜歡的人。說某個人是「il」，我總是感覺像是某種由言語活動引起的謀殺，而謀殺的整個場面因其有時是奢華的、禮儀的，所以是**喧嘩的**。

---

113 「il」，是「他」和「它」之意，在作「它」意講時，為無人稱代詞。——譯者注

有時，具有嘲諷意味的是，「il」在一種句法困難的簡單作用之下而讓位給「我」：因爲在一個不長的句子中，「il」可以在毫無預告的情況下指我之外的其他許多指稱對象。

下面是一些過時的命題（但願這些命題不是矛盾的）：**如果我不寫作，我將什麼都不是。然而，我卻處於我寫作的地方之外。我比我所寫的東西更強。**

一個壞的政治主體

既然審美是看著形式脫離原因和目的並構成一個充足的價值體系的藝術，那麼，還有什麼與政治話語更爲對立的呢？可是，他不能擺脫審美反映，他不能在他贊同的一種政治行爲中禁止自己去看這種行爲所採取的並且他認爲是醜陋的或是可笑的形式（形式的穩定性）。於是，他尤其承受不了訛詐（是什麼深刻的原因呢？），特別是他在各個國家的政治話語中看到的訛詐。由於一種仍然很不合時宜的審美情感，也由於劫持人質總在以相同的形式不斷地增加，他最終還是對一些過程的機械性質感到厭煩了。這些過程落入了對於任何重複的不信任之中：又一**個！眞討厭！**這就像一支好歌的重複部分，也像一位漂亮人物面部的痙攣。於是，由於具有一種看得見形式、看得見言語活動和重複的反常的能力，他不知不覺地變成了一個**壞的政治主體**。

L'espace du séminaire est phalanstérien, c'est-à dire, en un sens, romanesque. C'est seulement l'espace de circulation des désirs subtils, des désirs mobiles; c'est, dans l'artifice d'une socialité dont la consistance est miraculeusement exténuée, selon un mot de Nietzsche : "l'enchevêtrement des rapports amoureux".

複因決定論

《心的狂喜》（*Délices des coeurs*）一書的作者艾哈邁德．阿勒．蒂法士（Ahmad Al Tîfâchî, 1184-1253）曾這樣描述一位男妓的親吻：他把舌頭伸進您的嘴裡，並且在裡面一個勁地攪動。人們後來把這種情況當作對於一種被**複因決定的**行爲的說明。因爲，阿勒．蒂法士描述的這個男妓以這種表面上並不符合其職業地位的色情實踐方式，獲得了三種好處：他介紹了他的情愛科學，他保護了他的男性的形象，可是他又並沒有損害多少他的軀體——他以這種猛烈的動作拒絕了軀體的內部活動。主要的主題在哪裡呢？這不是一個複雜的主題（就像通常輿論所厭煩地說的那樣），而是一個**複合的**主題（似乎傳立葉這麼說過）。

他聽不到自己的言語活動

不論他在什麼地方，他所傾聽的、他所不能禁止自己傾聽的，是其他人對於他們自己的言語活動所聽不到的東西：他聽得到那些人都聽不到他們自己在講話。可是他自己呢？他從來聽不到他自己在說什麼嗎？他在盡力聽自己說話，但是在這種努力之中，他只能產生另一種有響聲的場面，即另一種虛構。由此，便依託寫作：言語活動已經拒絕產生**最後的斷言**，它活躍著，並希望依賴另外一個能聽懂您的人，寫作難道不就是這樣的言語活動嗎？

國家的象徵體系

我是在一九七四年四月六日（星期六）龐畢度總統國葬日這一天寫這篇東西的。整整一天，電臺裡都在播放（在我聽來）「令人愉快的音樂」：巴赫的、莫札特的、布拉姆斯[114]的、舒伯特的。因此，「令人愉快的音樂」是一種喪樂：一種正式的換喻把死亡、精神性和階級音樂（罷工的日子，人們只能演奏「不悅耳的音樂」）連在了一起。我的女鄰居，由於平日只聽流行音樂，今天便不打開她的收音機。因此，我們兩人都被排除在國家象徵體系的外面：她是因爲不能承受其能指（「令人愉快的音樂」），我是因爲不能承受其所指（龐畢度的逝世）。這種雙重的排除，難道就沒有使得如此操作的音樂變成一種壓迫性話語嗎？

徵兆性的文本

我怎麼做才能使這些片斷中的每一個都從來只是一種**徵兆**呢？——那太簡單了：您任憑發展即可，您**退一步**即可。

114 布拉姆斯（Johannes Brahms, 1833-1897），德國作曲家和指揮家。——譯者注

系統與系統性

眞實之本義難道就不屬於**難以控制**的嗎？而系統之本義難道不就是要控制系統嗎？因此，面對眞實，那拒絕控制的人能做什麼呢？那就拒絕把系統當作器具，同意把**系統性**當作寫作好了（傅立葉就這麼做了，《薩德．傅立葉．羅耀拉》，一一四頁）。

策略與戰略

他的創作活動是策略性的：在於移動、在於像玩捉人遊戲那樣攔截，但不在於征服。舉例來說：什麼是關聯文本概念呢？實際上，它沒有任何實證性。它服務於反對上下文的規律（論文〈答覆〉，一九七一）。**確認**，在某個時刻被當作一種價值來提供，但這絲毫不能被讚譽爲客觀性，它爲反對資產階級藝術的表達性而設立障礙。作品的含混性（《批評與眞理》，五十五頁）根本不來自新批評（New Ccriticism），而且也不使新批評本身感興趣；它僅僅是反對哲學規則、反對直接意義的普遍專制的一個小小的戰爭機器。因此，這種創作被確定爲：**一種無戰略的策略**。

隨後

他有寫作「導論」、「概述」、「基本原理」的癖好，而把寫出「眞正的」書放到以後。這種癖好有一個修辭學上的名稱，叫**預辯法**（熱奈特[115]曾很好地研究過）。

下面是被預告過的一些書籍：關於寫作的歷史（《寫作的零度》，二十二頁），關於修辭學的歷史（論文〈古代修辭〉，一九七〇），關於詞源學的歷史（論文〈今天，米什萊〉，一九七三），新的風格學（《S/Z》，一〇七頁），關於文本快樂的美學（《文本的快樂》，一〇四頁），關於一種新的語言學（《文本的快樂》，一〇四頁），關於價值的語言學（論文〈文本的出路〉，一九七三），關於戀情話語的筆錄（《S/Z》，一八二頁），建立在關於一個城市魯賓遜基礎上的虛構（論文〈離題〉，一九七一），關於小資產階級的概論（論文〈答覆〉，一九七一），一本關於法國的書——以米什萊的方式——定名爲「我們的法蘭西」（論文〈答覆〉，一九七一），等等。

這些預告，多數情況下是考慮寫作一本提示性的、籠統的、模仿性的書，以介紹具有里程碑性意義的知識。它們只能是一些普通的話語行爲（那眞是預辯法），它們屬於拖延性範疇。但是，拖延性，即對於眞實（可實現性）的否認，並非沒有活力：這些設想還活躍著，它們從來沒

115 熱奈特（Gérard Genette, 1930-2018），法國當代文藝符號學家，他在敘事學研究方面做出了重大貢獻。——譯者注

有被放棄；雖然中斷，但它們能在任何時刻重新開始；或者至少，儼然一種頑念的持續的痕跡，它們透過一些主題、一些片斷、一些文章，**像動作那樣**一部分一部分地間接地自我完成。（在一九五三年設想的）寫作的歷史，在二十年後形成了開辦關於法語話語歷史講習班的想法，關於價值的語言學很早就指導了這本書的寫作。這是「**大山分娩小老鼠嗎**」*116*？應該從正面改變一下這個帶有蔑視口吻的成語：大山對於生出小老鼠並不是多餘的。

傅立葉把自己的書送給別人，從來都只是爲了預告他隨後即將出版的一本（十分明確、十分有說服力、十分完整的）完美書籍。對於書籍的預告（說明書），是調整我們內心空想的一種拖延計謀。我在想像，我在幻想，我在爲我不能爲之的大書潤色、增光：這是一本知識書籍和寫作書籍，它同時是一種完整的系統和對於任何系統的嘲笑，是智力與快樂的總合，是一本既是復仇的又是溫柔的、既是辛辣的又是平和的書，等等。（在此，形容詞氾濫，想像物成堆。）簡言之，他具有一個小說主人公的所有品質：他是走來的（來冒險的）那個人，而這本書，在我成爲我自己的施洗者約翰的同時，我預告它。

通常，如果他對人說他考慮要寫書（他並沒有寫），這就是說他在把使他感到煩惱的事情向後放一放。或者更可以說，他想立即寫讓他願意寫的東西，而不是別的什麼。在米什萊的作品

116 比喻虎頭蛇尾。——譯者注

中，使他願意再寫的東西，都是那些軀體的主題、咖啡、鮮血、龍舌蘭、麥子，等等。於是，人們爲自己建立一種主題批評。但是，爲了從理論上不使其有可能與另一種有關歷史的、生平的學說對立——因爲幻覺過於隱私而無法爭論——人們就說，這只關係到一種**預批評**，並說，「眞正的」批評（即對於其他人的批評）將隨後來到。

雖然您一直沒有時間（或者雖然您想像是這樣），雖然您被期限和推遲所困，但您固執地認爲，您在您需要做的事情裡建立起秩序就可以擺脫困境。您制定規劃、計畫、日程表、期限表。在您的桌子上，在您的卡片裡，記錄著有多少文章、書籍要寫，有多少講習班要搞，有多少東西要買，有多少電話要打。實際上，這些紙堆，您從來不去過問，因爲一種煩惱的意識賦予了您一種對於您的各項義務的傑出的記憶能力。但是，這是克制不住的：您延長您所缺的時間，甚至延長對於這種缺少的記錄時刻。讓我們把這一點稱爲**規劃約束**（人們在猜想其無狂躁性的特徵）。顯然，國家、集體，都不能倖免：爲了**制定規劃**已經花費了多少時間了？而且，因爲我計畫寫一篇關於這方面的文章，規劃的意念本身就變成了規劃之約束。

現在，我們來推翻所有這一切：這些拖延計謀，這些設想的梯形斷階，可能就是寫作本身。首先，作品從來都只是一部未來作品的元書籍（預先的評論），這部未來的作品由於**沒有成形**而變成這部作品：普魯斯特、傅立葉，都只不過寫了一些「內容介紹」。其次，作品從來不是里程碑性的，它是一種**提案**，每個人都可以隨意地和盡其所能地使其飽和：我交給您一種可傳遞的語義材料，就像傳環遊戲那樣。最後，作品是一種（戲劇的）**重複**，而這種重複就像在希維特[117]的一部電影裡那樣，是冗長的、沒完沒了的、中間帶有評論和附注（excursus）的、插入有其他東西的。一句話，作品是一種分級搭配；它的存在是**等級**，是沒有盡頭的一個樓梯。

《原樣》

他的《原樣》[118]的朋友們：他們的獨特性、他們的真實性（不包括智力能力、寫作天才）在於，他們接受說一種共同的、一致的、無形的言語，在於懂得政治言語活動。然而，**他們中的每一個又都用其自己的軀體來說這種言語**。——那好吧，爲什麼您不這樣做呢？——大概這正因爲我與他們沒有相同的軀體；我的軀體不能習慣於**普遍性**，不能習慣於言語活動中存在的普遍性威力。——這難道不是一種個人主義觀點嗎？人們在一個公認的反黑格爾論的基督教徒身上，例如在齊克果[119]身上，難道找不到這種觀點嗎？

---

117 希維特（Jacques Rivette, 1928-2016），法國電影藝術家。——譯者注

118 《原樣》（*Tel Quel*），又譯為《太凱爾》、《如是》，是一九六〇年由作家索萊爾斯（Philippe Sollers, 1936-）創辦的法國先鋒派文學刊物。該刊物最初以研究純文學為主，後來轉向與當時的新文學理論（符號學、精神分析學、詩學等）結合。刊物於一九八三年停刊，並由《無限》（*Infini*）取而代之。——譯者注

119 齊克果（Kierkegaard, 1813-1855），丹麥神學家，存在主義的先驅之一。——譯者注

軀體，是不可減縮的區別性，同時，它又是任何結構活動的原理（既然結構活動是結構的特性，見論文〈繪畫是一種言語活動嗎？〉，一九六八）。如果我能以**我自己的軀體**來說政治話語的話，我就可以使（話語的）結構中最平庸的結構成爲一種結構活動：我利用重複性來生產文本。問題在於，要了解政治機器在把我的有生命力的、富於衝動的、貪圖享樂的唯一軀體置於躲避鬥爭的庸俗性的方式之中的時候，是否會長時間地承認這種方式。

今天的天氣

今天早晨，麵包店女老板對我說：**天氣還是那麼晴朗！但熱天太長了！**（這裡的人們總認爲天氣太晴朗了，太熱了。）我補充說：**而且，陽光是那樣燦爛！**可是，女老板不接茬，我再一次觀察到了言語活動的短路情況，尤其在最無意義的會話裡。我理解，**看到陽光**屬於一種階級敏感性；或者更可以說，既然有一些「絢麗的」陽光大概已經被女老板所品味，那麼，被社會所標誌的東西，便是「模糊的」所見，是沒有範圍、沒有目標、**沒有形象表現**的所見，是對於透明性的所見，是對於一種未見（好的繪畫中有這種無形象表現的價值，而卑劣的繪畫中則沒有）之所見。總之，沒有比大氣更富有文化的東西了，沒有比天氣更富有意識形態的東西了。

希望之鄉

他曾經對不能同時採納所有的先鋒派、不能觸及所有的餘地而感到遺憾，也曾經對自己侷限於退縮和過分聽話而感到遺憾，等等。而他的遺憾又不能使自己從任何可靠的分析中得到啟發：確切地講，他當時在抵禦什麼呢？他當時在到處拒絕什麼（或者更膚淺地講：他對什麼不**滿**）呢？這是一種風格，一種傲氣，一種暴力，還是一種愚蠢呢？

我的腦袋糊塗起來

關於某項工作、某個主題（通常是人們論證的那些主題），關於生活中的某一天，他願意能把大嫂的這句話當作座右銘：**我的腦袋糊塗起來**（我們來想像一種語言，在這種語言中，語法範疇的規則有時迫使主體依據一位年邁女人的情況來說話）。

可是，**在他的軀體上**，他的腦袋從來不糊塗。這是一種詛咒：沒有任何模糊、迷茫、反常狀況，總是有著清醒的意識。他不近毒品但卻有妄想：妄想能醉意濛濛（而不是立即生病）；從前曾期待藉一生中要做的至少一次外科手術來「**糊塗**」一次，但由於不能做全身麻醉而未實現；每天早晨，剛醒過來，發現頭有點暈眩，但腦袋裡面仍然穩定（有時，帶著一種煩惱入睡，在初醒時的新鮮感中它卻消失了。短時間一片空白，卻奇蹟般的沒有意識；但是，煩惱猛撲向我，就像飛來的一隻猛禽，而我重新完好無缺，**就像我在昨天那樣**）。

有時，他想讓他腦袋中的、工作中的、其他事物中的言語活動休息，就像言語活動本身是人軀體的一隻勞累的胳膊一樣；他似乎覺得，如果他在言語活動之中得到休息，他全身就得到了休息，也就擺脫了危機、擺脫了轟動、擺脫了激昂、擺脫了傷害、擺脫了理性；等等。他看見言語活動是以一位年邁的勞累婦女的外在形象（有點像一位兩手粗糙的老式家庭婦女）出現的，這位婦女在某種**退居**之後歎息不已……

戲劇

在整個作品的十字路口上的，可能就是戲劇：實際上，他的文本中，沒有一種是談論某種戲劇的，而戲劇演出又是讓人觀察世界的普遍的領域。戲劇珍惜在他所寫的內容中出現和重新出現的、所有表面上看來是特定的主題：內涵、歇斯底里、虛構、想像物、場面、優美、繪畫、東方、暴力、意識形態（培根稱之爲「戲劇性幻覺」）。對他有吸引力的，不是符號，而是信號、標誌：他所希望的科學，不是一種符號學，而是一種**體貌特徵學**。

他不相信情感與符號脫離，不相信情緒與其戲劇表現脫離，他由於擔心意味不當而不能解釋一種讚賞、一種憤怒、一種愛情。因此，他越是激動，就越是寡言。他的「平靜」，只不過是一位演員由於擔心表演糟糕而不敢進入角色所顯示出的拘謹。

他不能使自己變成有說服力的，可是在他看來，對於另一個的堅信正將另一個變成一個戲劇性的存在，正在引誘著他。他要求演員爲其表現一個被說服的軀體，而不是一種眞實的激情。下面是他看過的最好的戲劇場面：在比利時的一列火車的餐車裡，幾名（海關的、警察局的）職員在靠角落的餐桌上用餐。他們已經貪婪地、舒適地、細心地（選擇作料、肉塊、適宜的餐具，以確定的眼光選中牛排而不是乏味的雞肉）、以與食物非常相宜的方式（小心翼翼地在魚上澆濃稠的酸醋沙司汁，輕彈乳酪以揭起包裝紙膜，用刀刮掉乳酪的皮膜而不是剝掉，使用蘋果削皮刀就像使用解剖刀）吃完了，以至於科克餐飲公司（Cook）的整個服務制度受到了破壞：他們和我們吃了相同的東西，但是，菜單卻不同。因此，由於這唯一的**堅信**（不是軀體與激情或是與心靈的關係，而是與享樂的關係），從餐車的這一頭到那一頭，一切都變了。

主題

主題批評近些年來突然威信掃地。可是，不應過早地放棄這種批評觀念。主題是一個有用的概念，可用來指明話語的某種場所，在這個場所中，軀體完全**自己承擔責任**地前進，並透過這一點來破壞符號。例如「拉火線」這個詞，它既不是能指，也不是所指，或者說它兩者都是：它確定這裡，同時又遙指遠方。爲了使主題成爲一個結構的概念，只需要對詞源學表現出一種輕微的狂熱即可。由於結構的單位在這裡和那裡就是「語素」、「音位」、「語位」、「味覺素」、「服飾素」、「色情素」、「自傳素」，等等，根據這種相同的組合方式，我們可以想像，「主題」就是論題（理想的話語）的結構單位：被陳述活動所設定、所顯示、所提出並繼續像是**意義的可安排性**（有時是在成爲化石之前）的那種東西。

價值向理論的轉化

價值向理論的轉化（我心不在焉地讀著我的一張卡片上的字：「激變」，但確實不錯）：出於滑稽地模仿杭士基[120]，有人將說，任何價值都會**重新寫成**（——→）理論。這種轉化，即這種激變，是一種能量：話語就透過這種解釋、這種想像的移動、這種對於藉口的創立而產生。由於理論源於價值（這並不意味著理論就沒有堅實的基礎），它便變成了一種智力對象，而這種對象又被帶入了一種更大的循環之中（它遇到了讀者的另一種**想像物**）。

120 杭士基（Avram Noam Chomsky, 1928-），美國語言學家，轉換生成語法的創始人。——譯者注

格言

他在這本書中完善著一種警句聲調（**我們，人們，總是**）。然而，格言在有關人的本性的一種本質論思想之中受到了損害，它是與古典的意識形態連在一起的：它是言語活動的最爲傲慢的（通常是最爲愚蠢的）的形式之一。爲什麼不放棄它呢？像以往一樣，其原因在於情感方面：我寫作一些格言（或是概述其意念），**爲的是使我放心**。在出現一種精神混亂的時候，我藉助於確信一種超越我的固定性來減輕這種混亂：「實際上，總是這樣。」於是格言就誕生了。格言是一種**句子－名詞**，而命名則是使平靜。此外，這種情況也是一種格言：格言可以減輕我在寫作格言時對於出現偏移的擔心。

（X的電話：他向我敘述他的度假情況，但絲毫不詢問我的度假情況，就像我兩個月以來不曾動一動地方一樣。我在其電話中看不到任何的不關心，我看到的更可以說是表明一種辯解：**在我不在的那個地方，世界是靜止的**——極大的安全感。格言的靜止性正是以這種方式來使瘋狂的組織安靜下來。）

整體性的魔鬼

「讓我們想像（如果可能的話），一個女人穿著一件沒有盡頭的衣服，這件衣服本身也是按照時裝雜誌上說的那樣來織做的。」（《服飾系統》，五十三頁）這種想像，由於表面上看是根據一定的方法——因爲它只是利用語義分析的一種操作性概念（「無結尾的文本」）——所以它不聲不響地在考慮揭示整體性的魔鬼（把整體性當作魔鬼）。整體性使人同時發笑和害怕，就像暴力那樣，難道它不總是**滑稽可笑**的（而且只在狂歡節的審美之中是可收回的）嗎？

另一篇話語：今天是八月六日，在鄉下，是晴朗明媚的一天的早晨：太陽、溫暖、花卉、寂靜、平和、光潔透亮。沒有任何東西在遊逛，既沒有欲望，也沒有挑釁；只有工作，在我面前，就像一種普遍的存在：一切都是充實的。這是大自然嗎？此外，這就是……的空缺嗎？這就是**整體性**嗎？

寫於一九七三年八月六日至一九七四年九月三日

Pl. IX

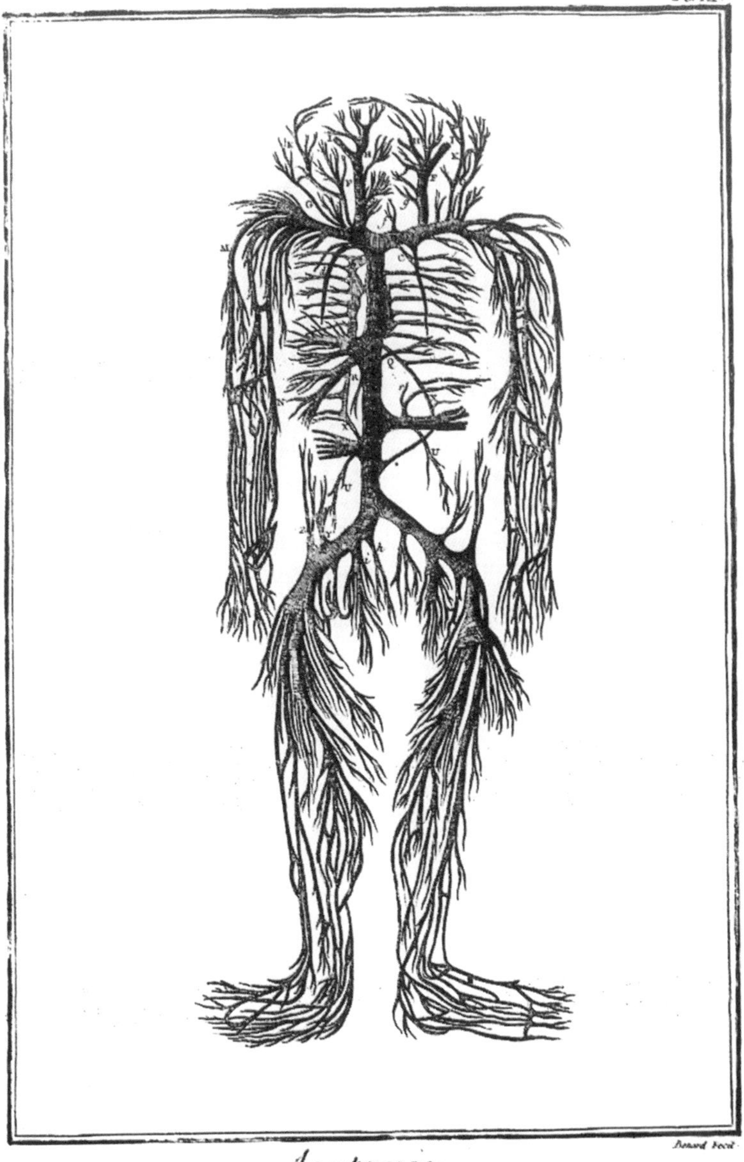

Benard Fecit

Anatomie.

羅蘭・巴特生平

＊ 一九七一年第四十七期《原樣》雜誌上發表的〈答覆〉一文中有詳細的生平介紹。

年代	生平記事
一九一五	十一月十二日出生在謝爾堡（Cherbourg），父親是路易·巴特（Louis Barthes），海軍中尉，母親是亨利耶特·班熱（Henriette Binger）。
一九一六	十月二十六日，父親路易·巴特在北海的一次海戰中戰死。
一九一六—一九二四	在巴約納市度過童年。在這座城市的中學低年級班上課。
一九二四	定居巴黎，先是住在瑪札里街（Mazarine），後住在雅克—卡婁街（Jacques-Callot）。此後，學校放假時都在巴約納市的祖父母家度過。
一九二四—一九三〇	在蒙田（Montaigne）中學讀書，從小學四年級到初中三年級。
一九三〇—一九三四	在路易—勒—格朗（Louis-le-Grand）中學讀書，從初中四年級到哲學班。高中會考：一九三三—一九三四。
一九三四	五月十日，喀血。左肺損傷。
一九三四—一九三五	在庇里牛斯山阿斯普山谷（Aspe）的博杜鎮（Bedous）進行自由療養。
一九三五—一九三九	巴黎索邦大學，古典文學學士。創辦古代戲劇社團。
一九三七	免服軍役。當年夏天，赴匈牙利德布勒森市（Debreczen）擔任法語教員。
一九三八	與古代戲劇社團一起赴希臘。
一九三九—一九四〇	在比亞里茲市新中學任教，教初中三年級和初中四年級學生（臨時輔助教師）。
一九四〇—一九四一	在巴黎伏爾泰中學和卡爾諾中學擔任臨時輔助教師（輔導教師和教師）。獲得（關於希臘悲劇方面的）高等教育文憑。

一九四一	十月，肺結核病復發。
一九四二	第一次住進位於伊塞爾（Isère）省的聖－伊萊爾－迪－圖威鎮（Saint-Hilaire-du-Touvet）大學生結核病療養院。
一九四三	在巴黎卡特法日街（Quatrefages）癒後療養院進行恢復休養。獲得最後的學士證書（語法和語文學）。
一九四三	七月，右肺結核病復發。
一九四三－一九四五	第二次住進大學生結核病療養院。靜養、側身養，等等。在療養期間，為從事精神病醫學而學習了幾個月安慰劑（PCB）的使用。在這期間，結核病復發。
一九四五－一九四六	在萊森市（Leysin）的亞歷山大診所繼續進行療養治療，該診所隸屬於瑞士大學療養院。
一九四五	十月，右胸膜氣胸。
一九四六－一九四七	在巴黎進行癒後療養。
一九四八－一九四九	在布加勒斯特法國學院擔任圖書館助理，隨後擔任教師，後來在該市擔任法語教師。
一九四九－一九五〇	在（埃及）亞歷山大市擔任法語教師。
一九五〇－一九五二	在國家文化關係總局教育處工作。
一九五二－一九五四	在國家科學研究中心（CNRS）實習（詞彙部）。
一九五四－一九五五	在阿爾施出版社（Arche）擔任文學顧問。
一九五五－一九五九	在國家科學研究中心擔任研究專員（社會學）。
一九六〇－一九六二	在（經濟與社會科學）高等實用研究院（École pratique des hautes études）第六部擔任課題主任。

一九六二	在高等實用研究院擔任研究主任（「符號社會學，象徵與再現」）。
一九七六	擔任法蘭西公學（Collège de France）教授（「文學符號學」講座）。
一九八〇	三月二十六日去世。

（一種生活：學習、生病、命名。其餘的呢？會見、友情、求愛、旅行、閱讀、尋樂、懼怕、信仰、享樂、幸福時刻、憤怒時刻、憂鬱：一句話，是轟轟烈烈的嗎？——在文本中是，但在創作中不是。）

羅蘭・巴特著述年表（一九四二—一九七四）

書籍

《寫作的零度》，*Le Degré zéro de l'écriture*, Paris, Seuil, "Pierres vives", 1953；一九六五年與《符號學原理》一起以袖珍書形式出版，Paris, Gonthier；一九七二年與《新文學批評論文集》一起出版，Paris, Seuil, "Points"。已譯成德文、義大利文、瑞典文、英文、西班牙文、捷克文、愛爾蘭文、日文、葡萄牙文、加泰隆尼亞文[1]。

《米什萊》，*Michelet par lui-même*,Paris, Seuil, "Écrivains de toujours", 1954。

《神話學》，*Mythologies*, Paris, Seuil, "Pierres vives", 1957；一九七〇年出版袖珍書，Paris, Seuil, "Points"，書前寫有一篇新的前言。已譯成義大利文、德文、波蘭文、英文、葡萄牙文。

《論拉辛》，*Sur Racine*, Paris, Seuil, "Pierres vives", 1963。已譯成英文、義大利文、羅馬尼亞文。

《文藝批評文集》，*Essais critiques*, Paris, Seuil, "Tel Quel", 1964，第六版時寫有新的前言。已譯成義大利文、瑞典文、西班牙文、德文、塞爾維亞文、日文、英文。

《符號學原理》，*Éléments de sémiologie*，與《寫作的零度》合爲一書，以袖珍本形式出版，Paris, Gonthier, 1965。已譯成義大利文、英文、捷克文、愛爾蘭文、西班牙文、葡萄牙文。[2]

---

1 西班牙東北部加泰隆尼亞人的文字。——譯者注

2 該書後來又被收入《符號學歷險》一書，Paris, Seuil, 1985。——譯者注

《批評與眞理》，*Critique et Vérité*, Paris, Seuil, "Tel Quel", 1966。已譯成義大利文、德文、加泰隆尼亞文、葡萄牙文、西班牙文。

《服飾系統》，*Système de la Mode*, Paris, Seuil, 1967。已譯成義大利文。

《S/Z》，Paris, Seuil, 1970。已譯成義大利文、日文、英文。

《符號帝國》，*L'Empire des signes*, Genève, Skira, "Sentiers de la création", 1970。

《薩德·傅立葉·羅耀拉》，*Sade, Fourier, Loyola*, Paris, Seuil, 1971。已譯成德文。

《古代修辭學》，*La Retorica antiqua*, Milan, Bompiani, 1973。〔該書的法文文本 *L'ancienne Réthorique* 曾於一九七〇年發表在《交流》（*Communications*）雜誌第十六期上。〕[3]

《新文學批評論文集》，*Nouveaux essais critiques*, Paris, Seuil，以袖珍本形式與《寫作的零度》一起出版，"Points", 1971。

《文本的快樂》，*Le Plaisir du Texte*, Paris，Seuil, "Tel Quel", 1973。已譯成德文。

---

3 其法文文本後來又收入《符號學歷險》一書。——譯者注

前言、稿件、文章[4]

1942：〈關於紀德及其《日記》的詮釋〉，"Notes sur André Gide et son Journal", *Existences* (revue du Sanatorium des étudiants de France, Saint-Hilaire-du-Touvet)。

1944：〈在希臘〉，"En Grèce", *Existences*。

〈關於《異鄉人》風格的思考〉，"Réflexions sur le style de *l'Étranger*", *Existences*。

1953：〈古代悲劇的能力〉，"Pouvoirs de la tragédie antique", *Théâtre populaire*, 2。

1954：〈前小說〉，"Pré-romans", *France-Observateur*, 24 juin 1954。

〈重要的戲劇〉（論布萊希特），"Théâtre capital" (sur Brecht), *France-Observateur*, 8 juillet 1954。

1955：〈涅克拉索夫評其批評〉，"Nekrassov juge de sa critique", *Théâtre populaire*, 14。

1956：〈何種戲劇的先鋒派？〉，"A l'avant-garde de quel théâtre?", *Théâtre populaire*, 18。

〈蜜雪兒．維納弗：《今天或朝鮮人》〉，"*Aujourd'hui ou les Corréens*, de Michel Vinaver", *France-Observateur*, 1er novembre 1956。

1960：〈電影的意指問題〉和〈電影創傷單位〉，"Le problème de la signification au cinéma" et "Les unités traumatiques au cinéma", *Revue internationale de filmologie*, x, 32-33-34。

---

4 這裡是選擇性列舉。截至一九七三年年底之前發表的全部文章可見於史蒂芬．希思（Stephen Heath）著述：《移動之眩暈——解讀巴特》（*Vertige du déplacement, lecture de Barthes*），Fayard，"Digraphe", 1974。

1961：〈當代飲食社會心理學〉，"Pour une psychosociologie de l'alimentation contemporaine", *Annales*, 5。

〈攝影信息〉，"Le message photographique", *Communications*, I。

1962：〈關於李維斯陀的兩部書：社會學與社會—邏輯學的〉，"À propos de deux ouvrages de Cl. Lévi-Strauss: sociologie et socio-logique", *Informations sur les sciences sociales*, I, 4。

1964：〈艾菲爾鐵塔〉，"La Tour Eiffel", in *la Tour Eiffel* (image d'André Martin), Paris, Delpire, "Le génie du lieu", 1964。

〈圖像修辭學〉，"Rhétorique de l'image", *Communications*, 4。

1965：〈希臘戲劇〉，"Le théâtre grec", in *Histoire des spectacle*, Paris, Gallimard, "Encyclopédie de les Pléiade", p.513-536。

1966：〈平行的生活〉，"Les vies parallèles" (sur le *Proust* de G. Painter), *la Quinzaine littéraire*, mars 1966。

〈敘事的結構分析導論〉，"Introduction à l'analyse structurale des récits", *Communications*, 8。

1967：爲安東莞．加利安（Antoine Gallien）所著《風景掛毯》（*Verdure*）寫的序，Préface à *Verdure* d'Antoine Gallien, Paris, Seuil, "Écrire", 1967。

1968：〈戲劇、詩歌、小說〉，"Drame, poème, roman" (Sur *Drame* de Ph. Sollers), in *Théorie d'ensemble*, *Paris*, Seuil, 1968。

〈眞實之效果〉，“Léffet de réel”, *Communications*, II。

〈作者的死亡〉，“La mort de l'auteur”, *Mantéia*, V。

〈繪畫是一種言語活動嗎？〉，“La peinture est-elle un langage?” (Sur J.-L. Schefer), *La Quinzaine littéraire*, 15 mars 1968。

1969：〈文化批評舉例〉，“Un cas de critique culturelle” (Sur les Hippies), *Communications*, 14。

1970：〈能指發生的事情〉，“Ce qu'il advient au signifiant”, préface à *Eden, Eden, Eden*, de Pierre Guyotat, Paris, Gallimard, 1970。

〈爲《埃爾泰》寫的序〉，Préface à *Erté* (en italien), Parme, Franco-Maria Ricci, 1970（version française en 1973）。

〈音樂實踐〉，“Musica practica” (sur Beethoven), *l'Arc*, 40。

〈外來女人〉，“L'Etrangère” (sur Julia Kristeva), *la Quinzaine littéraire*, 1er mai 1970。

〈精神與文字〉，“L'esprit et la lettre” (sur *la Lettre et l'Image*, de Massin), *la Quinzaine littéraire*, 1er juin 1970。

〈第三種意義——關於 S. M. 愛森斯坦的幾幅劇照的研究〉，“Le troisième sens, notes de recherche sur quelques photogrammes de S. M. Eisenstein”, *Cahiers du cinéma*, 222。

〈古代修辭——備忘錄〉，“L'ancienne Rhétorique, aide-mémoire”, *Communications*, 16。

1971：〈風格與意象〉，“Style and its image”, in *Literary Style: a symposium*, éd. S. Chatman, Londres et New York, Oxford University Presse, 1971。

〈離題〉，“Digressions”, *Promesses*, 1971。

1971：〈從作品到文本〉，“De l'oeuvre au texte”, *Revue d'esthétique*, 3。

〈作家、知識分子、教授〉，“Écrivains, intellectuels, professeurs”, *Tel Quel*, 47。

〈答覆〉，“Réponses”, *Tel Quel*, 47。

〈靜態文化中的動態語言〉，“Languages at war in a culture at peace”, *Times literary Supplement*, 8 octobre 1971。

1972：〈嗓音的尖細聲〉，“Le grain de la voix”, *Musique en jeu*, 9。

1973：〈文本理論〉，“Théorie du Texte” (article “Texte”), *Encyclopaedia Universalis*, tome XV。

〈文本的出路〉，“Les sorties du texte”, in *Bataille*, Paris, UGE, coll., “10/18”, 1973。

〈狄德羅，布萊希特，愛森斯坦〉，“Diderot, Brecht, Eisenstein”, in *Cinéma, Théorie, Lectures* (Numéro spécial de la *Revue d'esthétiques*), Paris, Klincksieck。

〈索緒爾，符號，民主〉，“Saussure, le signe, la démocratie”, *Le Discours social*, 3-4。

〈雷吉肖與他的身體〉，“Réquichot et son corps”, in *L'OEuvre de Bernard Réquichot*, Bruxelle, Éd. de la Connaissance, 1973。

〈今天，米什萊〉，“Aujourd'hui, Michelet”, *L'Arc*, 52。

〈蔑視〉，“Par-dessus l'épaule” (sur *H* de Ph. Sollers), *Critique*, 318。

〈作家如何工作〉（訪談錄），“Comment travaillent les écrivains” (interview), *Le Monde*, 27 septembre 1973。

1974：〈第一篇文本〉，"*Premier texte*" (pastiche du Criton), *L'Arc*, 56。

〈講習班〉，"Au séminaire", *L'Arc*, 56。

〈那麼，中國嗎？〉，"Alors la Chine?", *Le Monde*, 24 mai 1974。

介紹羅蘭．巴特的書籍與雜誌

馬拉克（Guy de Mallac）與埃貝爾巴赫（Margaret Eberbach）合著：《巴特》，*Barthes*, Paris, Éditions universitaires, "Psychotèque", 1971。

卡勒維（Louis-Jean Calvet）著：《羅蘭．巴特：對於符號的政治目光》，*Roland Barthes, un regard politique sur le signe*, Paris, Payot, 1973。

希思（Stephen Heath）著：《移動之眩暈——解讀巴特》，*Vertige du déplacement, lecture de Barthes*, Paris, Fayard, "Digraphe", 1974。

《原樣》雜誌（*Tel Quel*），一九七一年秋第四十七期專號。

《弓》雜誌（*L'Arc*），一九七四年第五十六期專號。

毫無意義的書寫方式……

羅蘭·巴特著述年表（一九七五—一九九五）

書籍

《S/Z》，*S/Z*, Paris, Éd. du Seuil, "Points, Essais", 1976。

《戀人絮語》，*Fragments d'un discours amoureux*, Paris, Éd. du Seuil, "Tel Quel", 1977。

《作家索萊爾斯》，*Sollers* écrivain, Éd. du Seuil, 1979。

《論拉辛》，*Sur Racine*, Éd. du Seuil, "Points Essais", 1979。

《薩德．傅立葉．羅耀拉》，*Sade, Fourier, Loyola*, Paris, Éd. du Seuil, "Points Essais", 1980。

《論文學》，*Sur la littérature*, (en collaboration avec Maurice Nadeau), Grenoble, PUG, 1980。

《文藝批評文集》，*Essais critiques*, Paris, Éd. du Seuil, "Points Essais", 1981。

《嗓音的尖細聲》，*Le Grain de la voix*, entretiens 1962-1980, Paris, Éd. du Seuil, 1981。

《文藝批評文集之三》，*Essais critiques* , t. 3, L'Obvie et l'Obtus, Paris, Éd. du Seuil, Coll. "Tel Quel", 1982, "Points Essais", 1992。

《文本的快樂》，*Le Plaisir du texte*, Paris, Éd. Du Seuil, 1982, "Points Essais", 1992。

《服飾系統》，*Le Système de la mode*, Paris, Éd. du Seuil, "Points Essais", 1983。

《文藝批評文集之四》，*Essais critiques*, t. 4, Le Bruissement de la langue, Paris, Éd. Du Seuil, 1984, "Points Essais", 1993。

《符號學歷險》，*L'Aventure sémiologique*, Paris, Éd du Seuil, 1985, "Points Essais", 1991。

《偶遇瑣記》，*Incidents*, Éd. du Seuil, 1987。

《明室》，*La Chambre claire*, Paris, Éd. Gallimard/Seuil/Cahier du cinéma, 1989。

《米什萊》，*Michelet*, Éd. du Seuil, “Points Littérature”, 1988, “Écrivains de toujours”, 1995。

《就職講演》，*Leçon*, Paris, Éd. du Seuil, “Points Essais”, 1989。

《全集》，*Oeuvres complètes*, t. 1: 1942-1965, Paris, Éd. du Seuil, 1993; t. 2: 1966-1973, Paris, Éd. du Seuil, 1994; t. 3: 1974-1980, Paris, Éd. du Seuil, 1995。

前言、稿件、文章

1982：Thierry Leguay dans le numéro spécial de *Communications*, n°36. Éd. Du Seuil, 4e trimestre 1982.

1983：Sanford Freedman et Carole Anne Taylor: *Roland Barthes, a bibiliographical reader's guide*, New York and London, Garland publishing, Inc.

雜誌專號、展覽、研討會文件

Barthes après Barthes, une actualité en question, actes du colloque international de Pau, textes réunis par Catherine Coquio et Régis Salado, Publications de l'université de pau, 1993.

Les Cahiers de la photographie, “Roland Barthes et la photo: le pire des signes”, Éd. du Seuil, 1990.

Critique, n° 423-424, Éd. de Minuit, *août, septembre* 1982.

L'Esprit créateur, n°22, printemps 1982.

Lecture, n°6, "Le fascicule barthésien", Dedalo libri, Bari, septembre-décembre 1980.

Magazine littéraire, n°97, février 1975 et n°314, octobre 1993.

Mitologie di Roland Barthes, actes du colloque de Reggio Emilia, édités par Paolo Fabbri et Isabella Pezzini, Pratiche editrice, Parme, 1996.

Poétique, n°47, Éd. du Seuil, septembre 1981.

Prétexte: *Roland Barthes*, actes du colloque de Cerisy, dirigé par Antoine Compagnon, UGE, coll. "10/18", 1978.

La Recherche photographique, juin 1992, n°12, Éd. Maison européenne de la photographie, Univesité Paris VIII.

La Règle du jeu, n°1, "Pour Roland Barthes", mai 1990.

Revue d'esthétique, nouvelle série, n°2, Éd. Privat, 1981.

Roland Barthes, le texte et l'image, catalogue de l'exposition du Pavillon des Arts, 7 mai-3 août 1986.

Textuel, n°15, Université Paris-VII, 1984.

研究羅蘭．巴特的著述

Bensmaïa, Réda, *Barthes à l'essai, introduction au texte réfléchissant*, Gunter Narr Verlag, Tübingen, 1986.

Boughali Mohamed, *L'Erotique du langage chez Roland Barthes*, Casablanca, Afrique-Orient, 1986.

Calvet, Jean-Louis, *Roland Barthes*, Éd. Flammarion, 1990.

Comment, Bernard, *Roland Barthes, vers le neutre*, Éd. Christian Bourgeois, 1991.

De La Croix, Arnaud, *Pour une esthétique du signe*, Éd. De Boeck, Bruxelles, 1987.

Culler, Jonathan, *Barthes*, Oxford Univesity Press, Nez York, 1983.

Delor, Jean, *Roalnd Barthes et la photographie*, Cratis, 1980.

Fages, Jean-Baptiste, *Comprendre Roland Barthes*, Éd. Privat, 1979.

Jouve, Vincent, *La littérature selon Barthes*, Éd. de Minuit, coll."Arguments", 1986.

Lavers, Annette, *Structuralimes ans after*, Havard University Press, Cambridge, 1982.

Lambardo, Patrizia, *The Paradoxes of Roland Barthes*, Georgia Univesity Press, 1989.

Lund, Steffen Nordhal, *L'Aventure du signifiant. Une lecture de Barthes*, PUF, 1981.

Maurès, Patrick, *Roland Barthes*, Éd. Le Promeneur, 1982.

Melkonan, Martin, *Le Corps couché de Roland Barthes*, Éd. Librairie Séguier, 1989.

Mortimer, Armine Kotin, *The Gentles law, Roland Barthes's* The pleasure of the text, New York,

Peter Lang, Inc., 1989.

Patrizi, Giorgio, *Roland Barthes a le perpezie della semiologia*, Instituto della enciclopedia italiana, biblioteca biografica, Rome, 1977.

Robbe-Grillet, Alain, *Pourquoi j'aime Barthes*, Éd. Christian Bourgois, 1978.

Roger, Philippe, *Roland Barthes, roman*, Éd. Grasset, coll. "Figure", 1986.

Sontag, Susan, *L'Ecriture même*: à *propos de Roland Barthes*, Éd. Christian Bourgois, 1982.

Thody, Philippe, *Roland Barthes*: *a Conservative Estimate*, The Macmillan Press Ltd, Londres et Basingstoke: 1977.

Ungar, Steven, *Roland Barthes, the Professor of desiore*, University of Nebraska Press, Lincoln et Londres, 1983.

Wasserman, George R. *Roland Barthes*, Twayne, Boston, 1981.

引用文獻

書籍

CV：《批評與眞理》，*Critique et Vérité*, 1966.

DZ：《寫作的零度》，*Le Degré zéro de l'écriture*, éd. 1972.

EC：《文藝批評文集》，*Essais critiques*, 1964.

Eps：《符號帝國》，*L'Empire des signes*, 1971.

Mi：《米什萊》，*Michelet par lui-même*, 1954.

My：《神話學》，*Mythologies*, éd. 1970.

NEC：《新文學批評論文集》，*Nouveaux Essais critiques*, éd. 1972.

PlT：《文本的快樂》，*Le Plaisir du Texte*, 1973.

SFL：《薩德·傅立葉·羅耀拉》，*Sade, Fourier, Loyola*, 1971.

SM：《服飾系統》，*Système de la Mode*, 1967.

SR：《論拉辛》，*Sur Racine*, 1963.

S/Z：《S/Z》，*S/Z*, 1970.

前言、稿件、文章

Er：Erté, 1970.

Re：Réquichot, 1973.

SI ·· Style and its Image, 1971.

ST ·· Les sorties du texte, 1973

TE ·· La Tour Eiffel, 1964.

1942 ·· Notes sur André Gide et son Journal.

1944 ·· En Grèce.

1953 ·· Pouvoirs de la tragédie antique.

1954 ·· Pré-romans.

1956 ·· *Aujourd'hui ou les Coréens*.

1962 ·· À propos de deux ouvrages de Cl. Lévi-Strauss.

1968, I ·· La mort de l'auteur.

1968, II ·· La peinture est-elle un langage?

1969 ·· Un cas de critique culturelle.

1970, I ·· L'esprit et la lettre.

1970, II ·· L'ancienne rhétorique.

1971, I ·· Digressions.

1971, II ·· Réponses.

1973 ·· Aujourd'hui, Michelet.

1974 ·· Premier texte

插圖說明

*

* 除了特別注明的圖片之外，文件均屬於作者所有。

第3頁：羅蘭·巴特：對於瑞昂萊潘鎮（Juan-les-Pins）的記憶，一九七四年夏。

第4頁：本書敘述者的母親，大約在一九三二年，朗德地區（Landes），比斯卡羅斯鎮（Biscarosse）。

第5頁：這一切，均應被看成出自一位小說人物之口。

第6頁：巴約納市（Bayonne），波爾—納夫街（Port-Neuf）或是阿爾瑟街（Arceux）〔羅歇·維奧萊（Roger Violet）攝影〕。

第9頁：巴約納市，馬拉克（Marrac）鎮，大約在一九二三年，與母親在一起。

第10頁：巴約納市〔明信片，雅克·阿臧札（Jacques Azanza）收藏〕。

第11頁：巴約納市（明信片，雅克·阿臧札收藏）。

第13頁：巴約納市，保勒密街（Paulmy），祖父的住房。

第14頁：少年時，在祖父住房的花園裡。

第15頁：本書敘述者的祖母。

第16頁：外祖父班熱上尉（石印）。「路易—居斯塔夫·班熱（Louis-Gustave BINGER），法國軍官和官員，生於史特拉斯堡，死於亞當群島（1856-1936），他開發了尼日爾河河套至幾內亞灣的地區和象牙海岸」（拉魯斯詞典）。

第17頁：祖父萊昂·巴特（Léon Barthes）。

第19頁：拜爾特・巴特（Berthe Barthes）、萊昂・巴特和他們的女兒艾麗絲（Alice）；諾埃密・雷韋蘭（Noémi Révelin）。

第20頁：艾麗絲・巴特（Alice Barthes），本書敘述者的姑姑。

第21頁：路易・巴特。

第22頁：巴約納市，大約在一九二五年，保勒密街（明信片）。

第23頁：巴約納市，海員小道（明信片）。

第24頁：萊昂・巴特承認欠其叔父款項的確認書。

第25頁：巴特曾祖父母與他們的兒女。

第26頁：巴約納市，路易・巴特和他的母親；巴黎，S街，本書敘述者的母親及弟弟。

第27頁：謝爾堡（Cherbourg），一九一六年。

第28頁：西布林鎮（Ciboure）小海灘上，大約在一九一八年，今天這個海灘已經消失。

第29頁：巴約納市，馬拉克鎮，大約在一九一九年。

第30頁：巴約納市，馬拉克鎮，大約在一九二三年。

第31頁：東京，一九六六年；米蘭，大約在一九六八年〔卡爾拉・塞拉蒂（Carla Cerati）攝影〕。

第32頁：在U（於爾特，Urt）的住房〔米里亞姆・德拉維尼昂（Myriam de Ravignan）攝影〕。

第33頁：在朗德地區，比斯卡羅斯鎮，與母親和弟弟在一起。

第34頁：在朗德地區，比斯卡羅斯鎮，大約在一九三二年。

第35頁：巴黎，一九七四年〔丹尼爾・布迪內（Daniel Boudinet）攝影〕。

第36頁：昂岱鎮（Hendaye），一九二九年。
第37頁：一九三二年，從聖—路易—勒—格朗中學（lycée Saint-Louis-le-Grand）出來，與兩位同學一起走在聖—米歇爾（Saint-Michel）大街上。
第38頁：一九三三年，高中二年級作業。
第39頁：一九三六年，索邦大學古典劇團的大學生們在學校院子裡演出《波斯人》。
第40頁：一九三七年，白朗寧（Boulogne）公園。
第41頁：大學生療養院：體溫紀錄表（1942-1945）。
第43頁：一九四二年，在療養院；一九七〇年〔熱里·博埃（Jerry Bauer）攝影〕。
第44頁：巴黎，一九七二年。
第45頁：巴黎，一九七二年；在瑞昂萊潘鎮，達尼埃爾·科爾迪耶（Daniel Cordier）的家，一九七四年夏天〔尤塞夫·巴庫什（Youssef Baccouche）攝影〕。
第46頁：摩洛哥的棕櫚樹〔阿蘭·邦沙亞（Alain Benchaya）攝影〕。
第48頁：巴黎，一九七四年（丹尼爾·布迪內攝影）。
第72頁：羅蘭·巴特，根據夏爾·多萊昂（Charles d'Orléans）的一首詩譜寫的曲子。
第98頁：羅蘭·巴特，工作卡片。
第115頁：羅蘭·巴特，粗桿彩筆之作，一九七一。
第135頁：羅蘭·巴特，一個片斷的手跡。
第156頁：羅蘭·巴特，粗桿彩筆之作，一九七二。

第178頁：《國際先驅論壇報》（*International Herald Tribune*），一九七四年十月十二—十三日。

第203頁：莫里斯·亨利（Maurice Henry）的插圖：米歇爾·傅科、雅克·拉康、克洛德·李維斯陀和羅蘭·巴特〔原載《文學雙週報》（*La Quinzaine littéraire*）〕。

第216頁：高等專業教育證書（CAPES）試題，現代文學（女生卷），一九七二，考試委員會報告。

第227頁：羅蘭·巴特，工作卡片。

第238頁：實用高等研究院講習班，一九七四（丹尼爾·布迪內攝影）。

第253頁：狄德羅編《百科全書》：解剖：腔靜脈骨幹絡及其在成人體內的分布。

第267頁：羅蘭·巴特，手跡，一九七一。

第284頁：羅蘭·巴特，手跡，一九七二。

攝影：迪福（F. Duffort）。

……或無所指的能指。

索引

※ 此為原書索引頁碼，即本書頁面下方對應的數字。

A

B

C

R

S

T

V

術語對照表

*

* 此術語對照表為譯者整理，側重於語言學和符號學的概念，與索引重複的術語不再收錄。——譯者注

A

Abrund 淵源
Acceptable 可接受的
Anacolutte 錯格
Analogie 類比
Anamorphose 變態
Antithèse 反襯
Aphasie 失語症
Asianisme 東方神靈論
Assentiment 認同
Asyndète 連詞省略
Atopie 無定所
Autonymie 回指性
Autre 他者
autre 另一個

B

Binarisme 二元論
Bathmologie 閾學
Bonne conscience 心安理得

C

Clausule 尾句
Conotation 內涵
Contenance 內容物
Contrage 即合即離
Copie 複製

D

Dénotation 外延
Différence 區別

E

Ecrivance 新聞寫作

Ecrivant 寫家

Ecrivance 新聞寫作

Ecrivant 寫家

Enantiosème 對應義素

Enonciation 陳述活動

Enoncé 陳述

Entité 實體

Etymologie 詞源學

Etymon 源頭

Excursus 附注

G

Graphanalyse 筆跡分析

Graphologie 筆跡學

H

Hétérologie 變異論

Homéostat 同態調節器

Homologie 同形性

I

Identité 同一性

Idiomanique 慣用語的

Idiome 民族語言、方言

Imaginaire 想像物

In-signifiance 非意指活動

Insignifiant 無意蘊的

Intertexte 關聯文本

L

Langage 言語活動

Langue 語言

Lexie 詞彙

Linguistique 語言學

Logosphère 語言世界

M

Mauvaise foi 自欺

Métaphore 隱喻

Métathèse 字母換位

Métonymie 換喻

Manichéisme 摩尼教

Mathésis 套數

Mimésis 模仿、模仿系統

Morphème 語素

Mot 詞語、單詞

Mot-mana 神力詞語

N

Narcissisme 自戀

Nature 本性

Naturel 自然性

Nommination 命名

Numen 神意

O

Objet 對象、客體

Opposition 對立、對立關係

P

Palimpseste 隱形紙

Paradigme 聚合體

Paradaxa 反多格扎、悖論

Parataxe 句子並列

Paraxysme 頂點

Parole　言語

Phrasologie　句式

Pluralisme　多元論

Politique (la)　政治話語

Politique (le)　政治秩序

Praxis　實踐

Prédicat　賓詞

Prolepse　預辯法

Pyrrhonisme　懷疑論

R

Répertoire　簿記

Réverbération　反光性

S

Schize　分裂

Sémantique　語義學

Shifter　變指成分

Signifiance　意指活動

Signifiant　能指

Signification　意指

Signifié　所指

Structuralisme　結構主義

Structure　結構

Substance　實質

Substitution　替換

Sujet　主體、主題

Surimpression　疊印

Symbolisme　象徵主義

Système　系統

T

Texte　文本

Thème　主題

Thématique 主題的

V

Valeur 價值

Et après ?

— Quoi écrire, maintenant ? Pourrez-vous encore écrire quelque chose ?

— On écrit avec son désir, et je n'en finis pas de désirer.

而後面呢？

——現在，該寫什麼呢？您能否再寫點什麼呢？

——有欲望才寫，而我的欲望永無休止。

附論

羅蘭・巴特：當代西方文學思想的一面鏡子

李幼蒸

對於告別了神學和形上學的「後尼采主義」西方思想界而言，如果用「虛無主義」表示其人生觀傾向，則可用「懷疑主義」表示其認識論傾向。傳統上，懷疑主義是西方哲學史上的一個主要流派，現代以來成爲文學理論的主要思想傾向之一。羅蘭・巴特則可稱爲二十世紀文學理論世界中最主要的懷疑主義代表，足以反映二戰後西方文學思想的主要趨向。以下從幾個不同層面對此加以闡釋。

1. 倫理和選擇

羅蘭・巴特和保羅・沙特兩人可以代表二戰後法國兩大「文學理論思潮」形態：文學哲學和文學符號學。這兩種相反的「文學認識論」，均相關於近現代以至當代的兩大西方文學和美學潮流：存在主義的道德文學觀和結構主義的唯美文學觀。一方面，巴特縮小了文學的範圍，將通俗文學排除於文學「主體」之外；另一方面，他又擴大了「文學」外延，把批評和理論一同歸入文學範疇，以強調「文學性」並不只體現於「故事文本」和「抒情文本」之中。巴特曾將近代西方文學視為無所不包的思想活動，申言「從中可獲取一切知識」。一九七五年的一次訪談中，在被問及「三十年來，文學是否似乎已從世界上消失了」時，他回答說，因為「文學不再能掌握歷史現實，文學從再現系統轉變為象徵遊戲系統。歷史上第一次我們看到：文學已為世界所淹沒」。他在此所指的「文學」，主要是以十九世紀現實主義小說為代表的文學傳統，其內容和形式相互貼合而可成為人類思想的重要表達形態。但是十九世紀小說形態，自二十世紀以來，一方面已為表達範圍迅速縮小的主觀主義小說所取代，另一方面則蛻化為不再屬於「文學」主體而歸入了作為大眾文化消費商品的通俗小說（包括其現代媒體變形：電影電視）。然而在二戰結束後被解放的法國，和英美「高級文學」的校園生存形態不同，其文學，特別是小說文學，一度重新成為社會文化活動的主流，並提出了有關「文學是什麼」這類社會性大主題。主要由沙特和卡繆發起的這場有關文學使命的爭論，無疑是由二戰期間法國知識分子所遭受的特殊刺激所引發，因此容易贏得受屈辱一代法國知識分子的共鳴。在療養院讀書六年後返回巴黎社會的巴特，也開始捲入「抵抗運動」文學家之間的理論論戰中去。文學或小說文學，應該「干預」社會和政治問題嗎？這個問題的提出也有一般性和特殊性兩個方面：客觀上，二十世紀小說和小說家已經沒有知識條件來面對社會政治問題的解決了；主觀上，已經受現代派文藝一百年洗禮的文學家個人又有什麼倫理學的理由來「參與」社會政治問題的解決呢？另外一個超越二戰歷史情境的現代文藝思想的「內部張力」則是，東西歐洲現代派文藝一直具有一種雙重混合性：社會政治方向和反社會的個人主觀方向的共在。於是，二戰的外在歷史遭遇和現代文學思想史的內在張力，共同成為沙特和巴特文學思想分歧的共同背景。簡言之，關於文學和道德之間關係的爭論，一方面涉及作家選擇道德實踐的理由，另一方面也牽扯到作家道德實踐能力的問題。

在結構主義論述中，儘管同樣充斥著意識形態因素，但其主要實踐方式——文本意義分析——內在地相關於人類一切文本遺產解讀中的共同認識論和方法論問題，也相關於人文社會科學的整體情境，從而蘊涵著較普遍的學術思想意義。此處所說的過去和未來，不是指其現實社會文化影響力，而是指其內在的精神性和知識性激發力。作爲結構主義文學理論主要代表的巴特，一方面揭示文學家「社會參與」決定的內在邏輯矛盾，另一方面提出了一種脫離社會實踐的文學倫理觀：所謂「對語言形式之責任」。後者也是與二十世紀西方文藝形式主義的一般傾向一致的。

我們可以說，二戰政治經歷和存在主義思想，二者共同形成了戰後法國左翼知識分子的充滿矛盾的道德觀：放棄（神學的和邏輯的）超越性「絕對命令」之後，人們企圖在「存在論的虛無主義」和「介入論的道德承諾」之間探索一種「合理的」個人信仰基礎。沙特和卡繆於是成爲戰後法國文化政治運動的領袖。在療養院讀書期間受到兩人思想影響的巴特一開始也把此張力關係作爲個人思考社會和文學實踐方向的框架。卡繆的荒謬人生觀比沙特的存在主義更能符合巴特的認識論虛無主義。所不同的是，巴特不是把虛無和荒謬作爲思考的對象，而是將其作爲思考的邊界。結果，巴特雖然同情和接受沙特和卡繆有關「生存荒謬情境」的觀點，卻本能地拒絕任何相關的具體實踐選擇（政治）。這種二元分離的倫理學選擇態度和策略，貫穿著巴特一生，其中亦充滿著另一種矛盾生活態度：自言廁身於左派自由主義陣營（其特點是批評社會現狀），卻從不介入後者的具體政治實踐（所批評的對象日益趨於抽象）。晚年（一九七七）在一次訪談中，巴特說，他與一些左翼文人的立場「非常接近」，但「我必須與他們保持審慎的距離。我想這是由於風格的緣故。不是指寫作的風格，而是指一般風格」。用風格作爲區分個人實踐方向的理由，與其說是一種解釋，不如說是一種迴避，但卻可反映巴特內心深處的一種當代信奉尼采者所共同具有的倫理學虛無主義。不過由於此虛無主義是以理性語言表現的，其理論話語遂對讀者提供了一種較高的「可理解性」價值。

2. 意義和批評

巴特被公認爲一名傑出的文學理論家，他也自視爲一名「理論性批評家」，但其文學理論思維的特點是「非哲學基礎性的」，也就是「符號學式的」。他曾說，如果「理論的」應當即是哲學的，他的理論實踐不妨也稱作是「準（para-）理論性的」。這是他願意自稱爲符號學家的理由之一。在他看來，符號學是不同於哲學的一種新型理論思維形態。在一九七八年的一次訪談中，他說，自己從未受過哲學訓練，但其思維仍然具有某種「哲學化」的特點，即屬於理論化一類；他進一步闡明，他的思想方式，「與其說是形上學的不如說是倫理學的」。我們可以看到，巴特將歷史理論和倫理學，與歷史哲學和道德哲學作出的區隔，具有重要的認識論意義（巴特少談各種哲學名詞，其深意在此）。

巴特在二十世紀五〇年代從事媒體文化評論的前符號學時期，以其對消費社會和大眾文化中的象徵和記號現象進行「去神祕化」的文本意義解析而引人注目，其目的在於揭示出「資產階級」和「小資產階級」文化意識形態現象的深層意義或二級意義。文化意識形態作品（電影、戲劇、時裝、廣告、運動、娛樂等）被其形容爲「神話」，即視爲消費社會中具有「欺騙性」、「誤導性」的文化操縱之產物和效果。早期巴特的符號學實踐大量針對文化意識形態意義層次的揭露，豈非也顯示了另一種社會「介入觀」實踐？此時誰能夠說巴特不關心社會公義和理想呢？但是巴特的意識形態符號學實踐止於此「神話揭示」活動，並只將其視爲一般文化意義分析工作的實驗場（巴特往往喜歡用「歷險」一詞，以強調「思想實驗」的不可預測性），而絕不進而轉入其他社會性行動領域。無論對其倫理學立場的考察，還是對其文化批判立場的考察來說，我們正可從此似是而非之自白，體察其思想內部之矛盾和張力。

巴特的「文學思想實踐」主要停留在「文本」意義構成的分析層次上（兼及具體文本解讀和一般文本分析原則）。其最初的動機是批評和揭示所批評的論說之內在矛盾，結果在此層次上的純屬理智性活動，卻強調著一種「中性」性質（巴特用「中性」代表他的非社會介入觀，我們則不妨也用其指其推理方式本身的「不介入」性質）。雖然巴特自己絕非可以免除意識形態偏見，但他的不少分析、批評、主張都在相當程度上「體現著」一種準科學性的分析方法，從而使其最終成爲一名符號學家。這也是巴特思想對我們的最大價值所在：他以其天才創造力爲我們提供了大量分析和解讀典籍文本的分析經驗，這對於我們有關傳統典籍現代化研究目標來說，比任何西方哲學方法都更直接、更有效。因此，在我們說巴特是當代西方思想的一面鏡子時，首先即指他的分析方法「反映著」一種戰後新理論分析方向，這是一種跨學科思想方式，它來自語言學、社會學、歷史學、哲學、精神分析學等衆多領域。而另一方面，不可諱言，他往往只是從不同學術思想來源憑直觀和記憶隨意摘取相關理論工具，而此思考方式的創造性價值在於：他可恰到好處地針對特定課題對象，自行配置一套相應理論手段，以完成具體課題的意義分析工作。

3.小說和思想

巴特作爲「文學思想家」，其含義有廣狹兩方面。首先，他是專門意義上的文學家，即文學研究者和散文作家；其次，由於他從事有關文學的一般形式和條件的理論探索，所以其工作涉及人類普遍文學實踐的結構和功能問題。巴特對小說形式，特別是十九世紀小說形式有著特殊興趣，其中含有一種超越文學而涉及一般思想方式的方面。十九世紀「小說」是現代綜合思想形態的原型，其中涉及在常識的水準上對諸現代學科知識的綜合運用（跨學科）和模仿生活的敘事話語的編織。當二十世紀以來小說不再能履行此職能之後，如何在文學中繼續進行綜合性知識運用，就成爲現代文學理論的課題之一。巴特於是把此「跨學科」知識吸取方式也貫徹到文學理論分析（包括小說分析）實踐之中。就思想綜合性推進的必要來說，古典小說和現代文學理論遂有著一脈相承的關聯，巴特正是因此之故才同時維持著兩種精神活動：古典小說賞析和現代理論分析。巴特對當代法國實驗派的「反故事」小說的推崇，實乃對傳統小說形式之未來價值的否定。在他看來，文學必須「干預」社會生活的理由欠缺倫理學上的正當性，而且文學干預社會的方法多可證明其無效，結果今日現實主義小說往往事與願違，達不到有效解說的目的（至於小說作品作爲文學外的鼓動工具現象，則與文學本身無關）。巴特往往從後者入手批評「介入文學」，以顯示社會派小說的理路似是而非。小說的抱負和其社會聲名往往外在於小說家的主觀意圖。另一方面，在現代社會和學術發展的條件下，嚴肅小說的確難以再成爲社會性道德實踐的有效工具；文學的觀察分析能力和時代知識的要求全不相稱。這一歷史客觀事實卻成爲巴特構想另一類文學秉性的藉口或管道。巴特表現其文學懷疑主義和唯美主義的新文學實踐形式，仍然是文本批評分析。巴特屢次談到文學的「死亡」，即傳統小說的死亡。因爲現代以來很少有嚴肅知識分子會再重視小說故事情節了。他自己就承認極難親自構擬人物和情節。巴特說：「我知道小說已經死亡，但我喜愛小說性話語。」「小說性」被看作一種話語形式。他關心的是小說式話語、小說式經驗本身，也就是人類敘事話語本身，而非用小說所表達的思想內容本身。巴特的「小說哲學」（有關現實主義小說的消亡和新小說的未來等）暗示著文學世界本身的消亡。他在各種先鋒派作品表面之間遊蕩卻難以實際投入；他的文學理論批評實踐，也間接地反映著文學世界本身的萎縮狀態。最後，小說這種對他來說既重要又可疑的文學形式，竟然成爲他進入法蘭西學院後的主要「解析」對象。實際上，巴特在法蘭西學院的小說講題系列，成爲他的文學烏托邦和社會逃避主義的最後實驗場。

4. 權勢和壓制

巴特和沙特的文學實踐立場雖然表面上相反，但兩人都是資本拜金主義和等級權勢制度的強烈批判者。沙特所批判的是社會制度本身並提出某種政治改良方案，巴特的批判針對著西方文化、文學和學術性權勢制度及由其決定的文學表達方式。如前所述，沙特的社會政治介入觀不免導致後來易於察覺的判斷失誤，巴特的文化語言性批判反因其對象的抽象性和穩定性而獲得了學術上的普遍性價值。巴特的文學「倫理學」在社會實踐方面的逃避主義（不是指其實踐學的怯懦，而是指其人生觀和社會觀的遊移不定），使其權勢批判只停留在抽象層次上。這種一個世紀以來對「資產階級文化意識形態」普遍存在的批判態度，實際上反映著西方現代主義和先鋒派文藝對唯物質主義工商社會及其唯娛樂文化方向的普遍反感。不過西方左翼知識分子的共同秉性均表現為觀念的理想主義和實踐的浪漫主義之混合存在，人生理想的高遠和社會改進的無方，遂成為其通病。西方左翼知識分子亦為當代西方各種社會文化理論的主要創造者之一，而其共同傾向是反對不當權勢之壓制並憧憬正義理想。但是由於其「理論知識」普遍忽略了「現實構造」的多元化、多層化特點，以至於往往在權勢的「當」與「不當」之間沒有適當的判斷標準，反而因此導致他們社會性理論論述易於發生某種「現實失焦症」：在理論和實踐兩方面脫離客觀現實。而其正面效果則是：為理論性思考標誌出難點和有效邊界。結果，巴特在抽象層次上的反權勢、反教條、反制度的意義分析活動，卻可為世人提供一種具有普遍性的認知對象：有關權勢壓制制度和其對文化思想操縱方式之間的意義關係分析。

巴特的大量符號學的、去神祕化的文本分析實踐，都在於揭示此種被操縱的意識形態文本的意義構造和功能。實際上，巴特對資本拜金主義的批判態度，根本上源於一種反權勢立場，這是他對馬克思主義產生同情的根源之一。但他從未有興趣從社會學和政治學角度對此進一步探索。雖然和其他結構主義者一樣，他也是有關各種學術機構化、制度化的權勢現象批評者，包括所謂學院派的文學批評（拉辛論戰）的批評者。作爲符號學家，其更根本的反思對象則是制約思想方式的文學和學術語言結構本身。巴特從事有關語言學、語義學、修辭學、風格學等各種類型的結構主義實踐，其中都包含著對制約思想方式的文本內在意義機制的批評。這一態度是和心理、意識、思想等內容面的傳統型解釋說明方式相對立的。而由於其懷疑主義實踐論，巴特對「權威」的批評也就日益從社會性層面轉移到語言學層面和學術性層面。其批評之目的，實爲擺脫傳統權威對作家和學者思維形式創新所加予的拘束和限制。從政治性權威向學術性權威的轉移，是和他從社會性意識形態關切向理論性意識形態關切之轉變一致的。結果，唯美主義也成爲反權威的一種方式，如其晚年著重宣揚的「文本歡娛」觀等。這個和寫作常常並稱的難免空洞的概念，最後成爲巴特現實逃避主義的最後媒介。文學爲了寫作本身，寫作爲了歡娛本身！所謂享樂主義不過是巴特用此身體感官性傳統名詞象徵地表示的一種口實，用以避免對思想之實質進行更爲透澈的分析。這樣他就企圖將文學實踐還原爲文學的物質性過程（寫作）及其感官性效果（快樂）了，用傳統上作爲貶義詞的感官主義暗示著對正統思維的一種「反抗」，以至於進而從感官享受過渡到更極端的「身體性目標」：如晚年提出了所謂「慵懶觀」的正當性。身體的放縱和身體的慵懶，都是避免積極生存方向選擇的藉口。這只不過是巴特表面上回歸享樂主義的灰暗心理之反映。

5.理論和科學

巴特將他人的理論和方法視作自己分析的工具之零件，其獨創性表現在如何拆解和搭配這些現成理論工具，以使其創造性地應用於各種不同研究課題。巴特被稱作理論家，是指他的注重理論分析的態度和進行理論分析的實踐，而非指其重視獨立的理論體系建設。巴特在不同時期對採納不同理論資源時表現的某種隨意性，有時不免遭受專家詬病，但批評者有時忽略了他在一次分析工作中維持理論運作統一性的創造性表現。至於在不同課題和不同階段內理論主題偏好的變動性，並未妨礙他在具體課題中完成文本意義分析的目的。一方面，文本意義分析成爲人文科學話語現代化重整的必要步驟，另一方面，意義分析工作要求著人文科學各學科朝向跨學科乃至跨文化方向的繼續發展。巴特的理論實踐經驗進一步反映著人類知識特別是倫理學知識的根本性變革的必要。在此意義上，無論是尼采的懷疑主義還是結構主義的懷疑主義都應該看作是朝向人類理性主義思考方向的重要精神推動力量。因爲眞理的動因之一即懷疑主義。

在巴特的「理論工具庫」中，符號學當然是最主要的部分。巴特是所謂法國「最早一位」符號學家、最早一部《符號學原理》的作者以及高級學術機構內一位「文學符號學」講座教授。作爲現代意義學的基本學科，符號學當然是他文學理論研究中最直接相關的一種。他對任何現成符號學活動中的體制化、教條化（符號學作爲元科學）的反對，反映了他絕非有興趣在學術界追求某種所謂新興學科符號學的創建。巴特企圖超越學院派的「科學批評」而朝向自己的所謂「解釋性批評」，不過，後者的批評「可靠性」卻是以其文學分析論域的縮小爲代價的。

6.古典和前衛

巴特是文學唯美實驗主義的倡導者，兼及創作和理論兩個層面，其實踐方式本身則成爲西方先鋒派、現代主義、後現代主義諸不同現代美學傾向的匯聚場，從而反映著西方文藝從古典時代向現代、向未來變遷過程中的面面觀。巴特是將西方理性懷疑主義和反理性唯美主義並存於心並使之交互作用的文學思想家。由於其唯美主義是透過文本分析方式表達的，所涉及的唯美主義一般情境，表現出更深刻、更內在的理論認知價值。因此，巴特的理智性文學文本分析，是我們體察和了解現代西方非理性主義文藝作品特色的一面鏡子。無論是其理論性分析還是其美學性品鑑，都表現出一種作品「內在主義」的思考傾向，這種思想方式的內在一致性，使其學術價值超出許多當代西方理論修養更爲深厚的哲學美學家。受過古典語言和古典文學正規訓練的巴特，首先是一位希臘羅馬古典文學的專家，其次也是法國近代古典文學的研究者，最後更是法國民族文學思想的特殊愛好者（正是這一點使他不至於成爲德國形上學的俘虜：沙特和德里達的黑格爾主義和海德格主義、利科的康德主義和胡塞爾主義。但巴特也因此並不很熟悉英美現代派文學作品）。

我們應該注意另一種矛盾現象：巴特理智上對先鋒派作品和東方哲理詩的推崇與他在感情上對法國古典文學的眞正「喜愛」（米什萊和福樓拜）之間的對比。先鋒派或現代派都是相對於傳統和歷史的「革命性」或「革新性」嘗試，其「新穎性」主要體現於形式方面的變革。先鋒派批評家在其中支持的主要是其擺脫傳統的力度和方向；新的形式成爲求新者（不滿現狀者）的一種精神「寄託」。先鋒派作品的無內容性、「空的能指」，即巴特所說的不朝向所指的「能指的運作藝術」。巴特畢生在現代派文藝和古典文學之間的同時性交叉體驗和實驗，「客觀上」反映了先鋒派文藝的「否定性價值」，實際上超過了其「肯定性價值」，也就是說，「先鋒派」之所以是一種實驗藝術，主要代表著文藝家對「現狀」的不滿、逃避和解脫的努力。作家和理論家遂生存於已完成的傳統歷史之穩定性和待完成的未來歷史之嘗試性的張力之中。二十世紀各種現代派文藝作品所包含的否定性方面遠超過其肯定性方面，這就是何以其形式如此變動不居的原因之一。

7.欲望和寫作

巴特說，今日「不再有詩人，也不再有小說家，留下的只是寫作」（《批評與眞理》）。「寫作」後來成爲巴特最喜愛的一個文學理論「範疇」，不過它也是一個最空洞的範疇（以至於激怒許多批評其偏愛「術語」的學人）。按其寫作論，寫作者不能按其思想的社會性價值或作用來規定，而只應按其對寫作「話語」的意識來規定。他說，傳統的小資產階級將話語作爲「工具」，新批評則將其視爲「記號或眞理本身」。這一論證方式從空到空，難怪使大學教授（皮卡爾）不快。巴特執意強調的是文學話語不通向所象徵的外在世界，而是透過符號學方式朝向語言本身。作爲理論分析的對象，「寫作」範疇也許是明確的，而作爲文學實踐的目標，「寫作」卻絕非明確的。巴特不強調寫作內容的「正當性」，而強調其「形式」的正當性。那麼這種作爲新文學觀念的「文學形式之倫理學」究竟是什麼意思呢？中性、零度、白色、不介入等脫離社會內容的寫作方式，固然與各種現代派文藝理念相合，但爲什麼這就是正當的呢？巴特人生觀的這一自我主義特點，導致他自始至終採取「中性」或「零度」的反文學介入觀，而他在其一生中三次社會衝突尖銳時期（法西斯占領時期、戰後反資本主義運動時期，和一九六八年社會大動盪時期）採取的脫離具體社會實踐而最終將壓制自由的根源說成是（資產階級）語言結構本身的結論，無疑是一種倫理學逃避主義的表現。不妨說，相對於文學政治道德學，巴特試圖爲自己建立一種「文學（寫作）的（反）倫理學」。

實際上，由於現代歷史和社會的根本改變，巴特和其同時代人，獲得了外在於歷史的理由和條件，可不必參與各種人爲的社會性實踐（它們爲各種隱蔽的意識形態力量所推動和操縱），而得以邏輯上合理地「實驗」其「中性」而「快樂」的生存方式：所謂實踐一種「寫作倫理學」。而巴特說，他心目中想寫的東西，其實常常是一些老舊的東西和古老的故事，並不一定是先鋒派作品（他的枕邊書永遠只是古典類書籍）。所謂「寫作」範疇因此不是相關於內容的，而是相關於形式的。他說：「寫作是提問題的藝術，而不是回答或解決問題的藝術。」巴特在法蘭西學院四年中的最後階段，本其「文本歡娛」哲學而陷入了一種極端唯美主義實踐。他不僅在其最後一部作品中返回到最初一部作品中的寫作主題，而且在其中返回自己最初曾熱衷的「紀德自我主義」。這種倫理學的自我主義，結果以消除倫理選擇主體的存在爲目的，此主體的剩餘部分遂成爲被動的「美感享樂主義者」。伊比鳩魯主義式的享樂主義，遂成爲躲避道德問題的藉口。一九七七年在回答訪問者的「你有一種道德觀否」的問題時，他刻意加以迴避問題本身而答稱：這是「一種感情關係的道德，但我不能進一步說明，因爲我有許多別的東西要說」。因此，巴特和衆多當代西方的反主體論者，實質上是在進行著一種放棄倫理選擇權的「選擇」。巴特類型的反主體觀，結果反而從反面使倫理主體的作用更加突顯。而巴特的文學理論思想之所以比大多數純學者或哲學理論家的論述更重要，正因爲他是能夠從文學的理論和實踐這兩方面來思考和表現此一倫理危機情境的。此外，巴特理論話語的時代適切性，還表現在他的超越（十八世紀）啟蒙主義和超越（十九世紀）現實主義的潛在思想前提上，因爲這使他不必把啟蒙時代不可迴避的宗教問題和政治問題納入自己的理論思辨構架之內，從而使自己的倫理學情境較爲單純。對於我們來說，巴特倫理思想中的虛無主義之本質，因輪廓更爲清晰也就更具有普遍意義。

巴特對啟蒙主義時代的負面評價，突顯了他和相當多當代西方知識分子對歷史、政治、社會、文化錯綜複雜關係認知的簡單化態度。一方面正是這種態度爲其反介入倫理觀提供了運作上合理的邊界，另一方面也客觀地反映了他這位對「歷史形式」進行分析的思想家本人，未曾有機會親歷和深入較複雜的「歷史內容」過程。當他揶揄伏爾泰積極進取的道德「快樂感」是來自君主專制時代歷史之偶然時，這只不過反映著處於民主時代的西方知識分子倫理經驗的單薄和膚淺；而主體意識本來是深植於人類倫理學情境本身的。在啟蒙時代和十九世紀，西方知識分子生存於豐滿眞實的歷史社會張力場內而必須面對個人的倫理學選擇；二十世紀社會和知識條件的革命性演變使得知識分子脫離了此社會性選擇張力場。其結果是，一者進行不適切的社會性反應；另一者拒絕進行社會性反應。理論知識和實踐知識，遂陷入持久而普遍的結構性分裂之中。

時代思想的混亂和喪母之痛使得巴特陷入空前憂鬱心境，但終於在辭世前完成了自己向學院和讀者應許的一部「小說」作品，實爲一部關於小說和文學的論述。巴特爲文學賞鑑和文學分析而生，而非爲故事編織而生；畢生以各種敘事文本爲研究對象，卻從不曾自行製作（文學的或歷史的）敘事。小說是他的分析對象，一如電影是梅茲的分析對象，他們不是也不需是故事編寫者。但重要的是：巴特確曾把自己「寫小說」之意願，當作一種計畫加以期待、準備甚至宣布，並把最後一部作品定名爲意義含混的「小說的準備」。是就一般小說理論而言，還是針對自己的小說寫作意願而言？巴特對聽衆抱歉道，即使期待中的小說不是由自己直接完成的，所勾勒的理念輪廓也可供其他作家參照。一九七七年曾經主持 Cerisy 巴特研討會並與作者熟識的研究專家安托萬．孔帕尼翁（Antoine Compagnon）在不久前回顧說，在《小說的準備》原稿手跡上，他吃驚地看出巴特寫稿時流露出來的深刻的憂鬱和不安，這部作品似乎像是作者對自身死亡準備的一部分。巴特對此死亡意象的演示，表現出一個現代「無永生之念者」與其死亡預期的關係，從而突顯了反人本主義倫理學的內在困境。因此，巴特遠不只是學者理論家，其內心蘊涵著（不合時宜的）詩學懷鄉病，而其表面的主張不過是另一種生存願望的變相表白。這種嚮往文學烏托邦境界的分析性表達，遂可成爲我們再次反思人類一般倫理學情境和文學倫理學情境的一面鏡子。巴特在《小說的準備》中援引但丁、渴望「新生」，實則正在積極地奔向自身的死亡，以使其最終達成一種美學虛無主義實踐。

8.文學和理性

德里達在其《論書寫學》中說：「理性這個詞應當拋棄」。但是我們應該注意到有關現代西方「理性」的多元表達。作爲理論家的巴特，正是以其推理的精細而成爲現代人文科學意義論中不可多得的思想家的；對象的非理性性格和方法的理性性格應當加以區別。另外當然也有一個作爲唯美主義「非理性」作家的巴特，此時他可躋身於福樓拜和馬拉美以來的前衛作家行列。重要的是，在將理性的「巴特分析」對比於非理性的「巴特美感」時，二者的交互作用所產生的一種特殊的「可理解性」，遂成爲特別具有解釋學潛力的一種獨特智慧。巴特自身文學唯美主義追求（古典詩人原型）和懷疑主義理性思辨（古典哲學家原型）的二重身分，使其文學思想具有一種特殊價值。巴特的文學探索相當於美學認識論問題的提出，而並非其解決。換言之，巴特是以對先鋒派文藝的「肯定句式」來提出一種實質上是「疑問的」句式。因此，讀賞古典和探索前衛，雖然存於一心，卻屬於兩類精神過程。在此意義上，一個世紀以來的現代派、先鋒派、前衛派文藝，代表著現代西方文化精神的動盪不安，其嚴重性和難以解脫性，也源於兩種內外不同的衝力：唯物質主義的科技工商社會之永恆精神壓力和傳統價值信仰基礎在理性面前的解體。對於二十世紀人類歷史的這一全新局勢而言，巴特的這面文學懷疑主義之鏡，對其作出了最深刻的「反映」。

國家圖書館出版品預行編目資料

羅蘭．巴特自述 / 羅蘭．巴特（Roland Barthes）著；懷宇譯 . --
初版 -- 臺北市：五南圖書出版股份有限公司，2023.02
面；　公分
譯自：Roland Barthes par Roland Barthes
ISBN 978-626-343-407-3（平裝）

1.CST: 巴特 (Barthes, Roland, 1915-1980)　2.CST: 傳記
3.CST: 語意學 4.CST: 符號學

801.6　　111015202

大家身影 018

羅蘭．巴特自述

Roland Barthes par Roland Barthes

作　　者 —— [法] 羅蘭．巴特 (Roland Barthes)
譯　　者 —— 懷宇
發 行 人 —— 楊榮川
總 經 理 —— 楊士清
總 編 輯 —— 楊秀麗
本書主編 —— 蘇美嬌
特約編輯 —— 郭雲周
封面設計 —— 姚孝慈
出 版 者 —— **五南圖書出版股份有限公司**
地　　址：台北市大安區 106 和平東路二段 339 號 4 樓
電　　話：02-27055066（代表號）
傳　　真：02-27066100
劃撥帳號：01068953
戶　　名：五南圖書出版股份有限公司
網　　址：https://www.wunan.com.tw
電子郵件：wunan@wunan.com.tw
法律顧問 —— 林勝安律師事務所　林勝安律師
出版日期 —— 2023 年 2 月初版一刷
定　　價 —— 430 元